L'AMOUR C'EST POUR LES LOOSERS

Wibke Brueggemann

L'AMOUR C'EST POUR LES LOOSERS

Traduit de l'anglais
par Vanessa Rubio-Barreau

GALLIMARD JEUNESSE

Titre original : *Love is for Losers*

Édition originale publiée par Farrar Straus Giroux for Young Readers,
une marque de Macmillan Publishing Group, LLC, New York

À Brittain, Luci et Sophie

LUNDI 1ER JANVIER

#bonneanneemoimeme

Je viens de découvrir qu'on pouvait se marier à soi-même. Quelle idée bizarre/géniale !

Ça s'appelle la sologamie et voilà pourquoi c'est intéressant :

• Le seul individu qu'il est nécessaire d'apprécier, de supporter ou tout du moins de tolérer, c'est toi-même.

• Personne pour te quitter, te décevoir ou te faire du mal.

• On mourra tous seuls de toute façon.

Si j'envisage la sologamie à cette étape de ma vie, ce n'est pas parce que j'espérais en secret épouser Polly (beurk !) mais parce que la fin si brutale et inattendue de notre amitié m'a fait réfléchir au sens de la vie. J'ai compris la leçon. Et moi, j'apprends vite.

Aussi loin que remontent mes souvenirs, ça a toujours été Phoebe et Polly, Polly et Phoebe – les deux P comme les deux doigts de la main.

Nous n'existions pas l'une sans l'autre. BFF depuis la naissance.

Mais, soudain, *ding dong*, Big Ben sonne les douze coups de minuit et Tristan Qui-sait-même-pas-faire-de-vélo pose la question qui va changer le monde : « Polly, tu veux sortir avec moi ? » Et *paf*, comme par magie, je me retrouve effacée du cerveau de ma meilleure amie.

Je ne lui en veux même pas. Je m'en veux à moi-même parce que je l'ai vu venir.

Je l'ai su dès qu'elle a proposé : « Et si on allait sur les quais voir le feu d'artifice ? » En réalité, ce qu'elle voulait dire, c'était : « S'te plaît, Phoebe, viens avec nous pour que ça ne fasse pas trop sortie en couple, alors qu'en fait, je rêve de me retrouver toute seule avec Tristan pour qu'on puisse passer à l'action. »

Pouarc !

Je n'aurais jamais dû y aller.

Polly ne m'a même pas souhaité une bonne année.

Sûrement parce qu'au moment crucial, elle ne me voyait même plus ; à l'instant où la pluie de météorites multicolores qui a dû coûter des millions aux contribuables britanniques s'est abattue sur la Tamise, elle n'avait d'yeux que pour la bouche de Tristan.

Au cinéma, les baisers, c'est toujours super sexy et langoureux (sûrement parce que les acteurs sont super sexy et langoureux…), seulement là, on aurait juste dit que Tristan essayait d'avaler la tête de Polly tout rond.

J'ai carrément failli vomir.

L'avantage, c'est que, à minuit huit, alors que je me frayais un chemin jusqu'au métro, comme tout le monde était planté sur le quai à regarder le feu d'artifice, j'étais la seule dans la rame, à part le conducteur.

Maman est à une réunion de crise sur la Syrie alors je dors chez Kate et, en m'ouvrant la porte, elle s'est écriée :

– Qu'est-ce qui t'est arrivé ?

MOI : Polly a un petit ami, maintenant, elle n'a plus besoin de moi.

KATE : Mais je devais venir te chercher à la sortie du métro.

MOI : J'ai marché.

KATE : Tu aurais dû m'appeler.

MOI : Eh ben, je ne l'ai pas fait.

KATE : Mauvaise réponse.

MOI : Pardon. Et pardon bis.

KATE : OK. Envoie un message à Polly pour lui dire que tu es bien rentrée.

MOI : Elle s'en moque.

KATE : Fais-le.

MOI : Je vais me coucher.

KATE : Bonne année, Phoebe. Je t'aime. Préviens Polly.

Pas question.

2 h 05

Polly vient de m'appeler du métro.

« J'avais pas vu que t'étais partie », elle m'a fait.

Puis elle a enchaîné : « Et Tristan ceci, et Tristan cela. *OMG*, Tristan et moi, on est tellement bien ensemble. »

Et moi, j'étais là : « C'est qui au téléphone ? Passez-moi Polly, s'il vous plaît ! »

Non, mais qu'est-ce qui leur arrive, aux gens qui tombent amoureux ?

Ça fait un genre de court-circuit dans leur cerveau. Comme s'ils avaient eu une attaque.

C'est mon pire Nouvel An en quinze ans.

Encore pire que l'an dernier quand Polly m'a vomi dessus parce qu'elle avait trop bu.

3h30

J'ai fait d'autres recherches sur la sologamie. Sur le papier, c'est une bonne idée, mais les gens qui sont mariés à eux-mêmes ont quand même l'air de sérieux crétins.

P.S.: Polly ne m'a toujours pas souhaité une bonne année.

P.P.S.: J'ai l'impression que les gens pètent un câble dès qu'ils fêtent leurs seize ans. Polly était parfaitement normale jusqu'à son anniversaire, en novembre.

P.P.P.S.: Je fais le serment de ne pas laisser l'amour me ravager le cerveau quand j'aurai seize ans, même si ça doit être la dernière chose que je fais (ou plutôt que je ne fais pas) sur cette terre.

MARDI 2 JANVIER

#cettebonneanneecontinue

On est sept milliards sur la planète.

Ça fait sept mille millions. Alors pourquoi dès qu'il y a une catastrophe quelque part, ma mère pense-t-elle toujours être la seule à pouvoir aider les autres?

C'est toujours la même histoire.

Tremblement de terre en Italie: « Désolée, Phoebe. Il faut que j'aille déterrer les bonnes sœurs des décombres. »

(Et elle me largue chez Kate.)

Ouragan à Haïti : « Désolée, Phoebe. Je vais aider ceux qui n'ont pas été emportés par la tempête. »

(Et elle me largue chez Kate.)

Choléra en République démocratique du Congo : « Désolée, Phoebe, je vais réhydrater le tiers-monde. »

(Et elle me largue chez Kate.)

Ebola en Afrique : « Désolée, Phoebe, y a un virus mortel qui se transmet sans doute par un simple éternuement, je dois y aller. »

(Et elle me largue chez Kate.)

Bref… qu'est-ce qu'elle m'a annoncé quand elle est venue me chercher chez Kate ce matin ?

Ouaip.

Je m'en suis doutée dès que je suis montée dans la voiture, mais je n'ai rien dit parce que je ne voulais pas lui faciliter les choses.

Une fois à la maison, elle m'a fait genre :

– Assieds-toi une minute, faut qu'on parle, Phoebe.

MOI : …

MAMAN : Voilà, j'ai l'opportunité de partir six mois en Syrie construire un centre médical dans un camp de réfugiés.

MOI : …

MAMAN : Je sais que ça fait long, mais je te promets d'être revenue pour ton anniversaire.

MOI : …

MAMAN : J'en ai parlé à Kate et elle sera ravie de t'accueillir.

MOI : …

MAMAN : Phoebe, dis quelque chose.

MOI : C'est bon. Tu as déjà décidé que tu y allais, alors vas-y. Salut.

MAMAN : Phoebe, les gens en Syrie ont besoin d'aide… et je suis médecin. C'est mon métier d'aider les gens.

MOI : Je dois préparer mes affaires pour quand ?

MAMAN : J'ai un vol pour Ankara demain.

MOI *(quittant la pièce)* : …

MAMAN : Phoebe…

MOI : Quoi ? J'ai dit « c'est bon », alors c'est bon.

MAMAN : Désolée, Phoebe.

Désolée ? Oh. LOL.

On est au-delà du « désolée ».

Quand je raconte que ma mère travaille pour Médecins internationaux, les gens sont là : « Waouh, génial ! Tu dois être super fière ! » Mais personne ne s'écrie jamais : « Oh, ça doit craindre un max que ta mère parte pour DES MOIS dans des endroits où il pleut DES BOMBES et où TOUT LE MONDE MEURT. »

Personne ne se demande ce que ça me fait.

J'ai grandi sans père ni mère. Mon père est mort et c'est une bien meilleure excuse pour être absent que le complexe de mère Teresa de maman.

Pourquoi avoir un enfant si on n'a pas l'intention de passer du temps avec lui ? Mon grand-père et ma grand-mère sont retournés dans leur Hong Kong natal quand maman est entrée à la fac parce que : « On sera toujours des étrangers ici, alors *bye bye* et *God save the Queen.* »

Moi, j'aurai jamais d'enfants.

J'aimerais appeler Polly, mais je ne lui parle plus après ce qu'elle a fait hier.

En plus, elle ne m'a toujours pas souhaité une bonne année.

MERCREDI 3 JANVIER

#abientotoupas

Maman m'a larguée chez Kate ce matin.

Dans la voiture, elle était genre :

– Phoebe, je sais que ce n'est pas le bon moment. Tu as des exams cette année et c'est super stressant, alors si tu veux que je reste, dis-le-moi, je resterai, d'accord ? S'il te plaît, dis quelque chose au moins !

J'ai répliqué :

– Non, j'ai pas besoin de toi. En fait, je n'ai besoin de personne.

Et j'ai fait mine d'être occupée à faire un truc hyper important sur mon portable.

Chez Kate, j'ai monté mes affaires dans ma chambre (je suis la seule personne que je connais qui a sa chambre chez sa marraine) et j'ai claqué la porte. Je n'ai même pas dit au revoir à maman, mais visiblement, elle s'en moque parce qu'elle n'a pas :

1) frappé à la porte,

2) essayé de la forcer pour entrer.

Maman est d'abord médecin avant d'être mère.

Je l'ai toujours su.

Alors j'ai arrêté les au revoir depuis bien longtemps.

JEUDI 4 JANVIER

#orgiepourboulesdepoil

En fait, ça ne me dérange pas de vivre chez Kate. Les avantages l'emportent sur les inconvénients.

Points positifs :

• Contrairement à maman, Kate ne travaille plus pour Médecins internationaux et, de ce fait, elle est en mesure de me fournir le gîte, le couvert et un soutien affectif.

• Elle me traite comme une coloc, pas comme une gamine de cinq ans.

• Quand elle s'énerve, son accent écossais ressort tellement que j'ai du mal à la prendre au sérieux parce que… je ne comprends rien à ce qu'elle raconte.

Points négatifs :

• Je dois prendre le bus pour aller au lycée.

• Elle a deux chattes de luxe.

Comment est-ce possible que je sois incapable de les distinguer alors que je les connais depuis toujours ? J'arrive seulement à les différencier quand elles sont juste l'une à côté de l'autre. Comme les jumelles Kayleigh et Melody Sessions (l'uniforme, ça n'aide pas).

Elles vont être encore plus pénibles que d'habitude parce qu'elles sont :

• en chaleur,

• enfermées à la maison (du coup, elles deviennent complètement marteaux) parce que Kate leur a prévu une soirée d'orgie dans un quartier chic pour qu'elles puissent avoir des chatons de luxe en même temps.

Étant donné qu'elles considèrent ma chambre comme la leur, elles grattent sans arrêt à la porte pour entrer et miaulent quand elles n'y arrivent pas.

Cette baraque est un asile de fous tenu par une Écossaise complètement frappée.

CHAT 1 : *Miaou, miaou, couine, couine, gratte, gratte.*

KATE : Mimi, Mimi, laisse Phoebe tranquille. Sois sage, ma Mimi. C'est qui, la gentille fifille ?

CHAT 2 : *Miaou, ssscchh, gratte, couine.*

KATE : Sissi, Sissi, viens voir maman. Sois sage, ma Sissi. C'est qui la gentille fifille ?

CHAT 1 *(pique sa crise, renversant tout ce qui n'est pas solidement arrimé au sol)* : …

KATE *(l'accent écossais commence à pointer)* : Bon sang, 'spèce de sac à puces enragé. Tu veux que je t'enferme dans ta caisse ?

MOI : …

Maman dit toujours que, plus tard, Kate sera une vieille dame zinzin qui parle à ses chats. Sauf que… hum – scoop –, c'est déjà le cas !

Non mais franchement, qui trimballerait ses chattes à l'autre bout de la ville juste pour qu'elles se fassent engrosser ?

Là-bas, il y a un chat de luxe (un Persan également, évidemment) qui va se taper les chattes de luxe tout le week-end, et ensuite Kate pourra vendre les bébés cinq cents livres pièce.

S'il y en a huit, ça fait quatre mille livres.

La maison va se transformer en crèche pour boules de poils.

Oh, j'oubliais : Sissi est la mère de Mimi ou vice versa. Le truc trop *creepy* : une orgie en famille. Comme si t'avais un bébé avec le petit ami de ta mère et elle aussi. Du coup, ton enfant aurait le même père que tes frères et sœurs. Dégueu, non ?

VENDREDI 5 JANVIER

#famille

Maman m'a envoyé un mail d'Ankara pour me parler des gens formidables qui composent son équipe. Quelle chance d'être entourée d'une si belle brochette. Et quelle chance pour eux de passer autant de temps avec ma mère. Peut-être qu'ils pourraient me la présenter, un jour.

Aucune nouvelle de Polly.

On n'est jamais restées aussi longtemps sans se parler. Je devrais peut-être vérifier que Tristan Les-Petites-Roues Murphy ne la séquestre pas contre son gré.

SAMEDI 6 JANVIER

#cocktailhormonaldenfer

Je n'ai pas envoyé de texto à Polly, finalement.

J'allais lui proposer d'aller au Starbucks, et puis, je me suis dit que ça m'enfoncerait encore plus si elle faisait genre : « Oh, désolée, Phoebe, mais j'ai déjà prévu d'y aller avec Tristan parce que c'est mon petit ami maintenant et que, du coup, toute ma vie tourne autour de lui, tu sais… »

16 h 00

Dingue.

Je suis tombée sur les vieux bouquins de médecine de Kate et ça a changé ma vision du monde.

En fait, le cerveau de Polly a subi un tsunami chimique.

Des niveaux affolants de phényléthylamine ont complètement

changé sa personnalité. Avant que son cerveau soit submergé, Polly était une personne normale qui appréciait Tristan pour ce qu'il est : un gros naze de seize ans qui ne sait même pas faire de vélo.

Mais soudain, *BIM BAM BOUM*... déferlement d'hormones de l'amour et maintenant elle est genre : « *OMG*, Tristan est trop sexy, Tristan est trop génial, Tristan est tout pour moi. »

Alors, voilà ce que je me suis dit. Il est clairement trop tard pour sauver Polly (RIP son sens de l'humour, son intelligence pétillante, et sa personnalité charismatique). En revanche, je peux encore éviter d'être victime de ce processus malheureux, parce que quand ce désastre chimique se produira dans ma tête, je serai au courant et je saurai réagir en conséquence.

DIMANCHE 7 JANVIER

#errorsystem

Biologiquement parlant, Polly ne devrait pas être attirée par Tristan, ça n'a aucun sens.

À ce qu'il paraît, nous crushons inconsciemment sur les personnes susceptibles de nous faire les plus beaux bébés, de sorte que le patrimoine génétique de l'espèce soit enrichi et que la race humaine prospère.

Or, Tristan ne sait même pas faire de vélo.

Bon, ce ne serait pas si problématique/catastrophique/inquiétant s'il savait, par exemple, piloter un avion. Mais non. Alors... pourquoi ?

Et comment se fait-il que Polly ne m'ait pas appelée depuis une semaine ?

Peut-être qu'elle a le cerveau cramé.

P.S.: Les cours reprennent demain, je suis sûre que j'aurai des réponses à mes questions.

P.P.S.: C'est nul de prendre le bus, je vais devoir me lever une heure plus tôt que d'habitude.

Merci, maman.

LUNDI 8 JANVIER

#enferdelarentree

Je suis tombée si bas que j'ai dû déjeuner avec Miriam Patel et sa bande.

Quand elle a vu que je mangeais toute seule, elle m'a généreusement invitée à sa table, les bras grands ouverts, comme le Jésus de la Cène.

Tout le monde a dû se serrer pour passer dans le couloir de la biblio où Tristan et Polly s'embrassaient à pleine bouche.

BEURK!

Sérieux, le cocktail hormonal de Polly doit être surpuissant mais aussi un peu périmé parce que Tristan est immonde. Comparé à Polly, en tout cas.

En allant en cours de SVT, je lui ai dit que sa tristanite aiguë commençait à me porter sur les nerfs parce que d'habitude, elle sort des trucs du genre : « Pour me rappeler le terme "chloroplaste", je pense à un chewing-gum à la chlorophylle. » Mais là, depuis le début de la journée, ce n'était que : « Tristan pense, Tristan dit, Tristan veut... »

MOI : Tu peux prononcer une seule phrase sans parler de Tristan ?

POLLY : Tu ne peux pas comprendre, Phoebe. Tristan et moi, on s'aime.

Mon Dieu.

MARDI 9 JANVIER

#sourirefluo

Miriam est toute fière de ses nouvelles bagues dentaires rose fluo. Du coup, elle a en permanence un petit sourire forcé, comme ces crétins de Nickelodeon qui se font passer pour des gosses de douze ans alors qu'ils en ont dix-huit.

MIRIAM : Tiens, salut, Phoebe.
MOI : Tiens, salut, Miriam.
MIRIAM : Je suis tellement contente pour Polly. Pas toi ?
MOI : Aux anges.
MIRIAM *(sourire machiavélique aux lèvres)* : ...
MOI *(sourire crispé parce que je manque m'étouffer de haine)* : ...

J'aurais pu manger mon sandwich en regardant Polly et Tristan se peloter, mais la nausée m'en a empêchée.

MERCREDI 10 JANVIER

#grosnaze

Ce soir, alors que j'étais devant la télé, Kate s'est assise à côté de moi sur le canapé et m'a poussée du pied jusqu'à ce que je la regarde.

MOI : Quoi ?

KATE : Pourquoi je ne vois plus Polly? D'habitude, elle passe tous ses week-ends ici quand tu es là.

MOI : Je te l'ai dit. Elle a trouvé mieux. Il s'appelle Tristan.

KATE : Oh, d'accord.

Je lui ai raconté que Polly n'était même pas au courant que maman était partie en Syrie et qu'elle ne m'avait toujours pas souhaité une bonne année et que Tristan avait détruit notre amitié et qu'il était tout le temps là, en train de la tripoter, et que je ne pouvais plus jamais l'avoir pour moi. Et qu'il ne savait même pas faire de vélo, en plus.

Kate a juste commenté :

– Quel gros naze.

Puis elle a posé une de ses chattes de luxe sur mes genoux pour que je la caresse parce que ça détend, paraît-il.

Même pas vrai.

JEUDI 11 JANVIER

#nonmerci

Je me suis enfermée dehors ce matin. Du coup, j'ai dû passer chercher les clés à la friperie solidaire de Kate après les cours.

À part Pat, que je connais et que je hais depuis toujours, cet endroit me pose un autre problème : la plupart des vêtements qu'ils vendent sont des fringues de gens morts. Leur famille les a vite fourrées dans des sacs-poubelle, avec toutes les affaires de la personne décédée, puis les a déposées devant le magasin au beau milieu de la nuit. Et on sait tous ce qui arrive aux trucs qui traînent sur le trottoir (vermine, vomi, vandalisme).

Faut voir le capharnaüm (un mot compliqué pour désigner le bazar dont personne ne veut – histoire de se coucher moins bête ce soir) ! Du genre :

• une tasse célébrant le mariage royal d'une princesse Diana délavée avec un gros menton (affreux),

• un ensemble salière-poivrière aux couleurs d'Arsenal (immonde),

• un dé à coudre marqué IBIZA (*WTF ?!?*),

• une collection de savons de Noël de 1971 (aussi périmés que puants).

Enfin, pour terminer en beauté, mon article préféré – une véritable affaire à trois livres :

• un poisson-ballon naturalisé, tout gonflé, avec des yeux mobiles collés dessus (pourquoi ?).

En entrant, je me suis réjouie de ne pas voir Pat derrière la caisse. À la place, il y avait un garçon trisomique qui doit avoir un ou deux ans de plus que moi.

Il ne m'a pas dit bonjour, du coup, moi non plus, et ça me va très bien, parce qu'on est dans une friperie solidaire et pas dans un magasin Lush, où les vendeuses et les vendeurs te bombardent de « salut, ça va ? » comme si tu les connaissais.

Comme j'entendais la voix de Kate dans l'arrière-boutique, j'ai voulu la rejoindre. Mais au moment où je suis passée devant le comptoir, le gars a pris une profonde inspiration pour hurler à pleins poumons :

– Kate ! Une cliente !

J'ai failli avoir une crise cardiaque. Je me suis retournée et nos regards se sont croisés.

LUI *(volume à fond)* : KATE ! Une cliente !

MOI : …

LUI *(encore plus fort)* : Kate ! Une cliente ! Kate ! Une cliente !

MOI : La ferme !

LUI : …

C'est alors qu'une fille en uniforme scolaire, avec des yeux bleus, du bleu le plus glacial que j'aie vu de ma vie, a surgi de l'arrière-boutique en me dévisageant genre : « Non, mais sérieux, tu viens de dire à une personne trisomique de la fermer ?!? » Et j'ai soutenu son regard genre : « Bah, oui, moi, je ne fais pas de discrimination. »

Elle lui a demandé :

– Ça va, Alex ?

Et à moi :

– Puis-je vous aider ?

Quand je lui ai dit que je venais voir Kate, elle a complètement changé d'attitude, comme si elle m'avait reconnue.

– Ah oui ! T'es Phoebe ! Moi, c'est Emma. Kate est derrière. Tu veux entrer ?

J'ai hoché la tête, mais j'avais à peine fait un pas qu'Alex s'est remis à hurler : « Kate ! Une cliente ! », si fort que ça a ébranlé la montagne de bric-à-brac, sérieux.

J'ai sursauté – ce qu'Emma a eu l'air de trouver hilarant parce que je l'ai vue se mordre la lèvre pour ne pas rire.

MOI *(à Alex)* : Pourquoi tu cries si fort ?

LUI : Je m'appelle Alex.

MOI : Je sais.

LUI : Bonjour. Ravi de faire ta connaissance.

MOI : …

LUI : Ceux qu'on ignore doivent se faire entendre.

EMMA *(acquiesçant vigoureusement)* : ...

MOI : ...

En plus, je n'avais pas échappé à Pat, finalement, parce qu'elle était à l'arrière avec Kate. Apparemment, elle ne tient plus la caisse parce qu'elle occupe un « poste plus administratif » (coller des prix sur le bric-à-brac).

Elle m'a toisée de la tête aux pieds et, comme d'habitude, elle avait sûrement un million de choses à redire au sujet de :

• mes cheveux,
• mon visage,
• mon uniforme,
• et plus globalement ma simple existence.

Je me suis contentée de lancer :

– Pat.

Et elle s'est contentée de répondre :

– Phoebe.

Kate a essayé de me convaincre de rester pour donner un coup de main, mais j'ai esquivé, genre « j'ai plein de trucs à faire » (menteuse).

Elle a insisté en disant qu'Emma et Alex étaient vraiment sympas et que ce serait cool que je me fasse de nouveaux amis, non ? Mais j'ai répondu :

– Non, merci, pas besoin d'amis, j'ai retenu la leçon. Et puis, y a Pat.

P.S. : Alors que je sortais de la boutique, Emma a gentiment lancé un « contente de t'avoir rencontrée, Phoebe », ce qui m'a perturbée parce que, en y repensant, la manière dont j'avais parlé à Alex n'était peut-être pas idéale.

Du coup, je suis partie sans leur adresser un mot ni à l'un ni à l'autre.

P.P.S. : Je pense que je suis socialement inadaptée.

VENDREDI 12 JANVIER

#2poids2mesures

Visiblement, depuis que nous n'avons plus à chasser pour survivre, certaines personnes sont même devenues trop stupides pour acheter à manger. À mon avis, cela va affecter l'évolution de l'espèce.

J'ai vu une dame piquer une crise monumentale dans un magasin parce qu'elle ne voulait pas passer à la caisse automatique.

– Je refuse tout bonnement de me servir de cet appareil !

Je parie qu'elle ne « refuserait pas tout bonnement » une IRM ou un scanner si nécessaire.

J'avais envie de raconter ça à Polly, mais je me suis abstenue.

P.S. : Maman m'a envoyé un message WhatsApp cet aprèm, mais je ne l'ai pas lu.

SAMEDI 13 JANVIER

#enferpoilu

Vu que je prends le bus matin et soir depuis une semaine, Polly en a habilement déduit que je vivais chez Kate en ce moment, alors aujourd'hui, elle m'a demandé pour combien de temps ma mère était partie.

MOI : Elle est en Syrie, alors qui sait quand elle reviendra. Si elle revient un jour.

POLLY : Phoebe, dis pas des trucs comme ça. Tu ne peux pas dire ça.

MOI : Je viens pourtant de le faire.

Franchement, elle me déçoit. Pourquoi tout le monde refuse de regarder la réalité en face ? Ma mère fait un boulot dangereux, on en est tous conscients. Mais au lieu de le reconnaître, les gens ne font que répéter : « Ça va aller. »

D'après Internet, jusque-là, il y a eu plus de quatre cent mille morts en Syrie. C'est pratiquement la population de Manchester. Et je suis sûre que tous leurs amis, leurs familles se répétaient : « Ça va aller. »

Ça n'arrive toujours qu'aux autres. Jusqu'au jour où en fait, non.

Sérieux, ça ne me plaît pas mais, au moins, je ne fais pas l'autruche, et si quelque chose devait arriver à maman, je serais préparée psychologiquement.

Pour changer de sujet, les chattes de luxe se sont introduites dans ma chambre afin de faire la sieste sur mon uniforme.

Et bien évidemment, Kate n'a pas de brosse à poils.

J'ai vidé un rouleau de Scotch entier pour enlever leurs longs poils beigeasses.

Je ferais mieux de fermer ma porte, mais Kate dirait que je suis asociale (ce qui est sans doute vrai et qui expliquerait pourquoi je ne suis pas contre la sologamie ni les caisses automatiques).

DIMANCHE 14 JANVIER

#hellofromtheotherside

Maman a appelé.

Elle est toujours à Ankara et, à ce qu'il paraît, il gèle et elle galère un max.

Bien fait.

P.S. : Polly ne m'a pas envoyé un seul message de tout le week-end. Mais elle a posté une story Instagram où Tristan lui fait goûter sa part de pizza et vice versa.

Tout le monde a commenté style : « Oh ! Quel joli couple ! »

Menteurs.

Tristan est répugnant.

Et puis, franchement, vous pouvez pas manger vos pizzas normalement ?

LUNDI 15 JANVIER

#hysterie

Aujourd'hui, on était aux toilettes quand Polly s'est regardée dans le miroir et a lancé d'un ton mélodramatique :

– Je suis amoureuse de Tristan. Tu crois qu'il est trop tôt pour lui dire que je l'aime ?

– Euh, ça fait deux semaines jour pour jour, alors je dirais que oui, c'est trop tôt.

Du coup, elle s'est énervée.

– Mais pourquoi t'es comme ça, Phoebe ? T'es censée être ma meilleure amie !

Non mais, qu'est-ce qu'ils ont tous ?

J'ai cherché « ami sincère » sur Google, et j'ai trouvé cette définition : « Un ami sincère est quelqu'un qui défend vos intérêts en cas de crise. »

Polly est en crise. Je défends ses intérêts.

C'est bon, va falloir se calmer.

Je refuse de mentir aux gens pour des trucs aussi insignifiants.

MARDI 16 JANVIER

#felinfernal

La chatte de luxe s'est échappée ! Nooon !

Ça signifie que, par ma faute, Kate peut dire adieu à son rêve de retraite dorée parce que la bestiole est probablement en train de se faire engrosser par un chat de gouttière à l'heure où j'écris ces lignes.

J'ai laissé la porte entrouverte une milliseconde le temps de sortir la poubelle et elle en a profité pour bondir hors de la maison comme un Wolverine sous acide. Je lui ai couru après, mais bonne chance pour rattraper une chatte en chaleur.

Sous mes yeux effarés, sa queue beigeasse a disparu de l'autre côté de la clôture.

Nooooon !

Je l'ai appelée pendant une éternité, j'ai même arpenté la rue en tous sens pendant une heure… en vain.

Du coup, quand Kate est rentrée, j'ai lancé :

– Je suis super désolée, mais la chatte s'est échappée et je ne l'ai trouvée nulle part, pourtant j'ai essayé.

KATE : Oh non. Laquelle ?

MOI : ...

KATE *(elle secoue la tête en claquant la langue d'un air réprobateur, parce qu'elle sait pertinemment que je n'arrive pas à les distinguer)* : ...

MOI : J'suis désolée.

KATE : Bah, tu n'as pas fait exprès.

MOI : Moi non, mais la chatte, oui.

KATE : ...

MOI : C'était pas drôle, je sais. Je suis vraiment vraiment désolée de l'avoir laissée sortir.

KATE *(gros soupir)* : On n'y peut plus rien maintenant.

Tu vois, quand les gens disent : « Je ne suis pas en colère, je suis juste déçu. »

Ouais.

Selon Kate, la chatte ne reviendra à la maison que quand elle aura été engrossée. Instinct naturel. Donc une seule chatte aura des chatons de luxe, les autres seront des chatons au rabais.

Au lieu de Chanel, on les appellera Shanel.

P.S. : Je sais, c'est pas drôle.

MERCREDI 17 JANVIER

#auboulot

Je me sens tellement coupable à cause de cette histoire de chat de luxe que j'ai décidé de trouver un petit boulot pour rembourser à Kate le manque à gagner.

Dans l'idéal, la chatte devait avoir quatre chatons de luxe et, selon Internet, un petit persan au museau tout écrabouillé se vend en moyenne cinq cents livres, ce qui signifie que je lui dois deux mille livres. En fait, ça fera sans doute plus parce que Kate n'arrivera sûrement pas à refourguer les chatons discount, mais elle devra les nourrir quand même, parce que si elle ne leur trouve pas de famille, elle ne voudra jamais :

a) les abandonner dans un refuge,

b) les noyer.

Bref, j'ai fait le calcul.

Le salaire minimum pour les moins de dix-huit ans est de 4,20 £ de l'heure (à ce tarif, c'est de l'exploitation).

$2\,000 \div 4,20 = 476,19$

Je vais donc devoir travailler quatre cent soixante-seize heures pour la rembourser.

Si je trouve un petit boulot le week-end, genre douze heures, je gagnerai 50,40 £ par semaine.

$2\,000 \div 50,40 = 39,68$

Conclusion : il va me falloir un peu moins de quarante semaines pour combler le manque à gagner.

Presque une année entière. Déprimant.

JEUDI 18 JANVIER

#CV

J'ai fait mon CV, et il est nul.

Phoebe Alexandra Davis

Curriculum Vitae

3 Rochdale Close,
Wimbledon London SW 19 1AL
Tél. : 0796550071
e-mail : phoebead666@gmail.co.uk

J'ai quinze ans et je cherche un poste à temps partiel le soir et/ou le week-end.

Études

Actuellement élève au lycée de Kingston. Très bons résultats (à part en littérature, art et histoire).

Divers

Certificat de sécurité routière.
Durant mon temps libre, j'aime aller au cinéma.

Références fournies sur simple demande.

Franchement, je ne m'embaucherais pas moi-même. Mais qu'est-ce que je pourrais mettre d'intéressant ? Je n'ai jamais rien fait de ma vie.

VENDREDI 19 JANVIER

#leretourduchatdeluxe

La chatte en cavale est revenue.

Visiblement, il ne lui a pas fallu plus de soixante-douze heures pour se faire engrosser.

Aujourd'hui, Polly a dit qu'elle avait l'impression de ne pas m'avoir vue depuis une éternité.

Je me demande bien pourquoi elle pense ça…

Bon, j'ai décidé de faire preuve de clémence face à son déséquilibre hormonal et j'ai accepté d'aller au ciné avec elle et T-Les-Petites-Roues demain.

Et là, je me dis que c'est moi qui ai un problème hormonal parce que, sinon, pourquoi diable aurais-je dit oui, hein ?

SAMEDI 20 JANVIER

#cinedelenfer

Je suis arrivée à Kingston super en avance parce que j'avais oublié que le samedi le bus ne met qu'un quart d'heure, au lieu d'une heure en semaine à cause des bouchons. Je suis allée au centre commercial pour tuer le temps, et devine qui était plantée devant le Starbucks, à faire semblant de téléphoner ?

Miriam.

Elle portait un crop top super crop sans manteau, alors qu'il faisait genre moins trois degrés dehors.

MOI *(qui pense « Non mais elle est partout celle-là »)* : …

MIRIAM *(qui fait mine de raccrocher)* : Oh, salut, Phoebe ! T'es toute seule ? J'ai rendez-vous au Starbucks avec les filles. Tu peux venir, si tu veux.

MOI : Oh, salut, Miriam. Non, merci. Je vais au ciné avec Polly et Tristan. *(« Non, mais sérieux, pourquoi j'ai parlé de lui ? »)*

MIRIAM *(grimaçant comme si elle venait de mordre dans un citron)* : Ah oui ? Tu vas tenir la chandelle ?

Je savais très bien qu'elle disait ça pour m'énerver, et ça m'a énervée que ça m'énerve autant. Elle a un don pour me taper sur les nerfs. J'espère qu'elle a crevé de froid avec son T-shirt de poupée.

Évidemment (parce qu'au fond, je m'y attendais), ça ne s'est pas arrangé. C'était méga trop gênant de me retrouver entre Polly et Tristan. Comment est-ce possible que deux personnes qui traînent ensemble depuis la nuit des temps n'aient brusquement plus rien à se dire ?

Polly essayait désespérément d'engager la conversation entre nous trois, mais je voyais bien dans ses grands yeux noirs qu'elle s'excusait de m'avoir fait passer au second plan dans son cœur.

OK.

Je comprends.

Faut savoir évoluer.

Mais ce qui s'est passé ensuite, là, je ne comprends plus.

En fait, Polly et Tristan n'avaient aucune envie de voir le film. Ils ont passé cent vingt minutes à se peloter.

Je n'entendais que des bruits de succion. Et à un moment, je crois qu'elle lui a même mis la main entre les jambes. Alors ça… non !

Je ne lui pardonnerai jamais.

Avant Tristan, elle n'aurait jamais fait ça. Ce n'était pas son genre. Elle n'aurait jamais invité quelqu'un pour le laisser en plan.

C'était une fille super. Et maintenant, elle est comme tout le monde : égoïste et obsédée par le sexe.

En rentrant à la maison, je suis allée droit dans ma chambre et j'ai fermé la porte. Kate est venue frapper un peu plus tard pour prendre des nouvelles et me proposer de caresser un chat. Je lui ai dit que ça allait, mais à mon avis, je ne trompe personne.

Je ne sais pas ce qui me contrarie le plus : d'avoir vu Polly la main entre les jambes de Tristan ou de constater que Miriam avait raison. J'ai tenu la chandelle.

DIMANCHE 21 JANVIER

#medecinsinternationaux

Maman m'a fait un appel WhatsApp d'Ankara.

Elle a déjà une sale tête alors qu'elle n'est même pas arrivée en Syrie. Ils y vont demain.

Elle m'a prévenue qu'elle ne savait pas quand elle pourrait me donner des nouvelles. Le même bla-bla que d'habitude.

LUNDI 22 JANVIER

#jehaislhumanite

Je ne regarderai plus jamais les infos.

Bon, les épidémies, je veux bien – pareil pour les tremblements de terre, les ouragans, les cyclones, les éruptions volcaniques, etc. Mais la guerre ?

Ils survolent Alep avec des drones – enfin, je devrais plutôt dire qu'ils survolaient Alep quand c'était encore une vraie ville avec des maisons, des magasins et des écoles, parce que, maintenant, ce n'est plus qu'un champ de ruines. Les bombardements ont tout rasé.

Aux infos, on voyait une femme amputée des deux jambes se traîner sur ce qui devait autrefois être une route dans un vieux fauteuil roulant pour rejoindre un hôpital de fortune – en fait, une grande pièce avec des gens allongés sur des planches.

Pourquoi les peuples se font-ils ça les uns aux autres ?

Et nous, on regarde ça à la télé en dînant, tranquille.

Je crois que Polly a compris que je n'avais pas trop apprécié la sortie de samedi parce que, ce matin, elle m'a proposé :

– Tu veux qu'on déjeune ensemble ?

Mais j'ai répondu :

– Désolée, j'peux pas. Je vais à la biblio.

Je ne sais même pas pourquoi j'ai inventé ce prétexte. J'ai hésité un instant à revenir sur ma décision, puis je l'ai imaginée en train de tendre ses bâtonnets de carotte à Tristan pour qu'il croque dedans, et je me suis félicitée d'avoir refusé.

MARDI 23 JANVIER

#choquee

J'ai acheté des pochettes plastique pour y glisser mes CV.

Kate s'est exclamée :

– Bravo ! Tu as fait un effort de présentation, Phoebe. Mais si tu souriais quand tu t'adresses aux gens ce serait encore mieux.

OMG.

MERCREDI 24 JANVIER

#recherchedemploi1

Janvier n'est sûrement pas le mois idéal pour chercher un petit boulot.

Personne n'a besoin de personnel.

J'ai fait le tour du centre commercial près du lycée, après les cours. Et dans tous les magasins, ils m'ont répondu :

– Désolé, mais on vient de renvoyer tous nos extras de Noël, on ne recrute pas en ce moment.

Pourquoooiiii ?

JEUDI 25 JANVIER

#recherchedemploi2

J'ai changé de centre commercial, je suis allée à Wimbledon cette fois.

En fait, il faudrait que quelqu'un tombe raide mort au moment où je pose mon CV sur le comptoir.

En plus, peu de responsables recherchent des employés de moins de seize ans. C'est vraiment pas juste parce qu'au lycée, je suis dans la même classe que tous ces gars et ces filles qui ont le droit de travailler mais n'en ont pas besoin/envie.

En rentrant à la maison, je suis passée devant la friperie solidaire. J'ai jeté un coup d'œil à travers la vitrine pour tenter d'apercevoir Kate, mais elle devait être dans la réserve.

Alex tenait toujours la caisse, tout en discutant avec Emma qui accrochait des chemisiers sur des cintres.

Ils m'ont surprise en train de les fixer comme une psychopathe.

Alex m'a fait coucou, puis Emma m'a encouragée à entrer, mais j'ai fait signe que je devais filer. J'aurais peut-être dû leur dire bonjour.

Maman m'a envoyé un message pour me dire qu'ils étaient toujours en Turquie. Leurs voitures et camions sont bloqués par les mauvaises conditions météo.

Je lui ai raconté que je cherchais un boulot à cause de cette idiote de chatte qui avait fugué.

VENDREDI 26 JANVIER

#histoiredecases

Quand j'ai montré mon CV à Kate, elle m'a sorti un truc du genre : « Ouais… mais en fait non. »

Une demi-heure plus tard, elle m'a envoyé ça par mail :

Phoebe Alexandra Davis

Curriculum Vitae

3 Rochdale Close,
Wimbledon London SW 19 1AL
Tél. : 0796550071
e-mail : phoebead666@gmail.co.uk

Assistante de vente enthousiaste et expérimentée, appréciant le travail d'équipe. Ambitieuse, consciencieuse et déterminée, fait preuve d'une grande capacité d'adaptation et d'esprit d'initiative. Motivée et efficace, sens du service et ponctualité.

Recherche un poste à temps partiel le week-end.

Études

Actuellement en seconde au lycée de Kingston. Prépare ses examens de mathématiques, biologie, sciences physiques, littérature, histoire et sociologie.

Expérience professionnelle

Friperie solidaire contre le cancer, Wimbledon

Volontaire depuis plusieurs mois, j'assure le tri des dons, le nettoyage et l'étiquetage des vêtements ainsi que la vente. J'apprécie de travailler au contact d'une clientèle diversifiée et j'accueille les clients avec chaleur et dynamisme.

Références fournies sur simple demande.

MOI : Je croyais qu'il ne fallait pas mentir sur un CV.

KATE : On enjolive la réalité, Phoebe. Ce n'est pas pareil.

MOI : « J'accueille les clients avec chaleur et dynamisme » ? Je déteste les gens.

KATE : C'est toi qui veux t'aventurer dans le monde de l'entreprise, ma puce. Et je t'assure, il y a des règles : des choses à dire et à ne pas dire. C'est complètement idiot, mais il faut cocher toutes les cases.

MOI *(contemplant mon CV)* : Et ça, ça coche les cases ?
KATE *(cochant des cases imaginaires dans les airs)* : Exactement.

P.S. : Je ne suis pas sûre de vouloir cocher ces cases.

SAMEDI 27 JANVIER

#alerteinceste

Je devais déposer des candidatures en ligne aujourd'hui, et finalement, je me suis retrouvée à stalker Emma. Je pensais à elle, parce que je me demande ce qu'elle peut bien trouver à cette friperie pour être bénévole là-bas. Au début, j'ai pensé qu'elle faisait sa BA, un peu comme les membres de la famille royale qui donnent cinq minutes de leur temps pour faire style, mais Kate m'a dit que ça faisait des mois qu'Emma y travaillait.

J'ai mis un temps infini à la trouver sur Instagram.

Et manque de chance, son compte est privé, donc je ne vois que sa photo de profil : elle déguisée en Leia de *Star Wars* avec ce qui doit être son petit ami en Luke – et c'est idiot, parce qu'en fait, Luke et Leia sont frère et sœur.

Je me demande depuis combien de temps ils sont ensemble.

P.S. : Emma est trop belle en princesse Leia.
P.P.S. : Je me demande qui c'est, ce Luke.

DIMANCHE 28 JANVIER

#meilleureamie

J'ai demandé à Kate si elle trouvait ça cool que ma mère m'abandonne chez elle tous les quatre matins. Et elle a fait genre :

– Mais j'adore quand tu es chez moi, Phoebe. Alors oui, c'est plus que cool.

Puis je lui ai demandé si elle trouvait ça cool que maman soit en route pour la Syrie. Là, elle a répondu :

– Ta mère est ma meilleure amie au monde, donc même si on n'est pas d'accord sur tout, je la soutiens toujours, tu comprends ?

Non.

Et je ne dis pas ça pour être désagréable.

LUNDI 29 JANVIER

#grossementeuse

Miriam m'a invitée à la soirée chez Jacob le week-end prochain et comme j'étais avec Polly et Petites-Roues (qui ne forment plus qu'une seule entité, vu qu'ils sont littéralement scotchés l'un à l'autre en permanence), j'ai répondu :

– Merci. J'adorerais venir.

Plus tard, Polly m'a fait remarquer que j'avais toujours détesté les soirées. Mais j'ai nié.

J'ai menti. En vrai, j'ai horreur de ça.

MARDI 30 JANVIER

#oups

Ce midi, Miriam se vantait de coucher avec Jacob sans pour autant être « officiellement » en couple avec lui et rabâchait à qui voulait l'entendre que ça leur convenait.

Même si ça me peine de le reconnaître, elle n'a pas tort, parce qu'au moins, elle n'est pas comme Polly – à répéter bêtement « je t'aime, on s'aime, mon amour ». Peut-être que Miriam aime juste le sexe. Chacun est différent.

Elle avait un bout de persil coincé dans ses bagues, mais je ne lui ai pas dit, je l'ai laissée partir fièrement faire son exposé de géographie comme ça.

MERCREDI 31 JANVIER

#lachute

Ce soir, sur WhatsApp, maman m'a demandé :

– Et comment va Polly ?

– Complètement décérébrée, en plein délire hormonal.

Alors elle a protesté :

– Oh, arrête, Phoebe. Tant mieux pour elle. Tu verras quand tu tomberas amoureuse.

– Ça n'arrivera jamais.

Quelle expression idiote, d'ailleurs : « tomber amoureux ».

Comme si on tombait d'un pont ou un truc du genre.

Hé, les gars ! Faudrait peut-être regarder où vous mettez les pieds !

JEUDI 1ER FÉVRIER

#pirecauchemar

J'ai dit à Kate que j'étais invitée à la soirée de Jacob en espérant qu'elle m'interdirait d'y aller mais, évidemment, elle était tout enthousiaste.

– Génial ! Je pourrai te déposer et venir te chercher si tu veux.

J'ai répondu que j'irais en bus, parce que de toute façon, je ne vais pas rester tard, c'est sûr.

Je n'ai rien à me mettre. Tous mes vêtements sont couverts de poils de chat. Je hais ma vie.

VENDREDI 2 FÉVRIER

#consumerisme.com

Maintenant qu'on est en février, tout le monde est gagné par la fièvre délirante de la Saint-Valentin. À mon avis, cette fête a été inventée pour occuper les gens en plein hiver.

Après Noël, puis les soldes, c'est la grande question : « Et maintenant, on fait quoi ? »

La réponse est toute trouvée : on prépare la Saint-Valentin. Et hop, c'est reparti pour un tour : on dépense à nouveau de l'argent pour des cadeaux idiots, des chocolats avec des cœurs dessus à la place des pères Noël, et des cartes hors de prix.

Sérieux, j'en ai vu une qui claironnait : « Joyeuse Saint-Valentin à la meilleure des belles-sœurs ! »

Non mais franchement… quel est le rapport ?

Oh… et en parlant d'amour, la mère chat de luxe, moins excitée que sa fille fugueuse, part ce week-end pour sa soirée d'orgie.

Kate a décidé de n'en emmener qu'une, vu que l'autre est sûrement déjà grosse et que le week-end coquin coûte quelque cinq cents livres par félin.

Je me demande si on peut acheter des actions de sperme de chat de luxe, parce que Kate devrait.

Et moi aussi.

SAMEDI 3 FÉVRIER

#soireepoilue

Je savais que j'allais passer une soirée pourrie chez Jacob, et ça n'a pas raté.

Je ne croyais pas ça possible, mais je déteste encore plus les fêtes maintenant que c'est synonyme de grand pelotage général.

On a joué à « Sept minutes au paradis » (ou plutôt sept minutes dans les toilettes).

MIRIAM *(habillée comme si elle avait oublié de s'habiller et me fixant avec insistance)* : J'aimerais préciser que tout le monde dans cette pièce n'a pas encore seize ans et n'est donc pas considéré comme ayant atteint la majorité sexuelle.

MOI *(habillée avec de vrais habits)* : La majorité sexuelle, LOL. *(« Non mais WTF ?! »).*

MIRIAM *(me lançant un regard noir)* : …

MOI *(supposant qu'elle est submergée par un afflux de phényléthylamine)* : …

Enfin, bref, je me suis retrouvée coincée sept minutes dans les toilettes en compagnie de Travis.

Bon, ça aurait pu être pire. JAMAIS au grand jamais je n'aurais couché avec lui, parce que je le connais à peine, et puis, qui aurait envie de faire ça juste à côté d'une cuvette de WC, sérieux? Mais comme on aime tous les deux *Doctor Who*, on a discuté de la dernière saison qu'on a trouvée géniale.

Quand on est ressortis, il était clair qu'il n'y avait eu ni pelotage ni sexe. La seule personne qui m'a adressé la parole de la soirée, c'est Annie, qui n'a pas d'amis non plus. Mais elle, je trouve que c'est pire, parce qu'elle n'en a jamais eu et qu'on l'invite seulement parce qu'elle apporte de l'alcool (en plus, personne ne sait d'où elle le sort, ce qui ajoute une aura de mystère qui plaît beaucoup).

Assises côte à côte sur le canapé, on a passé la soirée à regarder les couples chanceux disparaître dans les toilettes puis réapparaître sept minutes plus tard.

Passionnant.

Miriam et Jacob y sont allés ensemble, et quand ils sont ressortis, Miriam faisait genre « regardez-moi, regardez-moi ». Alors Annie l'a interpellée :

– Viens voir par là.

Miriam a cru qu'elle voulait des détails croustillants, mais elle s'est contentée de lui ôter un poil pubien de la joue.

Moi, j'étais trop dégoûtée.

– Pouah, t'as un poil pubien sur la joue ?!?

Et vous savez quoi ? Au lieu de trouver ça répugnant, les autres avaient l'air émerveillés.

– *OMG !* Dingue ! Miriam a un vrai poil pubien sur la joue !

Bref, je suis partie trente secondes plus tard.

Dans le bus, je me disais que j'aurais bien aimé être plus populaire… mais en même temps, si j'avais été plus populaire, c'est moi qui aurais eu un poil pubien sur la joue.

En plus, je sais résoudre des équations complexes, je connais la différence chimique entre l'amour et le désir et je ne confonds pas « c'est », « ses » et « ces ». Je ne veux pas une médaille, mais sincèrement, dans quel monde on idolâtre des gens dont la seule vertu est d'avoir un poil pubien sur la joue ?

DIMANCHE 4 FÉVRIER

#menteusebis

Polly m'a envoyé un texto pour avoir des détails sur la soirée. J'allais lui répondre méchamment : « T'avais qu'à venir au lieu d'aller voir les grands-parents de Tristan alors que vous sortez ensemble depuis un mois. » Mais, finalement, je lui ai dit que c'était génial.

Je ne sais pas pourquoi je mens. C'est pas comme si Miriam Poiltel était ma meilleure amie.

LUNDI 5 FÉVRIER

#chipsgate

Grâce à ce poil, Miriam est devenue une vraie star et Polly erre comme un zombie quand elle n'est pas arrimée à Tristan. Mon but était donc de n'adresser la parole à personne de la journée.

À midi, je suis allée à la biblio imprimer de nouveaux CV.

Puis je me suis assise par terre derrière le rayon des classiques (où personne ne va jamais) pour manger un paquet de chips, mais Mme Day m'a repérée illico.

MME DAY : Tu te caches, Phoebe Davis ?

MOI *(avalant une énorme chips tout rond et manquant me sectionner la trachée)* : …

MME DAY : Je voulais te parler, justement.

MOI *(quinte de toux)* : J'ai rien fait de mal.

MME DAY : Il est interdit de manger dans la bibliothèque.

MOI : Tout le monde le fait.

MME DAY : Et si tout le monde sautait d'un pont, tu le ferais aussi ?

MOI : …

J'ai cru que j'allais avoir des ennuis, mais elle voulait juste me dire qu'elle était contente que j'aie choisi la spécialité mathématiques (qui parle comme ça ?) pour les exams.

Évidemment, que j'ai pris les maths, c'est trop facile. Il n'y a qu'une seule bonne réponse, j'adore. Pas comme la littérature où c'est que du bla-bla et si on n'est pas communiste comme Mme Harris, on a une note pourrie.

En allant en cours d'histoire, je suis tombée sur Polly et Tristan qui étaient noués l'un à l'autre devant les toilettes du premier étage. Polly me tournait le dos, mais Tristan m'a vue et il l'a serrée encore plus fort en me regardant droit dans les yeux.

Ça ne m'atteint plus.

P.S. : Je me demande si Emma et Luke Skywalker font pareil. Emma a l'air trop mature pour se comporter ainsi. Mais pour être honnête, je n'aurais jamais cru ça de Polly non plus avant qu'elle change du tout au tout.

MARDI 6 FÉVRIER

#enfinunebonnenouvelle

J'ai reçu un mail de l'Atelier des nounours m'invitant à une « audition » samedi.

Je suppose que « audition » est leur façon gaie et enjouée de dire « entretien d'embauche ».

Je suis à fond. Non, mais sérieux, ça ne doit pas être si dur que ça…

P.S. : La chatte de luxe dort depuis qu'elle est rentrée de son week-end coquin, complètement sexpuisée. Je n'ose même pas croiser son regard.

MERCREDI 7 FÉVRIER

#choixdevie

Kate m'a dit de ne pas me moquer de l'Atelier des nounours, même s'ils appellent un entretien d'embauche une « audition » et qu'ils signent leurs mails « Nounoursement vôtre ».

Maman est toujours en Turquie. J'ai regardé sur une carte parce que je commençais à me demander pourquoi ils mettaient si longtemps à rejoindre la Syrie en voiture. En fait, la Turquie, c'est immense. Trois fois plus grand que le Royaume-Uni pour être exacte.

Maman m'a raconté qu'ils avaient traversé un village et que les habitants leur avaient offert des mamelles de chèvre à manger. Et là, je me suis dit : « Tu pourrais travailler dans n'importe quel hôpital de Londres, manger McDo, japonais ou un sandwich vegan tous les midis, dormir dans une jolie maison, bien au chaud dans ton lit douillet, passer du temps avec ta fille unique, mais tu préfères patauger dans la boue turque en plein hiver et manger des mamelles de chèvre ? »

Je pense qu'elle se prend pour le nouveau messie.

JEUDI 8 FÉVRIER

#desespoirvestimentaire

Je ne sais pas quoi mettre pour l'entretien à l'Atelier des nounours. Kate me conseille « une tenue gaie et colorée, peut-être à motif licornes ». Elle se moque de moi, ou quoi ?

La totalité de ma garde-robe est noire et couverte de poils de chat. Je pourrais y aller en uniforme du lycée, mais ça craint.

Ou alors je demande à Kate de m'emmener chez moi (mon vrai chez-moi) pour fouiller dans mon placard. Sauf que, pour être honnête, je ne suis pas sûre d'avoir encore un vrai chez-moi.

Je pourrais aussi aller au Primark m'acheter un truc, mais je déteste ce magasin. Pas parce qu'ils font travailler les enfants, mais parce que leurs clients semblent avoir perdu leurs fonctions motrices de base. Quand on y va après les cours, tout est par terre.

P.S. : En plus, exploiter les enfants, c'est mal, évidemment.

VENDREDI 9 FÉVRIER

#ticticboum

Kate m'a fait passer un entretien, pour m'entraîner. Elle a vraiment joué le jeu. Déjà que d'habitude elle fait peur, là, elle faisait méga peur (avec son méga accent écossais).

Elle s'est mise dans la peau de Mme Dunounours qui me remerciait nounoursement pour ma candidature. Elle avait même imprimé mon CV et pris un stylo.

KATE : Vous appelle-t-on Phoebe Alexandra ou Phoebe tout court ?

MOI : Phoebe tout court.

KATE : Bien, Phoebe, je vais vous poser une série de questions. Elles sont assez basiques, mais prenez tout votre temps pour y répondre.

MOI : D'accord.

KATE *(roulant affreusement les* r*)* : Racontez-moi un épisode où vous avez été en désaccord avec un collègue. Comment avez-vous réglé la situation ?

MOI : Je suis au lycée, je n'ai pas vraiment de collègues.

KATE *(prenant des notes)* : OK. Racontez-moi un épisode où vous vous êtes mise en quatre pour satisfaire un client.

MOI : Je suis au lycée, je n'ai pas vraiment de clients. Je ne sais pas quoi vous répondre.

KATE *(notant un autre truc)* : Pensez-vous avoir l'esprit d'équipe ou préférez-vous travailler seule ?

MOI : Aucune idée.

KATE : De quoi êtes-vous le plus fière ?

MOI : Bon sang, Kate ! J'en sais rien. C'est quoi, ces questions ? Qu'est-ce que tu veux que je te dise ?

Elle a posé son stylo et m'a houspillée genre :

– Fais un effort, Phoebe. Invente, brode ! Tu dois cocher les cases, enfin ! *Tic, tic, tic.* Dis-leur ce qu'ils veulent entendre. « Comment avez-vous réglé ce différend avec un collègue ? » « Franchement, madame Dunounours, je pense que le dialogue est la clé d'une bonne entente professionnelle.» «Avez-vous l'esprit d'équipe?» «Oui, mais j'aime aussi travailler seule.» «De quoi êtes-vous le plus fière?» «De ce jour où j'ai aidé une personne aveugle à traverser la rue.» Bon Dieu, secoue-toi un peu, ma puce!

Avec son accent écossais à couper au couteau, il lui aurait fallu des sous-titres!

Elle a conclu:

– Je te suggère de réfléchir à ce que tu pourrais répondre à ces questions si tu veux ce job!

Du coup, je suis restée assise là pendant une heure à me dire: «Elle en fait trop.»

Quand j'ai arrêté de réfléchir, il était trop tard pour aller au Primark et il n'était pas question de demander à Kate de m'emmener à la maison.

Merde.

SAMEDI 10 FÉVRIER

#phoebelanaze

8h00

Pour un entretien d'embauche, Internet conseille de s'habiller chic avec un pantalon ou une jupe et un chemisier. Je n'ai rien de tout ça, à part mon uniforme du lycée.

HELP.

8h25

J'ai dit à Kate que je n'avais rien à me mettre, et c'était reparti.

– Quoi? Tu me dis ça *maintenant*?

Donc on file à la friperie solidaire pour voir si on peut me trouver une tenue. Sympa d'aller à son premier entretien d'embauche dans des fringues de cadavre, non ?

19 h 14

Bon… ça ne s'est pas bien passé.

Je suis allée à l'entretien avec la chemise mauve d'un mort et mon pantalon d'uniforme. Je ne ressemblais à rien.

En arrivant à l'Atelier des nounours, j'ai découvert que je n'étais pas la seule à me présenter à « l'audition ». On était au moins une vingtaine et ils avaient tous dû passer des heures à se coiffer et à se maquiller.

La manageuse – une affreuse bonne femme prénommée Sandra – parlait de cette voix haut perchée que prennent les vieilles dames pour s'adresser aux bébés.

Elle nous a accueillis avec son sourire forcé qui devait lui donner des crampes aux joues.

– Bonjour, tout le monde ! Je vous remercie nounoursement (si, si !) d'être venus. Vous êtes assez nombreux, hélas, je n'ai que deux postes à pourvoir le week-end, mais je vous souhaite bonne chance. Maintenant, nous allons tous nous présenter en choisissant un adjectif qui commence par notre initiale pour accompagner notre prénom. Ça nous aidera à faire connaissance. Par exemple, je suis Sandra Sympa !

J'avais envie de disparaître sous terre. Je n'ai même pas écouté ce que les autres racontaient, trop occupée à essayer de :

1) me trouver un surnom,

2) ne pas pleurer en pensant à ce jeu ridicule parce que Phoebe commence par un P, qui se prononce comme un F, ce qui n'allait pas manquer d'embrouiller tout le monde et ne pas les aider à retenir mon prénom.

Quand est arrivé mon tour, tout ce que j'avais trouvé, c'est Pathétique Phoebe.

Mon voisin s'était rebaptisé Max Merveilleux, et il y avait Super Sophie et Noémie Nounours-Jolie. (Lèche-Botte de la mort, oui !)

Ensuite, Sandra nous a montré les différentes étapes de la fabrication d'un ours.

En vrai, c'est une usine : on choisit l'enveloppe vide, on la remplit de rembourrage, on fait un vœu, on le fourre à l'intérieur, on recoud le tout et hop, vingt-cinq livres dans le tiroir-caisse !

Franchement, on vit dans un monde où les enfants meurent de faim en Afrique ou en Inde alors qu'au même moment, un gamin de Londres dépense trente livres pour acheter une chaise longue et des tongs à son Pikachu en peluche, si c'est pas absurde…

Enfin, bref, après le stand rembourrage, ça s'est un peu gâté.

SANDRA SYMPA : Nous allons sortir cinq minutes pour établir le contact avec des clients potentiels et les inviter activement à entrer dans le magasin. La mission de notre entreprise est de réaliser les rêves les plus fous des enfants.

MOI : Et d'engranger des bénéfices pour les actionnaires.

Ben, quoi ? C'est vrai, non ? Pourtant, Sandra Sympa n'a pas eu l'air d'apprécier et son sourire forcé s'est changé en grimace hideuse. Elle n'a pas dit un mot, cependant, et s'est contentée de taper deux fois dans ses mains, puis elle a sorti un lapin de Pâques violet avec des patins à roulettes de derrière le comptoir. Elle a tendu sa laisse à Super Sophie qui s'est aventurée dans le centre commercial en trottinant sur ses talons de dix centimètres.

J'étais là, près du stand rembourrage, à me dire : « Bon, t'es là depuis une demi-heure à peine et tu envisages déjà le suicide. Mais ça pourrait être pire, tu pourrais être à la place de Super Sophie à faire l'andouille avec un lapin à rollers devant tous les gens qui sortent du lycée. » Une minute plus tard, Sandra Sympa se tournait vers moi.

– À ton tour, Pathétique Phoebe.

J'ai toisé Super Sophie, la laisse, le lapin, les rollers, et j'ai répondu :

– Non, je ne crois pas.

Et je suis partie.

Super Sophie a poussé un cri indigné, mais je suis sûre que, dans le fond, elle mourait d'envie de me suivre.

Je suis sortie du magasin d'un pas tranquille, mais passé le bar à jus, je me suis mise à courir. Je suis sortie comme une flèche du centre commercial, j'ai dévalé l'avenue et je me suis engouffrée dans la friperie pour m'écrouler dans un fauteuil infesté de puces.

Emma était en train de ranger le bazar que j'avais laissé en vidant dix sacs de dons par terre pour me chercher une tenue. En me voyant, elle m'a dévisagée l'air de dire : « T'es déguisée en quoi ? »

Alors je me suis justifiée :

– Elle est pas à moi, la chemise.

KATE *(littéralement plantée face à moi)* : Phoebe, explique-moi pourquoi tu as postulé là-bas alors que je ne vois pas un magasin qui te ressemble moins, à part peut-être Bébé 9.

MOI : C'est juste un petit boulot.

KATE : Mais tu es bien consciente qu'une fois que tu auras décroché ce petit boulot, tu devras le faire ?

MOI : Oui.

KATE : Et tu te vois rembourrer des ours en peluche ?

MOI : Pas vraiment.

KATE : Qu'est-ce que tu te verrais bien faire ?

MOI : Un truc où je ne suis pas obligée d'adresser la parole aux gens.

KATE : C'est pour ça que tu as choisi de postuler dans la vente ? Tu crois que ces gens sont payés à ne rien faire ? Tu crois que c'est un jeu ?

MOI : La manageuse se faisait appeler Sandra Sympa.

KATE : Tu penses donc que Sandra Sympa n'a rien de mieux à faire que de rencontrer des gens qui n'ont aucune envie de travailler pour elle ? Elle doit gérer son magasin, elle a des objectifs à atteindre, des factures à payer. Tu lui as fait perdre son temps aujourd'hui. C'est pas cool.

Pourquoi tout est si compliqué ?

J'ai remis mon sweat à capuche et, vu que je n'avais nulle part où aller, j'ai passé la journée à la friperie à classer les dons de livres par ordre alphabétique dans la réserve.

Ça, c'est un truc que je me vois bien faire. Un truc mécanique, facile, pas besoin de réfléchir. Pas besoin de parler à qui que ce soit. À part à Emma. Je n'en reviens toujours pas qu'elle ait les yeux d'un bleu si pâle. C'est dingue.

Demain, je vais échafauder un nouveau plan pour cette histoire de petit boulot.

Je vais bien trouver une solution, quand même.

DIMANCHE 11 FÉVRIER

#recherchedemploiepisode345219

J'ai regardé les annonces dans le journal. Voilà les jobs qui n'impliquent pas de contact avec la clientèle :

• baby-sitter (mais je n'aime pas les enfants)
• livreuse de journaux (mais me lever à quatre heures du mat, je le sens pas)
• promeneuse de chien (mais je n'ai pas trop envie de gagner ma vie en ramassant des crottes)

Je suis passée voir si, par hasard, la bibliothèque recrutait, mais le seul « boulot » qu'ils proposent est bénévole. Franchement, un boulot non payé, ce n'est pas un boulot, c'est un passe-temps.

Je devrais peut-être faire jouer mes relations. Tyler Johnson bosse au café minable près de la gare, je pourrais lui demander s'ils cherchent quelqu'un. J'y suis allée un jour, et la bonne femme m'a servi mon Coca sans m'adresser un mot. Ça, je peux le faire.

Matilda Hollingsworth travaille à Hollister, mais faut être super sportif et canon pour bosser là-bas. Comme Matilda – et Jason Goodman. Je parie que s'ils avaient des enfants ensemble, ils formeraient une nouvelle race dominante (mais pas façon nazis, hein).

LUNDI 12 FÉVRIER

#nullossanscarte

Le décompte de la Saint-Valentin a commencé.

L'an dernier, j'ai reçu une carte de Polly, mais vu qu'elle ne m'a pas encore souhaité la bonne année, j'imagine qu'il ne faut pas compter sur elle cette fois.

Je devrais m'en moquer, car le fait que quelqu'un se soit senti obligé de t'acheter un truc hideux orné de cœurs rouges ne fait pas de toi une meilleure personne. Et pourtant, je n'arrête pas d'y penser.

17 h 43

Je devrais peut-être faire une carte à Polly juste au cas où elle en aurait une pour moi ?

Une aquarelle. En trempant mon pinceau dans mes larmes. LOL.

MARDI 13 FÉVRIER

#laloose.com

Annie a demandé à Polly si elle avait eu une vraie relation sexuelle (= couché) avec Tristan.

Heureusement, Polly a eu la classe de répondre :

– Désolée, Annie, mais je ne discute pas de ma vie sexuelle en public.

Miriam a aussitôt acquiescé :

– Oh oui, moi non plus, c'est tellement vulgaire.

C'était peut-être ironique… ou pas…

MERCREDI 14 FÉVRIER

#beurk

Kate est trop bizarre. Elle m'a fait une immense carte de Saint-Valentin avec des photos des chattes de luxe. Elle a été jusqu'à inventer des écritures différentes pour faire comme si la carte était vraiment de la part des chattes (elle est complètement cinglée).

Chère Phoebe,
Veux-tu être notre Valentine ?
Plein de ronrons,
Maman Mimi et Sissi

Au lycée, Miriam avait l'air de Miss Univers avec tous ses bouquets de fleurs et ses trois millions de cartes dans les bras.

Tout ça grâce à un unique poil pubien…

Polly n'avait rien pour moi et tant mieux parce que la carte que je lui ai faite hier est atroce. Je l'ai jetée dans la poubelle de recyclage en rentrant ; peut-être que d'ici l'an prochain, elle sera recyclée en belle carte toute neuve destinée à une belle personne pour qui ça compte.

Tristan a offert à Polly un ours en peluche géant qui tient dans ses pattes un cœur brodé : « Ma petite amie, je t'aime plus que tout au monde. » Bizarrement, au lieu de mourir de…

a) rire,

b) honte,

Polly a eu un sourire idiot aux lèvres toute la journée.

J'ai bien réfléchi à son comportement, et je pense que ça doit être dû à l'instinct de chasseur-cueilleur qui est inscrit dans notre ADN.

Donc Polly, comme toute bonne femme des cavernes, pense que Petites-Roues a chassé cette énorme preuve d'amour (qu'on peut aussi interpréter comme un symbole phallique) et qu'il est de ce fait digne de son amour et de porter ses enfants.

Au fait, quand je dis « notre ADN », je veux dire l'ADN de Polly, parce que moi, je suis sortie de la grotte, j'ai traversé la vallée, découvert le feu, inventé la roue, etc.

18 h 54

On dirait bien que je vais passer ma soirée de la Saint-Valentin en compagnie d'une Écossaise zinzin.

On va dîner à la Goat Tavern parce que ce soir, ils proposent un menu spécial curry « Saint-Valentin – deux pour le prix d'un ». Je n'aime pas trop et c'est clairement pour les couples, mais Kate a insisté :

– Écoute-moi bien, Phoebe. Il n'est pas question que je sois désavantagée parce que je n'ai pas encore trouvé l'amour et toi non plus. Alors enfile une robe, relève le menton et on y va !

Comme je n'ai pas de robe, j'ai mis mon jean noir habituel.

P.S. : Selon mes recherches, la Saint-Valentin n'avait rien à voir avec l'amour, jusqu'à ce que ledit amour devienne à la mode au XVIIIe siècle, quand les amoureux (et non les amis ou les copains) ont commencé à s'envoyer des cartes et des fleurs. Cela veut donc dire que la race humaine n'a pas évolué depuis. Rien ne reste à la mode aussi longtemps, à part Dieu, peut-être.

Hé ho, les gars, faut se calmer avec l'amour.

En plus, demain, tous les trucs à cœur de la Saint-Valentin seront soldés à une livre. Franchement, ça fait réfléchir.

JEUDI 15 FÉVRIER

#foodporn

La Goat Tavern doit être dans le top trois des établissements les moins romantiques de Londres, juste devant Pizza Hut et KFC. Pourtant, bizarrement, tout le monde était habillé comme dans *Qui veut épouser un millionnaire ?*.

Quand notre serveur a apporté les plats, il s'est exclamé :

– J'adore ton T-shirt ! Je suis un super fan des Stones.

Franchement, je le porte surtout parce qu'il tire la langue à tout le monde. Ça passe mieux que de lever le majeur en permanence. Mais j'ai quand même acquiescé :

– Ouais, ouais. Trop.

Dès qu'il a eu le dos tourné, Kate a murmuré :

– J'aurais dû mettre un T-shirt des Stones, moi aussi. Il est canon, ce garçon.

Moi, j'étais plutôt là :

– Beurk.

Parce qu'il avait genre vingt-cinq ans et des biceps saillants sous ses manches courtes alors que Kate en a quarante et portait un pull « I ♥ CATS ».

Quand il est revenu pour desservir, elle a déployé tellement d'efforts pour déchiffrer son nom sur son badge que ses yeux ont disparu entre les plis de ses rides. Puis elle a sorti :

– James, je te présente mon amie Phoebe. Phoebe, voici James.

– Enchantée, il a répondu en me serrant la main.

Il a aussi serré celle de Kate, ce qu'elle a interprété comme une invitation à lui raconter sa vie. Qu'elle tient une friperie solidaire, que je viens souvent l'aider (gros mensonge), *blablabla*…

Quand on est parties, James nous a lancé :

– Salut, Phoebe. Bye, Kate !

Une fois dehors, elle s'est extasiée :

– Bon sang ! Se faire servir par un beau mec comme ça, c'est carrément du foodporn.

OMG.

Elle fantasmait vraiment sur lui.

VENDREDI 16 FÉVRIER

#nonmerci

L'après-midi, j'ai raté le test d'embauche en ligne de la chaîne de produits de beauté Boots. Non, mais sérieux ! Pourtant, les questions, c'était genre :

Une cliente entre dans le magasin, vous…

a) l'accueillez,

b) l'ignorez,

c) la bombardez de questions en lui fourrant la dernière crème antirides à la mode sous le nez.

J'ai cliqué sur *a*, évidemment, parce que je ne suis pas idiote et que je sais cocher les cases. Mais devine quoi ? L'ordinateur m'a répondu « non, merci ».

Alors que Miriam a fait son stage à Boots !

Je ne mettrai plus jamais les pieds chez eux.

La semaine prochaine, c'est les vacances. Kate m'a sondée :

– T'as un truc de prévu, Phoebe ?

Je lui ai dit que j'allais refaire une tournée de distribution de CV, parce qu'on ne sait jamais, si quelqu'un l'avait égaré…

SAMEDI 17 FÉVRIER

#vatefaire

Kate a dû discuter de mon cas avec maman parce qu'elle m'a branchée sur WhatsApp à six heures du matin.

MAMAN : Désolée de te réveiller mais tu me manquais (« *menteuse* »).

MOI : Salut.

MAMAN : Alors, cette recherche d'emploi, ça donne quoi ?

MOI : Pas grand-chose.

MAMAN : Et tu prends ça comment ?

MOI *(pensant « Qu'est-ce que ça peut te faire ? »)* : Ça craint.

MAMAN : Tu te sens responsable de la fugue du chat, je comprends, mais c'était un accident et Kate ne s'attend sûrement pas à ce que tu la dédommages.

MOI : Je sais.

MAMAN : Je pense que tu devrais te concentrer sur tes études, ma chérie. Les examens approchent et c'est important. Pourquoi tu n'attendrais pas plutôt de te trouver un job d'été ?

MOI : J'ai pas besoin de me concentrer sur mes études. Tout va bien de ce côté-là.

MAMAN : D'accord. Je dis juste que tu n'es pas obligée de trouver un petit boulot.

MOI : OK.

MAMAN : Comment va Polly ?

MOI : Toujours amoureuse.

MAMAN : Kate dit qu'elle ne l'a pas vue traîner chez elle une seule fois. Ça ne lui ressemble pas.

MOI : Elle est amoureuse de Tristan. Elle doit traîner chez lui.

MAMAN : Pourquoi tu ne lui proposes pas de venir passer quelques jours chez Kate pendant les vacances ?

MOI : Parce que j'ai pas envie.

MAMAN : C'est ta meilleure amie, ma puce.

MOI : C'était.

MAMAN : Je sais que c'est dur quand les relations évoluent,

mais ne la rejette pas. Je te connais, Phoebe, je sais comment tu peux être, alors ne fais pas ça. OK ?

MOI : OK.

J'ai dit OK pour qu'elle me lâche, c'est tout, comment ose-t-elle me sortir « je te connais » alors qu'elle n'est jamais là ?

C'est elle qui a décidé de ne pas passer cette période de ma vie auprès de moi.

C'est elle qui a décidé qu'il y avait des choses plus importantes sur terre.

C'est elle qui a décidé de risquer de se faire tuer au boulot, comme mon père, et tant pis si je me retrouve orpheline.

Et d'accord, c'est sa vie, mais qu'elle ne vienne pas me donner des conseils bidon sur WhatsApp à six heures du mat' juste pour cocher la case « bonne mère » et pouvoir dormir la nuit.

Quand c'est comme ça, je me dis que je préférerais ne plus jamais la revoir, parce que franchement, à quoi bon ?

DIMANCHE 18 FÉVRIER

#meres

J'ai demandé à Kate de ne plus jamais parler de moi à maman dans mon dos. Du coup, il y a eu un blanc. On était là, face à face dans la cuisine, à se dévisager. Puis Kate a pris sa voix de grande personne raisonnable pour me dire :

– Phoebe, je vois bien que tu n'es pas heureuse. Et j'ai pensé qu'Amélia devait être au courant. C'est ta mère.

Oui, bah, les mères, c'est surfait. En tout cas, quand je vois la mienne… Elle ne s'intéresse qu'aux autres et passe son temps à me rendre folle.

LUNDI 19 FÉVRIER

#vacances

Je me suis souvenue que Polly avait fait son stage chez Toni & Guy, et qu'elle se contentait de balayer les cheveux et servir café et thé. Ça, c'est un boulot qui me conviendrait. Pas la peine d'engager la conversation comme les coiffeurs :

– *Blablabla*, et vous partez où en vacances, cette année ?

10 h 41

J'ai décidé de ne plus liker les posts de ceux qui posent dévêtus.

Je suis ravie que Chloé soit #raidedingue de son nouveau kit de contouring #MacCosmetics, mais elle a vraiment besoin de nous montrer ses seins pour nous le faire savoir ?

Qu'est-ce qui leur prend, à tous ? D'où vient cette manie de se photographier à moitié nu ? Pour attirer des gens qui ne s'intéressent qu'aux apparences, à quoi bon ? Alors que Chloé est une fille super sympa, en réalité.

13 h 41

Je n'en reviens pas de devoir imprimer des CV pour balayer des cheveux par terre.

19 h 45

Je suis passée à la friperie solidaire en revenant de ma tournée des salons de coiffure.

Quand je suis entrée, Alex et Emma étaient derrière la caisse, tandis que Kate et une vieille dame avec une immense queue-de-cheval blanche se tenaient devant. Ils étaient tous pliés de rire.

En me voyant, Kate s'est exclamée :

– Ah ! Phoebe ! Tu tombes bien ! Viens voir... ça va te plaire !

En fait, quelqu'un avait donné des cadres avec les portraits encore dedans : des photos de famille devant la tour Eiffel, au bord de la mer... sauf que la tête du monsieur avait été découpée et remplacée par celle de Mickey.

La vieille dame à la queue-de-cheval s'essuyait les yeux en pouffant :

– Je devrais menacer Bill de remplacer sa tête par celle de Harrison Ford, s'il n'est pas sage !

– Ou d'un mec super cool, genre Barack Obama, a renchéri Emma.

– Plutôt George Clooney, est intervenue Pat. J'ai toujours eu un petit faible pour George.

C'est là qu'Alex a proposé :

– Ou alors Batman.

Et ils se sont tous tordus de rire à nouveau.

Kate m'a présenté la dame à la queue-de-cheval, qui s'appelle Mélanie. Avec son mari, ils sont bénévoles à la friperie, quand ils ne sont pas occupés à parcourir le monde. Mais aujourd'hui, elle était venue seule parce qu'il avait rendez-vous chez l'ophtalmo.

Au lieu de me serrer la main comme n'importe quelle personne âgée, Mélanie m'a fait la bise en s'extasiant :

– Je suis vraiment contente de te rencontrer enfin. J'ai l'impression de te connaître, Kate m'a tellement parlé de toi.

J'ai juste émis un petit :

– Oh...

Parce que, pour être honnête, je pense que personne ne me connaît vraiment.

Emma m'a lancé :

– Alors t'es en vacances ?

MOI : Oui.
EMMA : Tu as prévu des trucs sympas ?
MOI : J'essaie de trouver un job.
EMMA : Pourquoi tu ne travaillerais pas ici ?
MOI : Non, je veux dire… un vrai boulot.

OMG. Pourquoi je sors des trucs pareils ? Je ne voulais pas être désobligeante… c'est juste que j'ai besoin de gagner de l'argent. Je ne veux pas bosser gratos.

MARDI 20 FÉVRIER

#anniv

Kate nous a demandé si Emma et moi, on voudrait bien prévoir une sortie pour l'anniversaire d'Alex jeudi, vu qu'on est en vacances.

D'habitude, Kate l'emmène au Sprinkles parce qu'il adore les glaces, mais elle s'est dit que, pour une fois, ce serait bien qu'il sorte avec des gens de son âge – n'importe quoi, vu qu'il va avoir vingt et un ans. Apparemment, Emma est à fond, alors j'ai dit oui.

Je n'ai jamais vraiment eu d'ami trisomique.

MERCREDI 21 FÉVRIER

#recherchedemploiepisode341

Je n'ai eu aucune nouvelle des salons de coiffure. Dépression totale.

Quand Kate est rentrée à la maison, j'étais en train de me renseigner sur la trisomie 21 en prévision de demain, alors elle a soupiré :

– Phoebe, c'est Alex. Vous allez manger une glace.

Mais je suis contente de m'être documentée parce que je n'y connaissais rien.

Selon le site « amisdelatrisomie » :

La trisomie 21 (ou syndrome de Down) n'est pas une maladie. On ne peut donc pas dire de quelqu'un qu'il souffre de trisomie. On dira plutôt : "Linda a vingt-quatre ans, elle a une trisomie 21." Les personnes trisomiques sont des individus et la trisomie n'est qu'une facette de leur personne.

Un humain sur mille a une trisomie 21, et ce qui est très intéressant, c'est qu'au moment de la conception, quand le spermatozoïde rencontre l'ovule, un chromosome supplémentaire s'incruste, et personne ne sait d'où il sort.

JEUDI 22 FÉVRIER

#happybirthdayalex

Emma est ce que ni Miriam, ni moi, ni personne ne sera jamais : la perfection incarnée, sans forcer.

Elle portait un manteau en fausse fourrure, un jean et des Converse montantes rouges. Elle n'était pas coiffée, ou juste un coup de brosse, pas maquillée. Sérieux, j'ai failli pas la reconnaître, mais elle est arrivée avec Alex et, lui, on ne peut pas le rater avec son long manteau d'officier. Je devais avoir l'air affreusement basique en comparaison.

Une fois assise, Emma a demandé :

– Alors, Alex, qu'est-ce qu'on commande ?

Parce qu'en fait, il connaît le menu par cœur, même les prix.

Comme je leur disais que c'était la première fois que je venais au Sprinkles, Emma a fait la moue.

– Je ne suis pas sûre qu'on puisse être amis avec elle, du coup. T'en penses quoi, Alex ?

– Je ne sais pas.

Emma a expliqué :

– Normalement, on n'accepte que les gens fun dans notre petit cercle.

Alex a ri mais Emma s'est contentée de sourire en me regardant comme si elle savait quelque chose que j'ignore, et j'en ai oublié de quoi on parlait.

Je n'arrivais pas à lire le menu, si bien que j'ai commandé un banana split, le premier truc qui m'est passé par la tête.

Emma (qui a pris un Extrême pop-corn caramel) a commenté :

– Banana split. Un classique.

Elle me trouve banale ? Ça veut dire quoi « classique » pour elle ? Franchement, au lieu de me renseigner sur la trisomie, j'aurais mieux fait de regarder le menu du Sprinkles sur Internet.

Alex a expliqué :

– Le banana split a été inventé en 1904.

Emma et moi, on a échangé un regard tandis qu'il ajoutait :

– Vous pouvez vérifier.

– Non, non, je te crois, a affirmé Emma. Je suis épatée par ton savoir.

Moi aussi. J'adore les gens qui connaissent des infos random, comme ça.

Emma a repris :

– Alors, t'as ouvert tes cadeaux d'anniversaire, Alex ?

– Ouais, j'ai eu un robot de cuisine.

C'était apparemment son rêve parce qu'il est dingue de pâtisserie. Quand il n'est pas à la friperie, il étudie dans un lycée pro.

EMMA : Cool. Tu vas pouvoir nous faire des gâteaux toutes les semaines.

ALEX : Non, pas toutes les semaines, je suis trop débordé.

EMMA : C'était juste une suggestion.

ALEX : Je vais faire un gâteau à la noix de coco.

EMMA : J'ai hâte.

ALEX : Tu aimes la noix de coco, Phoebe ?

MOI : Oui, j'adore. Ma mère aime faire des gâteaux. Quand elle est à la maison. C'est-à-dire presque jamais.

ALEX : Elle est où ?

MOI : Elle est partie travailler en Syrie.

ALEX : Elle te manque ?

MOI : Pas vraiment.

ALEX : Moi, ma mère, elle me manquerait.

EMMA : C'est cool, ce qu'elle fait.

MOI *(haussement d'épaules)* : …

EMMA : Nan ?! Tu trouves pas ?

MOI : Je n'aime pas me dire qu'elle est morte chaque fois que le téléphone sonne.

EMMA : Ouais, je comprends.

MOI : Non, personne ne comprend vraiment.

EMMA : Si, si, je comprends.

MOI *(pensant « Non, pas vraiment »)* : …

ALEX : Et ton père, il est où ?

EMMA : Alex…

MOI : Non, t'inquiète, c'est bon. Il est mort.

ALEX : Désolé.

EMMA : Je suis sincèrement désolée.

MOI : C'est bon, sérieux. Je l'ai jamais connu.

(Silence gêné. Tout le monde mange sa glace.)

EMMA : Tu as quand même des infos sur lui ?

MOI : Pas trop. Mes parents n'ont jamais été vraiment en couple. Quand ma mère s'est aperçue qu'elle était enceinte, il était déjà mort.

ALEX : Ça, c'est cool. Il est mort, tu es née. Tout n'est pas fini quand on meurt.

MOI : Enfin, pour lui, si.

ALEX : Je ne crois pas.

MOI : Moi, si.

ALEX : T'en penses quoi, Emma ?

EMMA : Je pense que tu devrais nous parler de ton robot de cuisine, parce que c'est ton anniversaire. Ton jour à toi.

ALEX : Je vais faire des glaces avec.

EMMA : Cool.

ALEX : Tu savais que la glace napolitaine devrait en réalité être vert, blanc et rouge ? Parce que ce sont les couleurs du drapeau italien.

On a passé presque deux heures au Sprinkles, parce qu'Alex a pris son temps pour commander et manger, mais aussi parce qu'on s'amusait bien.

Après, je les ai raccompagnés à la friperie et, devinez qui on a croisé devant Tesco ?

Miriam.

Et Mme Patel, qui a dû se faire faire un lifting – parce que cet air exagérément surpris, ça ne peut pas être son expression normale.

MIRIAM : Salut, Phoebe.

MOI : Oh, salut, Miriam.

MIRIAM : Je fais des courses avec ma mère. Et toi, qu'est-ce que tu fais dans le coin ?

MOI : Je me balade avec des amis.

MIRIAM *(jaugeant Emma et Alex du regard)* : Oh, salut. Moi, c'est Miriam.

MOI : Miriam – Emma, Alex. Emma, Alex – Miriam.

EMMA ET ALEX : Salut.

MOI : Bon, faut qu'on y aille.

MIRIAM : Oui, nous aussi. Salut, Phoebe ! À la semaine prochaine.

MOI : Ouais, salut. À la semaine prochaine.

J'ai entraîné Emma et Alex en marmonnant :

– *OMG.* C'était Miriam Patel, une fille de ma classe. Elle est odieuse. Toujours très sympa par-devant, mais dès que tu as le dos tourné, elle te descend en flèche.

– Ouais, ça te connaît, a commenté Alex, sous-entendant que je faisais la même chose.

J'ai protesté :

– Oh, arrête, Alex !

Emma a explosé de rire. Elle a tellement ri qu'elle en avait les larmes aux yeux.

Bon, OK, il a raison. J'ai fait ma Miriam dans le dos de Miriam – on ne peut pas tomber plus bas.

Maintenant, j'ai peur qu'Emma pense que je suis vraiment

comme ça, alors que c'est faux. Je suis hyper franche, comme fille. Souvent, en m'entendant, les gens sont horrifiés. « *OMG,* Phoebe, tu ne peux pas dire ça. » Mais neuf fois sur dix, ils n'en pensent pas moins.

23 h 44

J'ai trouvé cette citation d'un certain Thomas Moore : « des yeux d'un bleu contre-nature ».

VENDREDI 23 FÉVRIER

#reseauxinfernaux

Ouais ! Emma demande à me suivre sur Instagram. Elle ne me hait donc point. Mais, évidemment, je ne peux pas accepter tout de suite parce que j'aurais l'air désespérée.

Je vais attendre minuit.

Et après je pourrai enfin la stalker.

Encore quatre heures à attendre.

Pourquoi c'est aussi stressant ?

20 h 59

mortedennui.com

Encore trois heures.

23 h 10

J'ai failli m'endormir en regardant un truc nul à la télé avec Kate.

Plus que cinquante minutes.

Je vais tenir !

SAMEDI 24 FÉVRIER

#lukeskywalker

16 h 15

Non mais j'y crois pas ! Je me suis endormie ! Emma va se demander pourquoi j'ai accepté sa demande à deux heures du matin. Maintenant que c'est fait, je ne peux plus annuler, et je ne peux pas fermer l'œil non plus.

La dernière fois que j'ai dû ruser pour Insta-stalker quelqu'un, c'était avec Polly : elle voulait tout savoir sur Petites-Roues.

Après avoir passé (perdu) autant de temps à regarder l'Instagram de Tristan, je connais tout de sa vie.

Pareil pour Miriam : plus rien de secret, plus rien de sacré, plus rien à découvrir, elle a littéralement vomi toute sa personnalité sur sa page.

Emma, c'est tout le contraire. Il n'y a rien à voir. Elle n'a que cent soixante-quinze abonnés, ce qui est largement en dessous de la moyenne, et son dernier post – une photo de sapin de Noël – remonte au 25 décembre. Je veux dire, je ne poste pas grand-chose non plus, mais j'ai quand même cinq cent trois abonnés, alors que je n'aime même pas les gens et que je ne demande jamais à suivre personne parce que ça me stresse trop.

Pour découvrir l'identité de Luke Skywalker, j'ai passé au peigne fin la liste de tous ceux qui la suivent et de tous ceux qu'elle suit, mais je n'ai trouvé personne de vaguement ressemblant. Ou alors c'est un de ses ex, et elle l'a *unfollow*, mais dans ce cas pourquoi elle l'aurait gardé comme profil ? C'est la première photo qu'elle a postée mais elle ne l'a pas tagué. Y a plein de commentaires, du genre « Jolie photo de vous deux » ou « *Love love love* ». Pas le moindre indice.

Je vais faire une pause Insta pour Carême parce que l'angoisse de liker une photo d'il y a trois mois (à trois heures du mat') ou d'avoir demandé à suivre le cousin éloigné de je ne sais qui, c'est trop pour moi. J'adore les réseaux sociaux, mais ça me rend dingue.

Et puis sérieux, c'est qui ce Luke ?

DIMANCHE 25 FÉVRIER

#desinstagrammezmoi

J'ai recommencé à Insta-stalker Emma.

Je crois que j'ai besoin d'aide. L'addiction aux réseaux sociaux, c'est un vrai problème.

Selon Internet, ça touche deux cent dix millions de personnes. Ça fait plus de trois fois la population du Royaume-Uni !

Mais juré, dès que j'en saurai plus sur Emma, je m'arrêterai.

Voilà les nouvelles : Emma a trois abonnés de plus que l'autre jour, tous dans la quarantaine, et il y a de nouveaux commentaires sous sa photo avec Luke, mais toujours rien qui m'indique qui est ce garçon ni de quand ça date.

Et toujours aucun post.

POURQUOI ?

Où va-t-elle ? Que fait-elle ?

Alors que je peux vous dire les moindres pensées qui ont traversé l'esprit de Miriam durant ces dernières vingt-quatre heures ainsi que la valeur nutritionnelle de ses petit déjeuner, déjeuner et dîner.

LUNDI 26 FÉVRIER

#findunebelleamitie

Miriam et moi, c'est fini.

Quand je suis arrivée au lycée, Polly m'attendait au portail pour me prévenir :

– Miriam raconte à tout le monde que tu sors avec un garçon trisomique.

MOI : Elle a vraiment dit ça ?

POLLY : Elle a fait genre : « C'est pas trop chou que Phoebe sorte avec un gars qui souffre de trisomie ? »

MOI *(pensant « C'est la meilleure »)* : …

POLLY : Tristan connaît quelqu'un qui est trisomique.

OMG ! Pourquoi les gens se sentent toujours obligés de dire des trucs comme ça ! « Ouais, parce que euh… moi, je connais quelqu'un… euh… qui est handicapé aussi… » La ferme !

Alors voilà ce que j'ai fait : j'ai attendu. Jusqu'au déjeuner, où je me suis assise à la table de Miriam.

MIRIAM : Oh, salut, Phoebe !

MOI : Oh, salut, Miriam. Pour ton information, je ne sors pas avec Alex.

MIRIAM : …

MOI : C'est un ami que j'ai rencontré à la friperie solidaire. Et tu sais, les gens ne « souffrent » pas de trisomie, ils ont une trisomie, c'est-à-dire qu'ils ont un chromosome supplémentaire. La seule chose dont ils souffrent, c'est de croiser des imbéciles dans ton genre.

Bon sang, mais quelle conne !

MARDI 27 FÉVRIER

#erreurdecasting

Ce soir, lorsque Kate m'a demandé de m'asseoir avec elle dans la cuisine, j'ai fait genre :

– Qui est mort ?

KATE : Personne. Ne sois pas bête. C'est à propos de ta recherche d'emploi.

MOI : Je sais que ça ne donne pas les résultats escomptés, mais…

KATE : Non, non, t'inquiète. Je voulais te faire une proposition.

MOI : …

KATE : Ta mère m'a dit que tu voulais travailler à cause de moi.

MOI : Pas à cause de toi, à cause de moi. Parce que ta chatte attend des chatons illégitimes et que, selon mes informations, cela représente une perte financière de deux mille livres.

KATE *(méga accent écossais)* : OOOOH, c'est RRRidicule. Tu ne vas quand même pas me rembourser parce que cette satanée chatte a fugué !

MOI : …

KATE : Bon, si tu veux vraiment te faire pardonner – mais franchement, c'est pas la peine et, en plus, tu dois te concentrer sur tes exams –, tu n'as qu'à me donner un coup de main à la friperie. Je ne peux pas te payer, mais ça revient au même.

MOI : …

KATE : Écoute. Tu cherches du boulot, j'ai besoin de personnel.

MOI : Tu aurais besoin de moi combien de jours par semaine ?

KATE : Six, tiens donc.

MOI : …

KATE : Je plaisante, patate. Un ou deux après-midi. Mais seulement si ça n'interfère pas avec le lycée.

MOI : Quel jour ?

KATE : Comme tu veux. Disons le jeudi et le samedi, si tu veux voir Emma et Alex.

MOI : ...

KATE : On peut dire que je te paye dix livres de l'heure.

MOI : Si je travaille le jeudi aprèm et le samedi toute la journée, ça ferait douze heures par semaine.

KATE *(portant la main à son cœur)* : Ça me rendrait vraiment service.

MOI : Il faudrait que je travaille pour toi seize semaines virgule sept pour te rembourser ce que je te dois.

KATE : C'est une estimation ou tu as calculé de tête ?

MOI : ...

KATE : OK, petit génie – mais arrête de te dire que tu me dois de l'argent.

MOI : Mais si.

KATE : Phoebe, tu ne me dois rien. Écoute, c'est juste une idée... Tu n'es pas obligée...

MOI : Je ne tiens pas la caisse.

KATE *(de nouveau très pro)* : OK, seulement la réserve.

MOI : Je n'adresse pas la parole aux clients.

KATE : Bien entendu.

MOI : Ni à Pat.

KATE : ...

MOI : Ni à aucune autre personne âgée.

KATE : Pourquoi ? C'est quoi le problème avec les personnes âgées ? Tu as rencontré Mélanie. Elle est super.

MOI *(parce que, faut être honnête, j'ai pas le choix)* : OK.

KATE *(joignant les mains, avant de m'embrasser)* : Je t'adore !
MOI : Lâche-moi !

21 h 15

Je regrette déjà d'avoir accepté. Parce que…
Points négatifs de la friperie :
• Pat,
• et tous les autres vieux méchants et/ou dingues,
• devoir fouiller dans les fringues des morts,
• devoir farfouiller dans les affaires des morts,
• devoir classer les livres des morts,
• l'odeur de pipi.

Points positifs de la friperie :
• Emma,
• Alex,
• rembourser l'argent des chatons à Kate sans me faire exploiter dans un boulot que je déteste.

Six contre trois, je n'aurais pas dû dire oui.
Comment je vais faire pour annoncer à Kate que j'ai changé d'avis ?

MERCREDI 28 FÉVRIER

#fairepart

Les deux chattes de luxe sont enceintes.
Kate m'a envoyé un texto en sortant de chez le véto :

Félicitations ! Tu vas être tata !

C'est ça, oui…

Sinon, Miriam m'ignore toujours. Elle n'a pas apprécié d'être traitée d'imbécile.

Qu'elle aille se faire voir.

Et Polly aussi parce qu'aujourd'hui, elle m'a sorti :

– Tu sais, Phoebe, je trouve ça cool que tu traînes avec les gens de la friperie.

Non mais de quoi je me mêle ?

Maman m'a envoyé un mail pour me dire qu'ils étaient toujours en Turquie. Quand ils vont arriver en Syrie, y aura plus personne à sauver, ma parole.

P.S. : Je vais à la friperie après les cours demain.

JEUDI 1ER MARS

#mauditesjonquilles

Polly ne m'a toujours pas souhaité une bonne année et on est en mars.

Cet aprèm, j'ai travaillé officiellement pour la première fois à la friperie, malgré le pitoyable résultat de six points négatifs contre trois. Quand je suis arrivée, Emma était déjà là. Elle va au lycée tout près, à dix minutes à pied.

Kate était surexcitée.

– Je suis tellement contente que tu sois là ! On a reçu les cartes de Pâques ce matin. Il faut les mettre vite en rayon.

Il y avait dix énormes cartons de cartes de vœux contenant environ vingt-cinq mille variations sur le thème de Pâques :
- des photos de jonquilles,
- des jonquilles en aquarelle,
- des jonquilles en peinture à l'huile,
- des jonquilles et un arbre,
- des jonquilles et un agneau,
- des jonquilles et le lapin de Pâques,
- des jonquilles et des jonquilles,
- des jonquilles et des jonquilles et des jonquilles.

J'ai dû remplir trois présentoirs de cartes et je ne pouvais pas les mettre n'importe comment (alors que, franchement, qu'est-ce que ça peut bien faire ?), je devais suivre le protocole envoyé par le bureau central des friperies solidaires contre le cancer… et ça m'a pris trois heures.

À un moment, j'ai râlé :

– Hé, on est six ! Pourquoi je suis la seule à me débattre dans l'enfer de Pâques ?

Emma a répliqué qu'après avoir rangé les cartes de Noël, elle avait menacé Kate de ne plus jamais mettre les pieds à la friperie. Alex ne s'occupe jamais des cartes de vœux parce qu'il est « chargé des relations clientèle », selon ses propres termes, et qu'il doit rester à la caisse.

Quant à Mélanie, elle s'est défilée :

– Oh non, ma puce. Moi, je ne suis pas là pour ça.

Et son mari, Bill – qui est hilarant et porte des pantalons en velours de couleurs improbables –, s'est excusé :

– J'ai une très mauvaise vue. Pour moi, elles se ressemblent toutes.

C'est bizarre, parce qu'il voit très bien :

1) pour noter les prix sur les minuscules étiquettes,

2) les attacher à l'arrière des cravates.

Pat était absente – ce qui sur le coup m'a réjouie, jusqu'à ce que je comprenne qu'elle avait prétexté être malade exprès pour ne pas s'occuper des cartes non plus.

Car il n'y a pas pire job au monde.

Je commence à me dire que le communisme est peut-être une bonne idée après tout, et c'est pas une blague. Finalement, il y a des avantages à ne pas avoir le choix.

Kate était tellement contente que j'aie fait son satané boulot qu'elle nous a tous payé un Starbucks. J'ai pris un latte vanille, comme d'hab.

– Je n'aurais pas cru que tu étais du genre latte vanille, a commenté Emma.

Et elle m'a fait un clin d'œil.

Pourquoi, c'est nul, comme boisson, le latte vanille ?

Emma a commandé un thé chaï avec du lait de soja. J'essaierai peut-être la prochaine fois.

En rentrant à la maison, quand j'ai demandé à Kate pourquoi Emma était bénévole à la friperie, elle a répliqué :

– Pourquoi tu ne lui poses pas la question ? Je suis sûre qu'elle te répondra.

Oui, d'accord, certainement car ce n'est pas une affaire d'État, sauf que peut-être que si vu que Kate en fait toute une histoire.

Si seulement la vie était plus simple.

C'est quoi, hein, tout ce truc autour d'Emma ?

21 h 08

Ah, et un autre détail à propos d'Emma : je n'ai jamais vu quelqu'un avec des yeux aussi immenses et aussi beaux.

Sur Internet, j'ai lu que les yeux bleus étaient dus à une mutation qui se serait produite il y a six à dix mille ans. Avant, tous les humains avaient les yeux marron. Actuellement, seulement huit pour cent de la population mondiale a les yeux bleus. Et en réalité, il n'y a aucun pigment bleu dans l'iris, c'est juste une impression, comme pour le ciel.

VENDREDI 2 MARS

#devenirchevre

En rentrant à la maison, Kate m'a annoncé :
– James est passé à la friperie aujourd'hui.
– Qui ça ?

KATE : Bah, James, tu sais bien.
MOI : …
KATE : James James. Le beau James. De la taverne.

Foodporn James était en train de feuilleter des vieux bouquins quand Kate l'a reconnu.

Apparemment, sa vie ne se réduit pas à son job au resto. Il est étudiant aux beaux-arts et il a vingt-trois ans. Kate lui a proposé d'être bénévole à la friperie parce qu'elle a un déficit chronique de personnel, et il a dit qu'il y réfléchirait. S'il vient bosser à la friperie, je n'y mets plus les pieds, sérieux. Ce serait trop gênant parce que Kate crushe clairement sur lui et que je n'ai pas envie de supporter un autre couple qui se bave dessus juste sous mon nez.

SAMEDI 3 MARS

#friperiesolidaireducancer

Pat était de retour aujourd'hui. Assise à sa table habituelle, en train d'étiqueter le bric-à-brac. Je jure qu'elle m'a toisée de la tête aux pieds aller-retour au moins trois fois. J'ai soutenu son regard. J'aimerais bien savoir pourquoi elle me déteste autant.

Pour commencer, j'ai dû ranger les présentoirs de cartes de Pâques parce que, visiblement, les gens sont trop :

1) aveugles,

2) et/ou stupides pour remettre les cartes au bon endroit.

Évidemment, pendant que j'essayais de les ranger, les clients faisaient tourner le présentoir pour prendre des cartes... et les reposer au mauvais endroit. J'avais envie de leur crier : « Demandez de l'aide si c'est trop compliqué pour vous ! »

Ensuite, on m'a appris à désinfecter les vêtements avec la grosse centrale à vapeur. Elle porte l'eau à ébullition comme une bouilloire, puis la souffle par une sorte de diffuseur qu'il faut passer sur les vêtements pour les nettoyer et les défroisser. Hélas, ça n'arrange pas l'odeur, alors Emma m'a conseillé :

– En cas de besoin, tu vaporises un peu de ça.

Elle m'a tendu un spray Febrèze « fraîcheur florale ».

J'ai soupiré :

– Maintenant, ça sent les toilettes publiques.

Et Emma a commenté :

– *Mmmm*, quel parfum !

Elle a reniflé l'aisselle de la vieille chemise qu'on était en train de passer à la vapeur et on a explosé de rire.

Pat n'a pas prononcé un mot de la matinée. Elle semblait

vraiment agacée qu'Emma et moi, on s'amuse. Quand elle a ouvert la bouche, c'était pour lancer :

– Au fait, Phoebe, j'ai appris que ta mère était en Syrie…

MOI : Oui.

PAT : Kate m'a dit qu'elle construisait un hôpital ?

MOI *(pensant « Pourquoi tu me poses la question puisque tu connais déjà la réponse ? »)* : Oui.

PAT : Quel courage.

MOI : …

PAT : Et ton père était tellement courageux, lui aussi. Il doit te manquer.

MOI : Non, pas vraiment.

PAT *(la mâchoire qui se décroche)* : …

Désolée, mais je déteste quand les gens font ce genre de réflexion. C'est comme sortir : « Oh, ce doit être affreux de vivre sans ce troisième bras que tu n'as jamais eu. »

Je n'en reviens pas : Kate raconte ma vie à n'importe qui alors que, quand je lui pose une question au sujet d'Emma, elle fait : « Non, désolée, je ne peux rien te dire. »

Je devrais peut-être démissionner.

Parce que, c'est bien connu, faut pas mélanger vie pro et vie perso.

DIMANCHE 4 MARS

#enfernet

Emma n'a toujours rien mis sur Insta que je pourrais liker. En revanche, je n'ai délibérément pas liké le post de Polly : une photo d'eux deux sous une couverture avec en légende « Un dimanche avec ton mec ». Trop c'est trop.

J'ai passé une heure à essayer d'appeler maman sur WhatsApp, en vain.

Kate était là :

– Je suis désolée, Phoebe.

Mais j'ai répliqué :

– C'est pas ta faute. Et de toute façon, je m'en fiche.

Elle m'a dévisagée en affirmant :

– C'est pas vrai, Phoebe. Amélia est ta mère.

Mais sérieux, je m'en moque. Maman m'appelle parce qu'elle aime s'écouter parler. Je comprends que dans le monde du travail, on ait des cases à cocher. Mais en famille ? S'obliger à parler à quelqu'un simplement parce qu'on a un lien de sang ? Aucun intérêt.

Les profs sont en stage demain, alors je vais à la friperie.

LUNDI 5 MARS

#revelations

Quand on ne sait pas mentir, il ne faut pas mentir.

Polly ne me ment jamais car :

a) elle sait que je la grille immédiatement parce qu'elle a un tic aux paupières et que sa voix change,

b) elle prétend que me mentir serait comme se mentir à elle-même.

Si on veut faire des mystères mais qu'on se sent tellement coupable qu'on finit par tout avouer un jour ou l'autre, alors pourquoi ne pas être honnête dès le début ?

Les gens sont pathétiques.

Aujourd'hui, j'ai découvert que ma mère ne m'avait jamais dit la vérité au sujet de mon père.

Et, évidemment, comme toutes les informations essentielles et vitales – du genre règles, pénis, et comment monter des meubles Ikea –, je l'ai appris de la bouche de Kate. Parce que ma mère est vraiment une mère pitoyable.

Apparemment – et c'est assez décevant, je dois l'avouer –, ma misérable mère et ma misérable marraine avaient décidé d'un commun accord de ne pas me révéler les circonstances exactes du décès de mon père.

Mais, bien évidemment, elles avaient l'intention de m'en parler un jour…

Elles avaient sûrement estimé que découvrir qu'on m'avait menti depuis ma naissance serait moins traumatisant que d'avoir toujours su la vérité.

Ma vie ressemble à ces émissions de télé où les gens découvrent que leurs proches leur ont caché des secrets : au début, tout le monde les hue et, ensuite, tout le monde pleure. Ou part en claquant la porte.

Donc, ce matin, Kate et moi, nous sommes arrivées tôt à la friperie car quelqu'un venait tester l'alarme incendie.

On s'est arrêtées au Starbucks pour prendre un café.

KATE *(en bâillant)* : Rappelle-moi pourquoi j'ai choisi de tenir une friperie solidaire ?

MOI : Parce que tu ne voulais plus être infirmière en traumatologie ?

KATE *(se frottant les yeux)* : Ah, oui. C'est vrai.

MOI : Pourquoi tu as arrêté ?

KATE *(haussant les épaules)* : Pour de multiples raisons.

MOI : Mais pourquoi ?

KATE : Je n'en pouvais plus.

MOI : Quoi ? Du jour au lendemain ? Tu t'es levée et tu t'es dit « Stop, ça suffit ! » ?

KATE : Exactement. Je me suis levée et je me suis dit : « Stop, ça suffit ! »

MOI : Tu mens.

KATE : Qu'est-ce que ça peut te faire ? Il est sept heures du matin, putain.

MOI : Il s'est passé quelque chose.

KATE : Phoebe, il se passe toujours quelque chose quand tu es infirmière en trauma. Des choses pas cool. Surtout dans un pays en guerre.

MOI : Raconte.

KATE *(elle ouvre la bouche comme si elle allait le faire, puis finalement se ravise)* : Je te raconterai un jour, Phoebe.

SERVEUSE DU STARBUCKS *(criant alors qu'on est les seules clientes, juste devant elle)* : Un americano noir et un chaï lait de soja pour Kate.

KATE : Merci.

MOI *(lui tenant la porte)* : Tu te rends compte que tu as un comportement trop bizarre avec moi ?

KATE : Questcequeturacontes ?

MOI : Un jour, tu me parles de cocher des cases et tu m'expliques la vie sexuelle des chats, et le lendemain, tu fais genre : « Désolée, Phoebe, je ne peux pas te révéler cette information. »

KATE *(elle s'arrête au beau milieu du trottoir pour m'attirer dans une impasse qui sent l'urine, entre l'animalerie et le Tout à 1£, son accent écossais se faisant de plus en plus prononcé)* : OK, Phoebe. Alors premièrement, tout ne tourne pas autour de toi. Peut-être que, dans ce cas précis, je n'ai pas envie de te parler de ça parce que, bien qu'étant adulte, je suis une personne qui éprouve des émotions. Et deuxièmement, OK, très bien, je vais te le dire, putain.

MOI : ...

KATE : J'ai vu ton père mourir.

MOI : ...

KATE : J'ai vu beaucoup de gens mourir, mais là, ce n'était pas pareil. C'était mon ami. Et ta mère l'aimait, et je n'ai pas pu le sauver.

MOI *(l'impasse puante tourne autour de moi)* : ...

KATE : Désolée, j'aurais pas dû te le dire.

MOI *(l'impasse puante continue de tourner)* : ...

KATE : Je suis désolée, Phoebe. Je...

MOI *(Kate tourne aussi)* : ...

KATE *(me prenant la main)* : Je suis nulle... Désolée.

MOI *(me dégageant)* : Ne me touche pas.

KATE : Phoebe...

MOI : Et ne me parle pas.

Je l'ai laissée plantée au milieu de l'impasse de la pisse et j'ai foncé à la friperie où j'ai dû attendre devant la porte qu'elle vienne m'ouvrir. J'étais trop assommée pour piquer ma crise. Ou m'enfuir. C'était la loose totale.

Kate m'a rattrapée, a ouvert la porte et a filé dans la réserve trier des vêtements. Quand le type de l'alarme incendie a débarqué, il m'a fait genre :

– Ça va, miss ?

– Non, pas vraiment.

Plus tard, Pat m'a demandé :

– Tu t'es disputée avec Kate ?

Quand j'ai confirmé, ça a eu l'air de lui faire plaisir.

Je n'en reviens pas qu'elles ne m'aient jamais rien dit.

Le seul point positif dans tout ça, c'est que, maintenant, vraiment plus personne ne peut me décevoir.

22 h 36

Kate vient de me raconter toute l'histoire.

Elle s'est plantée là, devant la porte de ma chambre.

– Écoute, Phoebe, je suis désolée qu'on ne t'ait jamais dit la vérité, et je suis désolée de te l'avoir déballée brusquement comme ça. Ça a été une période très difficile dont on n'aime pas beaucoup parler. Je t'en prie, ne répète pas à ta mère que je me suis comportée comme une gamine de cinq ans, je préfère m'en charger. Je vais lui envoyer un mail. Phoebe ?

J'ai grogné :

– Ouais…

Et j'ai ouvert la porte.

Je savais que mon père était mort parce que l'hôpital irakien où il travaillait avait été bombardé. J'ignorais que maman et Kate se trouvaient aussi là-bas.

Kate m'a raconté qu'elle était encore dans le bâtiment où vivaient les médecins et les infirmières quand mon père est parti rejoindre ma mère, qui bossait déjà à l'autre bout de l'hôpital.

Kate a dit que le problème avec les bombes, c'est qu'on ne les entend pas arriver. Ça va trop vite. Et donc soudain, il y a eu une violente explosion, le sol a tremblé, les murs se sont écroulés et tout a été projeté par terre.

Kate s'est ruée dehors et a vu que presque tous les bâtiments d'en face s'étaient effondrés. Les gens couraient, hurlaient, et elle, elle se répétait : « Merde, Amélia était à l'intérieur ! »

Elle a traversé la cour à toute allure, et c'est là qu'elle a aperçu mon père, à terre.

Il avait pris un pan du toit dans le ventre, il saignait tellement qu'il gisait déjà dans une mare de sang.

Elle pense qu'il savait qu'il allait mourir.

Et il savait qu'elle savait, alors elle s'est juste agenouillée près de lui pour lui tenir la main.

Elle a vécu le moment le plus horrible de sa vie. C'était fini en quelques secondes, pourtant, elle a eu l'impression que ça durait des heures et des heures.

MOI : Pourquoi bombarder un hôpital ?

KATE *(secouant la tête)* : La guerre, Phoebe. Tu ne peux pas imaginer ce que c'est, non, impossible… Les gens deviennent des monstres.

MOI : Papa a dit quelque chose avant de mourir ?

KATE *(secouant à nouveau la tête)* : Non, ma puce. Rien.

MOI : Et toi, qu'est-ce que tu lui as dit ?

KATE *(haussant les épaules)* : Je… Je crois que je lui ai dit de ne pas s'inquiéter.

MOI : Je suis désolée.

KATE *(elle me prend dans ses bras)* : Non, c'est moi, Phoebe. C'était ton père. Un humain merveilleux. Comme toi. C'est pas juste.

Le bombardement a fait quinze morts. Maman a été assommée, elle a eu un traumatisme crânien. Elle a été évacuée vers Chypre, et

Kate l'a accompagnée. C'est là qu'elle a appris qu'elle était enceinte de moi.

Kate a démissionné en rentrant à Londres.

Le corps de papa a été rapatrié en avion à Tel-Aviv où vivait sa famille. D'après Kate, maman n'a rien dit, rien fait pendant cinq mois. Et quand je suis née, elle a décidé d'inscrire « père inconnu » sur l'acte de naissance, parce que c'était trop dur.

Franchement, c'est bien son genre de réagir comme ça. Une fois de plus, elle n'a pensé qu'à elle. Elle ne s'est même pas dit que, peut-être, les parents de papa aimeraient être au courant de mon existence alors que leur fils venait de mourir. Et elle ne s'est pas dit non plus que je méritais mieux qu'un père inconnu.

J'ai demandé à Kate si elle pensait que la famille de papa aurait aimé me connaître. Elle ignore si maman accepterait de les contacter, mais elle est prête à m'aider si je veux le faire.

Elle m'a dit que mon père était la personne la plus drôle qu'elle ait jamais connue et que j'avais hérité de son sens de l'humour délirant. Qu'il était chaleureux et sociable, mais que hélas, je ne semblais pas avoir hérité de ce trait de personnalité (sympa).

Je ne m'étais jamais vraiment intéressée à mon père.

Je ne le considérais même pas comme une vraie personne.

Maintenant oui.

Ça me fait plaisir de penser qu'il était drôle.

Je me demande s'il m'aurait appréciée.

Imagine s'il avait eu un compte Facebook. Je serais en train le stalker à l'heure qu'il est !

D'après ce que j'ai lu sur Internet, il y a environ vingt millions de morts sur FB. Pas réellement, bien sûr, vu qu'ils sont morts, mais leurs comptes existent encore. Je pourrais voir des photos de papa, demander les membres de sa famille en amis, voir ce qu'il aimait manger, les films qu'il avait vus au ciné, où il était parti en vacances…

P.S. : Je n'y avais jamais réfléchi avant, mais je suis vraiment triste qu'il soit mort.

MARDI 6 MARS

 # שלום

Ce soir, Kate, maman et moi, on a discuté sur WhatsApp, et Kate a prévenu maman qu'elle m'avait raconté, pour papa.

Je suis contente que tout soit dit.

Je suis contente, parce que, d'une certaine façon, les gens prennent une consistance quand on connaît leur histoire. Toute ma vie, j'ai pensé : « Mon père est mort, il travaillait comme médecin dans un pays en guerre et il s'est fait tuer avant ma naissance. »

Maintenant, je vois plutôt les choses comme ça : mon père s'appelait Ilan, il venait de Tel-Aviv. Il était médecin et il est mort dans le bombardement de l'hôpital de Mossoul, où il travaillait. On ne s'est jamais rencontrés, mais apparemment, je lui ressemble. Sans la barbe.

Kate a fait genre : « Tu peux me demander tout ce que tu veux. C'est tellement bête d'avoir évité le sujet pendant toutes ces années. »

MOI : Donc mon père était juif ?
KATE : Oui.
MOI : Mais moi, je ne le suis pas.
KATE : Je ne sais pas… c'est à toi de me le dire.

MOI : Ha ha.

KATE : Pas de naissance, en tout cas. La judéité se transmet par la mère. Enfin, j'imagine que tu es à moitié juive.

MOI : Et il parlait hébreu ?

KATE *(elle me dévisage comme si j'étais idiote)* : Oui. Vu qu'il était israélien, né et éduqué en Israël, qu'il avait fait ses études de médecine à l'université de Tel-Aviv, effectivement, il parlait hébreu.

MOI : Je devrais peut-être apprendre l'hébreu.

KATE : Phoebe, si tu veux apprendre l'hébreu, je paierai les cours.

(Mais après, j'ai regardé sur Google... waouh, c'est super compliqué ! Bon, « salut », ça se dit « *shalom* » – facile, mais ça s'écrit : שלום.)

MOI : Je ressemble plus à mon père ou à ma mère ?

KATE : Tu as pris le meilleur des deux, ma puce.

MOI : Hashtag cliché.

KATE : OK, espèce de râleuse. Je vais te le dire. Tu tiens de ton père tes beaux yeux, ton esprit vif ainsi que ton sens de l'humour parfois discutable. D'Amélia, tu as hérité la capacité à ne pas te faire marcher sur les pieds. Mais ton intelligence, ça vient de moi, comme ta belle gueule. Et tes cheveux soyeux. Et...

MOI : Arrête, Kate. Je suis sérieuse.

KATE *(portant la main à son cœur)* : Mais moi aussi, Phoebe. Inné et acquis...

MOI : ...

KATE *(elle me prend dans ses bras pour me couvrir de baisers)* : Tu es le croisement parfait de ces deux spécimens.

MOI : Pourquoi on ne parlait jamais de papa ?

KATE : Parfois, il y a des trucs tellement lourds à digérer qu'on n'arrive pas à trouver les bons mots. Je ne crois pas que ta mère refuse de parler de ton père, honnêtement, je pense plutôt qu'elle ne peut pas.

MOI : …

KATE : Mais moi, je te le dis, Phoebe : ton père était un homme merveilleux.

MOI : Je suis désolée que tu aies perdu un ami.

KATE : Pas aussi désolée que moi que vous n'ayez jamais pu vous rencontrer.

MOI : …

KATE *(elle m'embrasse à nouveau, me serre trop fort, rit dans mes cheveux)* : Il parlait un anglais parfait, sauf qu'il ne disait jamais « salut », toujours *shalom*.

MOI : Peut-être que je devrais faire pareil, vu que je suis à moitié israélienne.

KATE : Ouais… mais préviens ta mère avant.

MOI : …

KATE : Elle l'aimait. Elle l'aime peut-être toujours.

21 h 32

Shalom : mot qui signifie « paix » en hébreu – utilisé par les Juifs comme terme de salutation : « allez en paix ».

22 h 00

J'ai envie de retrouver la famille de mon père.

Bon, ils risquent d'avoir une crise cardiaque, mais quand même, qui ne voudrait pas savoir que son fils/frère/meilleur ami décédé a eu un enfant ? Je comprends que ça contrarie maman, mais il n'y a pas qu'elle, sur cette planète.

MERCREDI 7 MARS

#cgenialphoebe

En croisant Polly au lycée ce matin, j'ai lancé un grand :

– *Shalom !*

Et elle a fait genre *WTF ?*

Alors je lui ai raconté que, puisque mon père était israélien, je voulais en savoir plus sur cette culture et que j'envisageais même d'apprendre l'hébreu (un mensonge, vu que j'avais déjà décidé que c'était trop dur). Elle s'est contentée de dire :

– C'est génial, Phoebe.

Je ne sais pas ce que j'attendais... une réaction, en tout cas. Si je lui avais annoncé que j'allais me jeter sous un bus, elle m'aurait répondu : « C'est génial, Phoebe. »

Elle n'en a rien à faire, et ça me rend dingue, et ça me rend dingue que ça me rende dingue, parce que j'aimerais n'en avoir rien à faire non plus.

En revanche, je me moque complètement que Miriam m'ignore parce que je l'ai traitée d'imbécile. Au contraire, ça m'ôte un poids. Mais l'indifférence de Polly me retourne l'estomac.

Comment un mec peut-il remplacer une meilleure amie ?

P.S. : Je viens de taper la question ci-dessus sur Internet et la réponse est « Un mec ne peut pas remplacer une meilleure amie parce que :

1) on a besoin d'une meilleure amie pour parler de son mec,

2) une meilleure amie reste objective quand on est aveuglée par l'amour,

3) un mec, c'est temporaire, alors que les amis, c'est pour la vie. »

Comment se fait-il que Polly ne s'en rende pas compte ?

P.P.S. : La vie serait tellement plus simple si on n'éprouvait pas de sentiments. Comme Data dans *Star Trek*. Je sais qu'il s'agit d'un androïde, pas d'un humain, mais c'est un génie… jusqu'à ce que Geordi lui installe une puce d'émotivité et que Data pète les plombs.

Je m'efforce de n'éprouver aucun sentiment, mais quand je m'aperçois que je ne reconnais plus Polly, les émotions s'infiltrent sous ma carapace en acier pour pénétrer dans mon âme. Et ça brûle comme de l'acide.

JEUDI 8 MARS

#gravequestion

Cet après-midi, une cliente s'est plainte qu'il n'y ait pas de représentation de Jésus sur la croix dans notre sélection de cartes de Pâques. Puis elle a enchaîné sur le fait que, désormais, on ne parlait même plus d'œufs de Pâques, mais d'œufs en chocolat, et que le politiquement correct allait trop loin, parce qu'on était quand même chez nous, dans ce pays.

Ce n'est pas pour faire de l'humour mais, à moins que Jésus ait pondu un œuf en chocolat, je ne vois pas vraiment le rapport.

J'aurais aimé trouver une bonne réplique à lui envoyer, mais j'étais tellement choquée par ce racisme ordinaire que je suis restée sans voix.

Foodporn James est venu à la friperie cet aprèm. Je me demandais : est-ce que les gens croient que flirter leur donne l'air attirant ?

Parce que, franchement, Kate passait tellement la main dans ses cheveux, on aurait dit qu'elle avait des poux.

Emma et moi, on les a observés un bon moment, puis elle a fait :

– Il est pas mal, hein ?

Je voulais en profiter pour lui demander qui était Luke Skywalker mais j'ai pas osé.

Maintenant, tous ces mots que je n'ai pas prononcés me pèsent sur l'estomac.

Ma vie serait tellement plus simple si je n'étais pas aussi compliquée.

VENDREDI 9 MARS

#unmondededingues

Je viens de passer une heure sur le compte Insta d'Emma à la recherche d'infos sur elle.

Je devrais peut-être la googliser.

23 h 55

Je l'ai googlisée. Rien.

SAMEDI 10 MARS

#laviecacraint

Je me demande ce qui se passe dans la tête de Polly. Je ne lui manque pas ? Je ne sais pas si je suis triste ou vexée. Comment dix ans d'amitié peuvent s'effacer comme ça ?

Ce n'est même pas que j'aimerais lui parler de mon père… juste aller au Starbucks ensemble, ce serait sympa. Le truc cool, avec Polly, c'est qu'elle avait toujours quelque chose à raconter et, du coup, quand je n'avais pas envie de parler (ce qui m'arrive souvent, j'avoue), elle me lisait un machin débile qu'elle avait trouvé dans un journal gratuit. Ou elle faisait semblant de faire un sudoku, mais comme elle a horreur de ça et qu'elle n'y comprend rien, je le faisais à sa place.

Ma vie craint tellement, maintenant.

D'accord, je me suis plus ou moins fait de nouveaux amis, mais je ne peux pas proposer à Emma d'aller au Starbucks boire un latte en silence en faisant un sudoku.

Je pourrais demander à Alex, en revanche.

Mais il a une vie sociale trépidante. Et puis, je n'aime pas m'imposer.

C'est la fête de Mères demain.

Emma va aller à Brighton avec la sienne, déjeuner et faire du shopping. Maman et moi, on n'a jamais fait ce genre de sortie. C'est pas du tout mon truc, mais… c'est juste pour dire.

DIMANCHE 11 MARS

#bonnefetedesmeres

Je n'avais jamais vu les choses sous cet angle mais, quand même, la fête des Mères, c'est hyper discriminant pour les gens qui n'ont plus la leur. Comme la Saint-Valentin pour les célibataires.

Ça doit être terrible de voir partout des cartes/bouquets/cadeaux de fête des Mères qui te narguent : « T'as personne à qui m'offrir ! »

J'aurais peut-être dû acheter un truc à Kate.

La nature me nargue aussi, avec ses jonquilles, ses oiseaux, et tout ce soleil qui me fait mal aux yeux.

Kate et moi, on a fêté les fausses mères à la *Goat Tavern*, mais comme James n'était pas là, elle a soupiré :

– Ils viennent de perdre cinq étoiles dans ma critique Tripadvisor.

P.S. : J'ai pas hâte d'aller en cours demain. On ne parle que des exams, et c'est trop stressant parce que :

1) ça rend les profs dingues,

2) ça rend les parents dingues,

3) du coup, ça rend tout le monde complètement dingue.

Je sais que GCSE signifie Certificat d'Études Secondaires Générales ou un truc du genre, mais ça devrait plutôt être Grand Concours de Stress Épuisant parce que, sérieux, deux exams par jour pendant six semaines d'affilée…

D'après Magda, sa cousine italienne n'a pas d'exams à passer. En Italie, ils ont des quiz et trois gros devoirs par matière, étalés sur toute l'année et, après, ils font la moyenne des notes. C'est plus du contrôle continu. Et c'est plus juste parce que si t'as un problème dans ta vie et que ça tombe pile pendant les exams… Genre : tu es en déséquilibre hormonal total parce que tu as tes règles, ou tu te sens mal parce que tu as un rhume, une migraine qui ne passe pas. Tu vas rater tous tes exams de la semaine et passer pour une grosse nulle alors que pas du tout.

P.P.S. : Je n'y avais jamais réfléchi, mais je viens de calculer que je vais passer vingt-sept examens en six semaines.

D'accord, c'est complètement idiot parce qu'il suffit de tout apprendre et tout recracher par cœur sans rien comprendre mais, quand même, vingt-sept exams en six semaines ?

C'est cruel.

LUNDI 12 MARS

#polly

Rebondissement dans l'affaire Polly aujourd'hui.

Elle m'a proposé d'aller au Starbucks demain aprèm.

Alors j'ai répondu :

– Ouais, pourquoi pas. Je ne travaille pas demain.

Et elle a fait :

– Je ne savais pas que tu avais un petit boulot.

Et alors j'ai fait :

– Oh, je ne te l'avais pas dit (évidemment) ! Je bosse à la friperie solidaire de Kate.

J'ai hâte de savoir ce qu'elle me veut. S'est-elle enfin rendu compte que je lui manquais ou se sent-elle coupable d'être une amie aussi nulle ?

Je vais bientôt le découvrir.

MARDI 13 MARS

#plusbetetumeurs

Je ne sais pas ce qui m'a pris de m'imaginer que Polly voulait me voir parce que je lui manquais. En fait, elle voulait me voir parce qu'elle a un problème.

Je suppose que je devrais me féliciter que, pour une fois, Tristan n'ait pas été là, pendu à son bras.

Au Starbucks, Polly a pris la même chose que d'habitude, et moi, j'ai fait :

– Un chaï au lait de soja sur place, s'il vous plaît.

Elle s'est étonnée :

– Depuis quand tu bois ça ?

– Depuis toujours, ai-je menti.

On s'est assises sur notre canapé en cuir préféré et, durant une milliseconde, c'était cool comme avant – on aurait pu croire qu'on avait été téléportées il y a un an, quand on filait encore la parfaite amitié.

Et puis…

POLLY : C'est Tristan…

MOI *(pensant « C'est une blague ou quoi ? »)* : …

POLLY : Le sexe, c'est pas ça…

MOI : C'est une blague ou quoi ?

POLLY : Je sais, je ne comprends pas ! Y a pourtant une telle alchimie entre nous. Et j'en ai vraiment vraiment envie. Mais quand on le fait… bah, il se passe rien.

MOI : Non, je veux dire. C'est une blague : tu voulais me voir pour me parler de ça ? Tu ne m'as pas appelée, pas envoyé un seul message, pas adressé la parole depuis trois mois – tu ne m'as même pas souhaité la bonne année, au fait – et là, tu me proposes d'aller boire un verre pour m'annoncer que ton mec est nul au lit ? Non, mais tu t'attendais à quoi de la part d'un gars qui ne sait même pas faire de vélo ?

POLLY : Phoebe !

MOI : Non, je me casse. Mon cerveau refuse de se pencher sur ta vie sexuelle de merde. Tu n'as qu'à en parler à Tristan, puisque tu lui parles de tout le reste.

Et je l'ai plantée là.

Kate nous a fait des pommes de terre au four, ce soir, malheureusement je n'ai rien pu avaler. Elle a essayé de me forcer mais j'ai menacé de lui vomir dessus.

C'est trop pour moi.

23 h 47

Je suis ravie que Tristan ne sache pas quoi faire de son pénis/sa bouche/ses doigts.

Je pense que je le détesterais encore plus si c'était une machine à orgasmes.

MERCREDI 14 MARS

#parleamamain

Je suis encore hors de moi.

Ce matin, Polly m'a fait genre :

– Phoebe, je suis vraiment désolée pour hier. C'est juste que…

Mais je l'ai coupée :

– Je ne veux pas savoir.

Et je l'ai (encore) plantée là.

Parce que je n'en ai rien à faire de ses histoires.

Dans ce monde, il y a la guerre, la famine, les injustices sociales, le changement climatique, et les gens ne parlent que de sexe. Et une fois qu'ils passent à l'acte, ils en parlent encore parce que, finalement, ce n'est pas aussi génial ni aussi révolutionnaire qu'ils le pensaient.

(*Je bâille.*)

Et puis d'abord, Polly pourrait très bien arranger les choses toute seule : elle n'a qu'à en parler à Tristan. Mais non. Alors si les gens ne se donnent pas la peine d'arranger les choses qui sont à leur portée, comment on va régler les problèmes plus graves, hein ?

Bon, j'arrête de radoter.

JEUDI 15 MARS

#articledelasemaine

Aujourd'hui, Emma a proposé qu'on mette davantage en valeur les dons :

– On pourrait choisir un objet qui serait l'article de la semaine ?

KATE : Et ?

EMMA : Un truc cool, nul ou bizarre. Et on doit tous faire un effort pour essayer de le vendre.

MOI : Par exemple, les cadres avec les photos du mec à tête de Mickey ?

EMMA : Exactement.

KATE : C'est une super idée, ma puce.

Pour notre premier article de la semaine, Emma et moi, on a choisi un service à fondue au chocolat. Alex est motivé à fond. Je l'ai entendu demander à chaque client qui passait en caisse :

– Vous vous laisserez bien tenter aussi par un service de fondue au chocolat ?

Visiblement, non.

VENDREDI 16 MARS

#poesieduvomi

Le chat a vomi sur mes chaussures.

J'ai attendu un peu, espérant que l'autre chat allait le remanger, mais non, dommage. Et comme Kate n'était pas là, j'ai dû nettoyer moi-même.

Beurk !

C'est une belle métaphore de ma vie en ce moment. Tout le monde me vomit dessus.

P.S. : J'ai même hâte d'aller à la friperie demain.

SAMEDI 17 MARS

#zombie

Aujourd'hui, j'ai surpris Pat en train de dire du mal de moi à Emma.

J'allais entrer dans la réserve quand je les ai entendues chuchoter, alors je suis restée à tendre l'oreille, devant la porte entrouverte. Et tu sais quoi ? Trois secondes plus tard, Pat a prononcé mon nom.

PAT : Pourquoi elle s'habille comme ça ? Tout en noir, avec des crânes et des machins sinistres. Comme une zombie.

EMMA *(pouffant)* : Euh, les zombies sont pas forcément en noir, Pat.

PAT : Comme une sorcière, alors.

EMMA : Pat !

PAT : Tu vois ce que je veux dire…

EMMA : Non, pas vraiment. Chacun ses goûts.

PAT : Désolée, mais je la trouve bizarre, cette fille. Elle a toujours été comme ça, depuis toute petite. Trop calme. Dans le genre pas normal, tu vois ce que je veux dire ?

EMMA : Toujours pas, non. Peut-être que tu as cette impression parce qu'elle t'a jeté un sort ?

PAT : …

EMMA *(pouffant à nouveau)* : Je la trouve très sympa, moi. Elle est peut-être un peu triste en ce moment parce que sa mère est en Syrie.

PAT : Oui, c'est sûr, ça doit pas être facile. Mais quand même…

Là, je me suis dit que je ne voulais plus entendre un mot haineux sortir de la bouche de cette femme odieuse. Alors je suis entrée en lançant un « bonjour ! » plein d'entrain.

Et en parlant de goûts et de sens de la mode, certaines filles de ma classe doivent penser que moins elles sont couvertes, plus elles sont attirantes – ce qui est parfaitement faux. Emma portait un pull multicolore mille fois trop grand pour elle et un jean moulant. Ses cheveux étaient remontés en macarons ébouriffés et elle était super belle.

J'aimerais bien être belle au naturel. Ne plus avoir besoin de me cacher derrière ma mèche. Du coup, j'aurais peut-être moins l'air d'une sorcière sinistre.

Bon sang, ce que je déteste Pat.

Argh !

J'ai passé le reste de la journée à imaginer ce que je ferais si seulement je pouvais lui jeter un sort…

C'était sympa de la part d'Emma de me défendre, quand même. Certaines personnes acquiescent toujours à tout ce qu'on leur dit, même quand c'est n'importe quoi. Miriam, par exemple. Elle veut tellement qu'on l'apprécie qu'elle est prête à taper sur n'importe qui.

C'est sans doute pour ça qu'elle n'a pas de BFF.

Je veux dire, je n'en ai pas non plus, en ce moment, mais même si j'ai la nette impression que Polly a eu un court-circuit cérébral, je n'irais jamais la descendre dans son dos.

Je sais que je l'ai déjà dit, mais je vais me répéter : Emma a vraiment la classe comparée à tous les autres humains de la planète.

DIMANCHE 18 MARS

#lesabeilleslesfleursetlereste

Cet aprèm, Kate et moi, on a décidé de se regarder tous les vieux *Star Wars* à la suite.

À un moment, elle m'a posé l'une de ses chattes de luxe enceintes sur les genoux.

KATE : Caresse-la.

MOI : Euh…

KATE : Et maintenant, parle-moi de Polly.

MOI : Non.

KATE : Je ne l'ai toujours pas vue dans le coin. Pourquoi ?

MOI : Elle est trop naze. Je ne la supporte plus.

KATE : Mais c'est ton amie ! *Les amis avant tout*, comme on dit.

MOI : Non, mais c'est quoi cette vieille expression ? T'as un siècle ou quoi ?

KATE *(prenant une voix chevrotante et haut perchée)* : Tout à fait. Et c'est pour ça que je suis sage et de bon conseil.

MOI : C'est pas intéressant, je t'assure.

KATE *(toujours avec la même voix, battant des cils)* : Allez !

MOI : Elle m'a proposé d'aller au Starbucks, mais c'était juste pour m'annoncer que son mec est nul au lit.

KATE *(haussant les sourcils)* : Oh, quelle horreur ! La pauvre !

MOI : Non, pas la pauvre. Pauvre de moi, oui. Elle ne m'adresse pas la parole pendant des mois, et quand elle se souvient de mon existence, c'est pour me parler de ça ?

KATE : Phoebe, à qui d'autre veux-tu qu'elle en parle ? À sa mère ? Tu devrais être flattée qu'elle te confie des choses aussi intimes !

MOI : Elle devrait en parler à son mec, oui.

KATE : Certes. Mais c'est gênant.

MOI : Je ne vois pas en quoi c'est plus gênant que d'avoir son pénis dans son vagin.

KATE : Je parie qu'il ne se rend même pas compte qu'elle ne ressent rien. Elle doit simuler pour ne pas lui faire de peine.

MOI : Oh, misère, la loose…

KATE : Beaucoup de garçons, et même d'hommes, ne savent pas vraiment comment c'est fait ni comment ça marche.

MOI : « Ça » quoi ?

KATE : Une femme, Phoebe. Tu suis ou quoi ?

MOI : Ça doit pas être bien compliqué.

KATE : Oh, que si. Apparemment. Crois-moi. J'ai été à la place de Polly.

MOI : Beurk !

KATE : La plupart des gens s'imaginent qu'une relation sexuelle, c'est une femme qui couine pendant qu'un homme va et vient en elle dans différentes positions pendant trois minutes. Mais je t'assure qu'une femme n'a jamais eu un orgasme comme ça.

MOI *(préférant me cacher derrière la chatte de luxe)* : Tais-toi.

KATE : Non, comme ça tu pourras dire à Polly de montrer à son copain comment procéder, de lui faire une visite guidée des lieux.

(Et là, elle fait carrément un geste circulaire au-dessus de la zone concernée.)

MOI : S'il te plaît, arrête.

KATE : Tes amies lesbiennes ne te parleront jamais de ce problème, parce que les femmes savent comment elles sont faites.

MOI : J'ai pas d'amie lesbienne.

KATE : Tu en es bien sûre ?

MOI : …

KATE : Donne un coup de main à Polly. Elle est en galère.

MOI : T'as qu'à le faire, toi.

KATE : Personne n'a envie de confier ce genre de choses à un adulte. Et puis, c'est toi, sa meilleure amie.

MOI : C'était.

KATE : Phoebe, arrête. Tu vaux mieux que ça. Appelle-la tout de suite pour lui éviter une vie de misère sexuelle. Surtout qu'elle est amoureuse. Elle doit absolument parler à ce garçon de l'existence du clitoris.

MOI *(lâchant la chatte de luxe pour me boucher les oreilles, parce que, franchement, « clitoris » dit en roulant les R comme ça, c'est insoutenable)* : *OMG.* Je préfère faire comme si on n'avait jamais eu cette conversation.

KATE : Ma puce, si ce n'est pas moi qui t'en parle, alors qui ? Parce que, toi aussi, tu es concernée. Il faut que tu trouves un mec ou une nana avec qui tu peux aborder librement ce genre de sujet.

MOI : Je te jure que si tu ne te tais pas immédiatement, je quitte cette maison à tout jamais.

KATE *(elle fait la grimace la plus débile du monde, en louchant et aspirant ses joues)* : …

MOI : Merci.

Évidemment, je n'ai pas du tout réussi à me concentrer sur la suite de *Star Wars* après ça.

Quand Leia et Luke se sont embrassés, ça m'a fait penser à Emma.

Du coup, dès que je voyais Carrie Fisher, je pensais à elle et, brusquement, *Star Wars* s'est changé en grand show d'Emma et je n'y comprenais plus rien.

J'ai bien compris ce que disait Kate pour Polly, mais je ne me sens pas concernée.

Polly a choisi Tristan. Elle l'a dragué pendant des mois. Elle le voulait à tout prix, plus encore que les places de concert de One Direction quand on avait six ans.

Elle l'a voulu, elle l'a eu. Elle l'a même mis dans son lit. Maintenant, elle n'a plus qu'à fixer le plafond en s'interrogeant sur le sens de la vie.

LUNDI 19 MARS

#jevouspresenteleclitoris

J'ai rêvé que Miriam faisait un exposé sur le clitoris en classe.

Sérieux. Avec schéma et tout et tout.

Cette petite discussion avec Kate m'a visiblement traumatisée à vie.

Ou alors, mon cerveau m'envoie des messages subliminaux, parce que je suis sûre que Miriam n'hésiterait pas à faire une visite guidée de ses parties intimes. Je me demande même si je ne devrais pas lui envoyer Tristan pour un cours particulier.

C'est drôle, non ? Ils sont tous si pressés d'avoir des relations sexuelles alors qu'en définitive, c'est l'activité la plus décevante qui soit.

Par chance, moi, je ne suis pas obsédée.

La simple pensée de me retrouver nue face à quelqu'un et de devoir lui faire faire le tour du propriétaire de mon sexe, sans oublier mon clitoris, me révulse.

MARDI 20 MARS

#schema

Je ne suis toujours pas obsédée mais je n'arrête pas de penser au clitoris (ça fait chelou alors que ça ne devrait pas).

Le *Dictionnaire médical illustré* décrit le clitoris comme « un petit organe érectile ». Pas très réjouissant, n'est-ce pas ? Du coup, je me dis que Tristan n'est pas mal informé, mais plutôt effrayé parce qu'un « petit organe érectile », ça ne fait pas rêver du tout. C'est tout ce que je peux dire pour sa défense parce que, s'il avait regardé un schéma, il aurait bien vu que le clito ne se situe pas du tout sur le passage du pénis.

Je vais peut-être parler à Polly, finalement.

P.S. : Maman m'a envoyé un mail. Ils sont enfin arrivés à destination.

P.P.S. : Alex a réussi à vendre le service à fondue au chocolat. Harceler les gens à la caisse, ça marche, tout compte fait.

MERCREDI 21 MARS

#tuez-moi

Foodporn James est en vacances universitaires et, apparemment, il a promis à Kate de venir l'aider à la friperie la semaine prochaine.

Misère. La saga de Tristan et Polly va recommencer, mais avec des adultes dans les rôles principaux, cette fois.

JEUDI 22 MARS

#lesilenceestdoroupas

Je sais pourquoi c'est si difficile de trouver des infos sur Emma. À part le fait qu'elle n'est pas très active sur Insta.

C'est une super technique qu'elle a – je viens de le remarquer en l'entendant parler avec un client. Quand il a quitté la boutique, Emma savait :

• qu'il s'appelle Ian,

• qu'il a travaillé dans les transports ferroviaires,

• qu'il a trois enfants qui vivent tous dans le coin et sont prof, chauffeur de taxi et radiologue à l'hôpital Saint-Georges,

• qu'il a quatre petits-enfants et bientôt un arrière-petit-fils,

• qu'il est supporter de Tottenham et possède un abonnement annuel,

• qu'il est divorcé depuis dix-huit ans, mais qu'il espère retomber amoureux (beurk !).

Et voici ce que Ian a appris au sujet d'Emma :

• qu'elle s'appelle Emma.

Comment est-ce possible ?

Serait-ce de la sorcellerie ? Non… du génie : Emma mène la conversation. C'est elle qui gère, qui tire les ficelles. Note pour moi-même : si tu ne veux pas avoir à répondre aux gens, pose-leur des questions.

Sérieux, Emma est tellement douée qu'on ne s'en rend même pas compte.

Je vais essayer sa technique sur elle-même samedi.

P.S. : J'espère que la raciste de Pâques va revenir parce qu'on a reçu un super don qui a immédiatement été élu objet de la semaine. Un crucifix. Et parce qu'il est vraiment en bon état, on en demande vingt-cinq livres, ce qui me semble un prix raisonnable.

Aussitôt, Alex a changé de rengaine à la caisse :

– Vous vous laisserez bien tenter par un beau crucifix ?

VENDREDI 23 MARS

#vacancesdepaques

Aujourd'hui, c'était le dernier jour de cours avant les vacances de Pâques, alors je me suis dit : « Bon, il faut que je parle du clitoris à Polly, parce que je ne vais pas la voir pendant trois semaines et après on sera passées à autre chose. » Et puis, je voulais lui prouver que je l'avais écoutée et que je tenais toujours à elle et que je voulais qu'elle soit heureuse, même si je n'ai pas beaucoup d'estime pour son mec et qu'elle m'a effacée de sa vie sans aucun remords.

Donc, au déjeuner, je suis allée les voir, elle et Tristan, et j'ai fait :

– Je peux te parler cinq minutes ?

Tristan n'avait pas franchement l'air ravi, mais j'ai insisté :

– Désolée, mec.

Et j'ai entraîné Polly par le coude.

POLLY : Qu'est-ce qu'il y a ? Ça va ?

MOI : Il faut que tu lui parles du clitoris.

POLLY : Pardon ?

MOI : Il faut que tu rappelles à Tristan l'existence du clitoris. Il est visiblement passé à côté. Et je ne crois pas que son pénis y puisse grand-chose, donc il faut que tu lui montres un autre moyen.

POLLY : T'es malade ?

MOI : Quoi ? Non. Sérieux, quand il aura trouvé ton clitoris, ça ira mieux.

POLLY : Va te faire foutre, Phoebe. Ce n'est pas mon clitoris, le problème. Sache que ce n'est pas le seul moyen de faire jouir une femme.

MOI : ...

POLLY : Pourquoi tu es toujours aussi condescendante ? À t'écouter, tout le monde est stupide, à part toi. Je n'ai pas besoin d'un manuel d'éducation sexuelle. Je suis parfaitement au point sur le clitoris. Peut-être que j'avais juste envie d'en parler à quelqu'un.

Et elle m'a plantée là.

Je me suis retenue de répliquer : « Pas la peine de t'en prendre à moi. C'est pas moi qui suis nulle au lit. »

Parce que je ne suis pas une garce, moi.

P.S. : C'est clairement un problème de clitoris.

SAMEDI 24 MARS

#melanieetbill

J'ai passé toute la journée à la friperie.

Emma et moi, on a fait un boulot de dingue et, du coup, elle m'a proposé :

– Si on venait tous les jours pendant les vacances ? Comme ça, on pourrait tout bien ranger.

Et moi, j'ai fait genre :

– Ouais, ouais, super idée !

Sauf que, évidemment, c'est une très mauvaise idée, parce que :

1) ça veut dire passer la semaine entière en compagnie de Kate et de James, ce que je voulais à tout prix éviter ;

2) si je passe cinq heures par jour à la friperie, c'est cinq heures où je ne révise pas mes exams.

Argh.

OK, c'est vrai, la réserve aurait bien besoin d'être rangée de fond en comble, mais je redoute un peu ce qu'on risque de découvrir tapi sous ce tas de sacs-poubelle.

Qui sait depuis combien de temps les plus vieux sont là ? Ça doit faire plus de vingt ans. Parce que, en ce moment, on farfouille juste dans les nouveaux dons qui viennent d'arriver sur le dessus du tas. Si ça se trouve, y a des cadavres là-dessous.

L'autre jour, dans le journal gratuit du métro, j'ai lu qu'on avait retrouvé un chat mort dans un vieux canapé donné à une asso.

Bill et Mélanie nous ont montré des photos de leur voyage au Moyen-Orient aujourd'hui. Comme ils ont horreur de Noël, au lieu de se plaindre, ils vont toujours dans un coin où on ne le fête pas.

Je les adore.

En plus, c'est trop mignon, ils sont allés dans un magasin pour les faire tirer sur papier. Franchement, qui se donne encore cette peine ?

BILL *(ôtant son chapeau, puis prenant la main de Pat pour y déposer un baiser)* : Patricia, très chère, c'est toujours un tel plaisir de te voir.

PAT : Oh, Bill, arrête.

BILL : Je t'ai apporté une photo de moi dans la mer Morte. Je sais que tu as toujours voulu savoir à quoi je ressemblais en maillot de bain.

PAT : Bill, franchement !

MÉLANIE : Attention, Bill, ou je remplace ta tête par celle de Batman.

Quand il a fait tourner les photos, Emma s'est extasiée :

– Bill, t'es trop chou.

C'est vrai qu'il était marrant avec son petit short de bain jaune et son chapeau de paille.

Il a dit que c'était vrai, pour la mer Morte.

Tu flottes sans jamais couler.

Comme si l'eau voulait te recracher. Dès que tu essaies de plonger sous la surface, tu remontes comme un bouchon en liège.

Et Mélanie a enchaîné :

– Mais faut pas croire ce qu'on raconte, c'est pas de l'eau salée.

Il paraît qu'elle a failli vomir en se léchant le bras. Selon Bill, on dirait le liquide qu'il y a dans les piles.

Avec tout le ramdam sur Pâques récemment, et ma prise de conscience tardive que mon père était un véritable être humain d'origine juive, je me suis posé des questions sur la religion et Jésus, qui était également juif (au fait, on a vendu le crucifix) et j'ai réfléchi. Selon la Bible, Jésus a marché sur la mer de Galilée quand il a marché sur l'eau. Mais la terre sacrée (Israël) est minuscule et la mer de Galilée se jette dans la mer Morte, qui n'est même pas une vraie mer mais plutôt un lac, donc à mon avis, c'est une erreur de géographie plutôt qu'un vrai miracle. Et si Bill, qui n'est pas spécialement mince, flotte sur la mer Morte, je suis sûre que quelqu'un de la corpulence de Jésus pouvait marcher dessus.

Je dis juste ça comme ça.

Je pense vraiment que je devrais aller en Israël. Et peut-être même me trouver un dieu puisqu'on ne m'en a pas assigné un à la naissance.

Quand on fermait la friperie, ce soir, Emma m'a demandé :

– T'es toujours OK pour lundi ?

J'ai acquiescé style :

– Ouais, ouais, bien sûr.

Alors elle m'a dit :

– Je vais te laisser mon numéro. Envoie-moi un texto pour que j'aie le tien. On pourrait se prendre un Starbucks en arrivant le matin.

Et là, j'ai répondu un truc comme :

– Hm…

Qu'est-ce qui me prenait ?

Soudain, je n'arrivais plus à construire une phrase complète. Ni même à articuler un mot.

J'aurais dû lui envoyer un message tout de suite parce que deux heures se sont écoulées et je me refais une crise d'angoisse à la Instagram.

22 h 05

Je ne lui ai toujours pas envoyé de texto. Je vais le faire, là, maintenant.

22 h 10

Qu'est-ce que j'écris ?

22 h 13

Je vais juste lui proposer qu'on se retrouve devant le Starbucks lundi matin parce que, de toute façon, c'est ce qui est convenu.

22 h 15

Enfin, « convenu », tout ce que j'ai pu sortir c'est *Hm*, un marmonnement confus qui ne veut rien dire.

Je deviens folle.

22 h 17

Pourquoi je me prends autant la tête ?

22 h 25

Voilà ce que j'ai écrit :

Salut, on se retrouve devant le Starbucks lundi à 10 h ?

C'est fait.

Ouf.

OMG.

Reprends-toi un peu, Phoebe.

22 h 28

Emma m'a répondu :

OK ! J'ai hâte ! Bonne nuit. Dors bien. À lundi. Bisous.

Qu'est-ce que ça signifie ?

On se bisoute ?

J'aurais dû la bisouter aussi ?

23 h 10

Mélanie se trompe, il y a vraiment du sel dans la mer Morte. Selon Internet, elle a une salinité de 34,2 %, c'est l'une des eaux les plus salées du monde, derrière le lac Vanda en Antarctique (35 %), le lac Assal à Djibouti (34,8 %), le lagon de Kara-Bogaz Gol dans la mer Caspienne (jusqu'à 25 %) et les lacs des vallées sèches de McMurdo en Antarctique comme le lac Don Juan (44 %).

DIMANCHE 25 MARS

#orgasmevaginal

J'ai poursuivi mes recherches pour mener Polly à l'orgasme. On peut dire que je me donne du mal.

Quand elle a affirmé que ce n'était pas un problème de clitoris, elle voulait parler d'orgasme vaginal – tout comme le « petit organe érectile » (= clitoris), voilà une expression à vous dégoûter de la chose.

Comme je ne trouvais rien dans le *Dictionnaire médical illustré*, j'ai cherché en ligne. Et là, il y a des tas de trucs.

Apparemment, certaines personnes pensent que le point G n'existe pas, parce que, en fait, c'est juste une extension du clitoris, mais de nombreux experts (pas Tristan, LOL) affirment qu'il y a bien un truc dans le coin et que la meilleure position pour atteindre l'orgasme, c'est allongée sur le dos, les hanches légèrement relevées. De cette manière, le pénis (quelle que soit sa taille, paraît-il) atteint la bonne zone du vagin.

Bon, je pourrais transférer l'article à Polly, mais elle ferait genre : « Ne sois pas aussi condescendante, Phoebe. Ce n'est pas l'orgasme vaginal, le problème ! » (Même si c'est carrément ça.)

Franchement, les gens devraient davantage se prendre en main.

C'est très bien qu'elle veuille se confier à moi et tout ça, mais ça ne va pas régler le problème.

En plus, si elle veut en discuter avec moi (une vraie discussion avec échange de points de vue), alors pourquoi elle s'offusque quand je lui donne mon avis ? Elle pensait que j'allais juste me contenter d'écouter en hochant la tête ? Sérieux, la prochaine fois, qu'elle aille se confier à un mur, dans ce cas.

P.S. : Je suis stressée pour demain.

J'ai hâte d'aller au Starbucks, évidemment – attention, il faut absolument que je pense à ne pas commander un chaï au lait de soja mais un latte vanille pour ne pas qu'Emma me prenne pour une copieuse.

Mais après, il va falloir supporter le cinéma de James et Kate.

Beurk !

P.P.S. : J'ai eu maman ce soir. Quand je lui ai raconté que je bossais tous les jours à la friperie en ce moment, elle s'est extasiée :

– C'est génial, Phoebe. Très généreux de ta part. Je suis fière de toi. (Sauf qu'ensuite elle a enchaîné direct sur :) Mais n'oublie pas de garder du temps pour tes révisions. Si ça te fait trop, tu le dis à Kate, hein ? Elle comprendra.

Elle a réussi à cocher au moins deux cases de la mère parfaite avec son petit discours. Bien joué, maman. Beau travail.

LUNDI 26 MARS

#bonjourlespuces

J'ai retrouvé Emma devant le Starbucks à dix heures, on a pris nos boissons, puis on s'est lancées à l'assaut de la montagne de dons.

On a sorti tous les sacs-poubelle de la réserve pour passer

l'aspirateur en dessous, si bien qu'on voit maintenant la vraie couleur de la moquette.

Le truc, quand on fait un grand rangement, c'est qu'à un moment, on a l'impression que c'est pire qu'avant. Du coup, on était là : « Noooon, qu'est-ce qu'on a fait ? »

Comme on regardait dans les sacs les plus anciens s'il y avait des trucs intéressants, Kate a précisé :

– Si on ne peut rien en faire, poubelle !

On a beaucoup rigolé. On a trouvé entre autres :

• un sac de sport plein de slips kangourou blancs (déjà portés) ;

• des tonnes de collants filés ;

• une palme orpheline avec Donald dessus ;

• une palette d'ombres à paupières véritablement véganes, avec du véritable moisi dessus ;

• un portefeuille, tout moisi aussi ;

• un guide des *Dix Meilleures Randos de l'île de Wight*, joliment moisi également.

Évidemment, rien de tout ça ne pouvait devenir notre article de la semaine. On ne l'a toujours pas trouvé...

James était dans le magasin, en train de ranger le rayon « livres et revues ». Je l'ai observé un moment, tout en muscles et en fossettes. Je me suis imaginée en train de l'embrasser, mais ça ne m'a fait aucun effet.

Emma et moi, on prendra notre petit déj au Starbucks demain matin. On se retrouve à huit heures trente.

Elle va nous rapporter deux paires de gants de jardinage avec une jolie doublure, paraît-il. On ne veut pas risquer de remettre les mains dans un sac plein de slips sales !

MARDI 27 MARS

#lenferdepaquessuite

Emma et moi, on a petit-déjeuné au Starbucks, ce matin. C'était trop cool. On a toutes les deux pris des croissants.

À la friperie, on a un vrai problème avec les cartes de Pâques. J'ai écrit un long mail à maman à ce propos en concluant qu'elle avait bien de la chance d'être dans un pays où on ne fête pas Pâques.

Sérieux, il y avait carrément une file devant la porte pour acheter des cartes ! Une femme s'est énervée quand un client lui a demandé de se pousser pour le laisser sortir du magasin.

C'est dingue, les vieux ont tout leur temps pour faire leurs courses, mais ils attendent quand même la dernière minute et, après, ils se plaignent de devoir faire la queue. On a ces cartes depuis des semaines, pourquoi ils viennent les acheter trois jours avant Pâques, sérieux ? Tout le monde sait quand tombe Pâques puisque c'est écrit dans tous les calendriers, contrairement à la fête de l'Aïd, qui ne figure que dans ceux des papeteries de luxe.

P.S. : Selon Kate, la chatte fugueuse devrait mettre bas bientôt. La gestation ne dure que neuf semaines, c'est fou !

21 h 04

Je viens de lancer une recherche Google sur la durée de gestation des animaux. Chez les chiens, ça dure seulement huit semaines et demie en moyenne.

Tristan est resté dans le ventre de sa mère neuf mois. Et pourtant, j'ai déjà vu un chien faire du vélo. Je dis ça, je dis rien.

P.P.S. : Polly ne m'a pas envoyé de message, ni appelée, ni rien.

Aujourd'hui, elle a posté une photo de Tristan et elle en train de s'embrasser avec en légende « Amour, amour ».

Je n'ai pas commenté parce que, visiblement, si tu n'as pas un truc sympa à dire, mieux vaut se taire.

MERCREDI 28 MARS

#articledusiecle

Emma et moi, on a fait la découverte du siècle. On a tiré une affiche du *Retour du Jedi* d'un sac de golf Nike couvert de moisi – encore, oui. Cool !

On l'a déroulée sur la grande table, perturbant l'étalage de bric-à-brac de Pat… et là, j'ai vu qu'elle était dédicacée par MARK HAMILL.

Ça se vend des centaines et des centaines de livres aux enchères sur Internet, ça !

J'ai dit à Kate de créer un compte eBay, parce qu'il n'est pas question qu'un vieux croûton nous l'achète pour une livre vingt-cinq.

Alex s'est exclamé :

– La Force est avec nous !

On était tous rassemblés autour de la table quand James, qui était à côté de moi, s'est extasié :

– Waouh, super trouvaille, Phoebe ! C'est vraiment dingue.

Alors Kate s'est faufilée entre nous, elle lui est carrément montée dessus et j'ai dû me décaler vers la gauche, jusqu'à me retrouver presque sur les genoux de Pat, qui a grogné :

– Un peu de tenue, Phoebe.

Ah, et comme on parlait de *Star Wars*, j'en ai profité pour dire à Emma :

– Tu dois être une super fan... parce que... enfin... vu ton profil Instagram.

Mais elle a continué comme si de rien n'était :

– À ton avis, on va en tirer combien ?

J'ai conseillé à Kate de regarder combien se vendaient les affiches du même genre sur Internet. Imagine, si on récupère 300 £, genre. Ce serait dément. On vend en général les livres à 2 £, les hauts à 3 £ 50. Ça équivaudrait à 150 livres vendus, ou 85,7 hauts.

Je suis tellement contente de notre trouvaille !

JEUDI 29 MARS

#surprise

7 h 15

La chatte de luxe fugueuse a fait ses bébés sous mon armoire.

Sérieux, je n'y crois pas.

Kate lui avait pourtant préparé une caisse à chatons dans le salon, avec des couvertures et tout, mais elle a dû se dire : « Voyons, où ça embêterait le plus les humains que je fasse mes chatons ? Oh, je sais, dans la chambre de Phoebe, sous l'armoire, là où personne ne peut m'atteindre. »

Kate a passé une heure à plat ventre, à l'encourager :

– C'est qui la gentille fille ? C'est qui la gentille maman ? Regarde tes jolis bébés !

Apparemment, il y en a quatre.

J'ai donc une chatte de luxe et ses chatons illégitimes qui vivent sous mon armoire.

J'ai envoyé un texto à Emma pour la prévenir, elle était surexcitée, elle veut passer les voir.

Je l'ai avertie qu'elle devrait ramper sous l'armoire, mais ça ne la dérange pas. Quand j'en ai parlé à Kate, elle a fait :

– T'as qu'à l'inviter à dîner, je la ramènerai en voiture.

Donc, demain, Emma rentrera avec nous de la friperie et on fera une pizza avec de la salade.

21 h 00

Aujourd'hui, à la friperie, on n'a parlé que des chatons.

Tout le monde veut venir chez nous, et Kate était même à deux doigts d'inviter James.

Il est monté dans mon estime aujourd'hui parce qu'il s'est rapproché d'Alex. Ce dernier lui a expliqué comment tenir la caisse. Et quand il a dû aller prendre son bus, James lui a lancé :

– Merci, mec. Je te revaudrai ça.

Et ils se sont fait un check.

Je devrais peut-être ranger ma chambre avant qu'Emma vienne, non ?

Je n'ose pas passer l'aspirateur de peur d'avaler un chaton sans le faire exprès.

Non mais qu'est-ce qu'ils fabriquent sous mon armoire, franchement ?

VENDREDI 30 MARS

#vendredicool

J'ai à peine fermé l'œil parce que les chatons ont gigoté et tété toute la nuit. Et puis, soudain, plus un bruit… Du coup, j'ai paniqué : « Oh non, ils ne peuvent pas mourir avant qu'Emma les ait vus ! » Alors, j'ai rampé sous l'armoire en m'éclairant avec mon portable, sauf qu'en fait, ils dormaient. Et que je les ai réveillés.

Comme c'est férié, la friperie était seulement ouverte de onze heures à seize heures trente. Et il y avait encore des gens qui venaient acheter leurs cartes de Pâques à la fermeture.

Ils ne vont pas les poster, elles seront forcément remises en main propre.

Sincèrement, je n'avais pas conscience que c'était si important, les cartes de Pâques.

Maman m'a envoyé un mail ce matin pour me dire que tout allait bien et que, pour Pâques, tout ce qu'elle voulait, c'était un bon bain chaud et un verre de vin.

C'est pas pour faire du mauvais esprit, mais elle pourrait parfaitement avoir ça tous les jours, je ne vais pas m'apitoyer sur son sort.

J'ai pris une photo des chatons pour lui envoyer, mais elle n'est pas terrible : on distingue à peine quatre boules de poils dans la pénombre.

Emma est rentrée avec nous de la friperie et on a fait de la pizza.

Kate a été sage pendant le dîner (contrairement à d'habitude, elle n'a parlé ni de sexe ni de James pour me faire honte devant les autres), ce qui me laisse supposer qu'elle sait quelque chose au sujet d'Emma que j'ignore. Et j'ai horreur de ça, savoir que je ne sais pas.

Les chats sont toujours sous mon armoire, Emma a donc dû ramper dessous. Elle s'est extasiée devant leurs petits gargouillis :

– J'ai jamais rien vu d'aussi mignon !

Kate a proposé :

– Tu pourrais en adopter un. Ou même les quatre !

Elle a accepté de créer un compte sur Internet pour vendre

l'affiche de *Star Wars* mais, apparemment, elle doit d'abord avoir l'accord de son supérieur.

Elle a suggéré :

– Du coup, on pourra s'en servir pour essayer de vendre des vêtements de marque ou des trucs à la mode…

Emma et moi, on s'en chargera parce que, faut être honnête, Pat aurait sûrement jeté l'affiche à la poubelle. Elle ne sait sans doute même pas qui est Mark Hammil, pourtant, elle est vieille et *Star Wars* aussi, mais… cette femme, c'est le degré zéro de la coolitude. Elle est zéro en tout.

À neuf heures, Kate a proposé :

– Tu veux que je te ramène chez toi, Emma ?

Mais elle a protesté :

– Non, je vais rentrer à pied, y en a pour un quart d'heure à peine.

Alors, Kate a ordonné :

– Phoebe, raccompagne-la.

Personne ne s'inquiète jamais pour moi.

Emma ne peut pas rentrer chez elle toute seule, mais Phoebe peut parfaitement faire l'aller-retour.

Toute seule.

Dans le sud de Londres.

Alors qu'elle a seulement quinze ans, qu'Emma en a déjà seize, et qu'elle n'a franchement pas besoin d'un chaperon, parce qu'elle a beau être très jolie, elle est surtout super badass.

Mais bon, ça ne m'a pas dérangée. J'aime beaucoup Emma. J'adore le petit rire qui lui échappe parfois, un peu machiavélique – ça va pas du tout avec son visage, mais ça fait briller ses yeux.

On retourne au boulot demain.

Emma trouve qu'on devrait se baptiser les Dénicheuses de trésors et faire une émission de télé.

SAMEDI 31 MARS

#urgences

Les Dénicheuses de trésors sont en ébullition.

Y avait un billet de vingt livres dans un sac à main qu'on nous avait donné !

Un vieux truc nul avec la bandoulière cassée. J'allais le jeter quand Emma m'a demandé :

– Tu as jeté un coup d'œil à l'intérieur ?

Maintenant, je regarderai même dans les poches des pantalons, parce qu'on ne sait jamais.

L'article de la semaine (hors affiche *Star Wars*, évidemment) est un ballon sauteur orange. Quand on l'a sorti du sac-poubelle, il était complètement dégonflé. Emma a tenté de souffler par le petit trou, en vain. Puis Kate s'est rappelé que quelqu'un avait donné un gonfleur. On a mis une heure à le retrouver, mais une fois le ballon remis en état, on l'a tous essayé dans la boutique. Emma a fait trois grands bonds avant de s'étaler comme une crêpe devant la caisse.

On était morts de rire, mais Kate a secoué la tête en disant :

– Fin de la récré, les enfants !

Et elle est allée mettre le ballon sauteur en vitrine.

Il a été vendu en trois minutes. Une fois le type reparti avec, Kate a commenté :

– Certains objets ne servent qu'à une chose…

EMMA : S'amuser et rire en famille ?
KATE : Non, finir aux urgences, ma puce.

DIMANCHE 1ER AVRIL

#mercijesuspourlesoeufsenchocolat

Joyeuses Pâques.

Les chattes de luxe m'ont offert un œuf géant et les chatons un assortiment de petits œufs.

Kate est vraiment bizarre.

Je culpabilisais de ne rien lui avoir acheté, mais on s'est partagé l'œuf géant après le petit déj.

Puis on a transféré les chatons dans la caisse du salon.

Ils ne font pas grand-chose pour l'instant à part tourner en rond en poussant des couinements perçants.

Je pense qu'on devrait les vendre au plus vite, parce que les gens raffolent des trucs mignons. On devrait peut-être mettre une annonce sur eBay.

J'ai décidé que Pâques était mon jour férié préféré.

Kate et moi, on n'a strictement rien fait. Puis on a appelé maman sur WhatsApp. On lui a montré les chatons et elle a fait :

– On peut en prendre un, Phoebe, si tu veux. Ils sont trop mignons.

Quand elle a dit « on », elle voulait dire « moi » car qui va s'en occuper ? Sûrement pas elle.

De toute façon, le chaton et moi, on devra aller vivre chez Kate et elle se retrouvera avec trois chats dans la maison et ça puera la pisse, alors Kate et moi, on ferait mieux de se suicider tout de suite parce que sincèrement, ce sera l'horreur. En plus, j'aime même pas les chats.

LUNDI 2 AVRIL

#cuisineettenuedufoyer

Note pour plus tard : ne jamais accepter un job dans la vente, parce que tu dois toujours bosser quand les autres sont en congés.

Comme aujourd'hui, le lundi de Pâques.

On a fait soixante-quinze livres et Kate a dit que c'était nul.

Il n'y avait que Kate, Emma et moi, parce que Pat tient à « respecter » Pâques (même si je crois qu'il n'est rien arrivé de spécial à Jésus le lundi), que James est chez ses parents dans le Kent jusqu'à demain, Bill et Mélanie, toujours à Marrakech, et qu'Alex participe à une collecte de fonds pour Pâques. Il a dû préparer une génoise fourrée à la confiture, qui était paraît-il le gâteau favori de la reine Victoria (ou un truc du genre).

Emma et moi, on a trouvé un livre intitulé *Manuel de la maîtresse de maison – Cuisine et tenue du foyer*. On a hésité à le mettre en article de la semaine mais, finalement, on le garde, c'est trop drôle.

C'est le bouquin le plus épais et le plus lourd que j'aie jamais vu et c'est carrément hilarant. Il y a un chapitre entier consacré à la gestion du personnel, et un autre sur les plats destinés aux « invalides » (les malades, quoi). Il y a dix pages de recettes pour réussir différentes sortes de soufflés. Je n'aurais pas aimé être une femme il y a cent ans, ça devait craindre un max.

Non mais sérieux, c'est quoi, un soufflé ?

Sinon, on commence à voir les couleurs des chatons. Il y a une écaille de tortue, un gris et deux tigrés.

Emma viendra dès qu'ils auront ouvert les yeux prendre des photos et créer un compte Insta pour les poster avec le #chastagram.

J'ai trop hâte.

MARDI 3 AVRIL

#pessah

James est rentré de week-end.

Avant de partir, Kate m'a fait :

– Phoebe, je sais que tu es vraiment contente que James soit de retour, mais il faut que tu te calmes un peu.

Puis elle s'est remis une couche de rouge à lèvres.

Non mais sérieux, c'est elle qui doit se calmer.

En arrivant, il m'a demandé :

– Salut, Phoebe, t'as passé de bonnes fêtes de Pâques ?

MOI : Je ne fais pas Pâques, je suis juive.
JAMES : Ah, d'accord. Alors tu as passé un bon Pessa'h ?
MOI : Oui, merci.

J'ai immédiatement téléchargé l'appli des fêtes juives parce que, franchement, je n'avais aucune idée de ce dont il parlait.

PESSA' H

Commémoration de la libération des Juifs par Dieu alors qu'ils étaient réduits en esclavage en Égypte ancienne et de leur liberté en tant que peuple dirigé par Moïse.

Apparemment, on n'a pas le droit de manger quoi que ce soit contenant de la levure, comme le pain. Donc j'ai raté Pessa'h cette année, parce qu'avec mon œuf en chocolat, j'ai mangé des tartines grillées, dimanche.

Alors que j'étais en train de ranger les cartes de Pâques cet après-midi, à la friperie, je me suis rendu compte qu'on n'avait pas de carte de Pessa'h, alors qu'il y a à peu près deux cent soixante trois mille cent Juifs au Royaume-Uni, ça craint.

Si cinquante pour cent de la population de confession juive achetait une carte à disons 2 £ 99, ça rapporterait 393 932, 50 £ !

Alors pourquoi on n'en a pas ?

Et le comble, c'est qu'à la minute où j'avais rangé la dernière carte dans le carton pour les renvoyer, une vieille dame est entrée dans la boutique en demandant :

– Excusez-moi. Vous auriez des cartes de Pâques ?

– C'est une blague ? j'ai fait.

Et là, elle m'a expliqué :

– Je les achète toujours juste après Pâques pour l'année suivante.

Franchement, l'oisiveté est mère de tous les vices.

Pendant que je recevais tous les cinglés du quartier dans le magasin, James était dans la réserve (en train de ranger par ordre alphabétique les livres que j'avais rangés quelques semaines plus tôt), avec Emma.

Le temps que je revienne dans l'arrière-boutique, ils étaient super potes, ce qui m'a grandement agacée.

JAMES : Tu vas à quel lycée ?
EMMA : Wimbledon.
JAMES : Et ça te plaît ?
EMMA : Ouais, ça va.
JAMES : Tu fais du sport ?
EMMA : Je suis dans l'équipe de hockey.

J'ai failli m'étrangler. Comment se faisait-il que je ne sois pas au courant ? D'accord, je ne lui ai jamais posé la question, mais je connais Emma depuis des mois, pourquoi je ne savais pas, moi, qu'elle jouait au hockey ?

Il faut vraiment que je travaille ma technique d'interrogatoire.

Emma a dû se dire : « Waouh, James s'intéresse vraiment à moi. Pas comme cette égoïste de Phoebe qui traîne son carton de cartes de Pâques. »

22 h 41

J'ai fait une liste de questions à poser à Emma demain :

- Quelle matière tu préfères au lycée ?
- Quelle matière tu aimes le moins au lycée ?
- Tu as commencé à réviser pour les exams ?
- C'est qui ce garçon sur ta photo de profil ?

MERCREDI 4 AVRIL

#feministesoupas

Échec tragique de la mission interrogatoire d'Emma. Je n'ai pas réussi à lui poser une seule question.

En revanche, elle a montré le *Manuel de la maîtresse de maison – Cuisine et tenue du foyer* à James et à Kate, ils n'ont pas arrêté de rigoler tous les trois.

Ça m'a énervée. Je croyais que c'était un truc entre Emma et moi.

Et puis James a commenté :

– On a sacrément évolué sur le rôle des femmes, en cent ans !

– Ouais, a fait Emma, mais on a encore des progrès à faire !

Alors James a acquiescé et s'est lancé dans un petit discours sur le plafond de verre.

En temps normal, devant un gars qui fait son pédant prétentieux comme ça, Kate se serait exclamée : « C'est bon, on a compris, pas la peine d'étaler ta science. »

Mais là, elle l'écoutait en hochant la tête.

– Oui, oui, James a tellement raison. Si tous les mecs étaient comme lui…

Beurk !

Sérieux, ça reprend quand les cours à la fac ?

Et pourquoi il ne bosse pas au resto dans la journée ? Je sais que c'est ouvert le midi.

Au dîner, Kate m'a dit qu'elle allait lui confier la caisse plus souvent parce qu'il est trop canon et qu'il ne faut pas sous-estimer le pouvoir des biceps saillants.

Comment elle le prend pour un objet sexuel !

Cette discussion sur le *Manuel de la maîtresse de maison – Cuisine et tenue du foyer* ne lui a rien appris, visiblement.

JEUDI 5 AVRIL

#lenouveaumessie

Cool, Alex est rentré. J'ai passé la journée avec lui.

Les autres formaient une petite cour autour de James, qui avait trouvé un vieux bouquin de poèmes de la Première Guerre mondiale et qui s'extasiait : « *Blablabla blablabla*, comme c'est profond ! »

Et Kate, Emma et même Pat la sans-cœur en rajoutaient : « C'est le poème le plus profond que j'aie jamais entendu. Sa profondeur est tellement profonde que ça touche le fond de la profondité. »

Non, mais arrêtez !

Je me suis assise sous la caisse, aux pieds d'Alex, avec un paquet de chips, et j'ai continué à faire des recherches sur l'affiche de *Star Wars* au cas où on aurait un jour des nouvelles du supérieur de Kate et son autorisation pour la mettre en vente sur eBay.

Sérieux, je pense que certaines personnes ne veulent pas vraiment gagner d'argent.

Alex m'a dit :

– Tu peux pas passer toute la journée sous la caisse.

– Tu veux parier ? j'ai répliqué.

Juste avant le déjeuner, trois heures plus tard, Kate s'est étonnée :

– Quelqu'un a vu Phoebe ?

– Ouais, a répondu Alex. Et elle pense que la poésie, c'est de la merde.

MOI : Tu as dit à tes parents que j'étais grossière ?

LUI : Pourquoi ?

MOI : Parce que tu es mon seul allié dans cette boutique et que je ne voudrais pas qu'ils t'envoient travailler ailleurs.

LUI : T'inquiète, ils sont cool.

J'ai proposé qu'Alex, Emma et moi, on aille déjeuner au Sprinkles. Kate était d'accord, mais Emma a refusé parce que, soi-disant, « on ne peut pas tous prendre notre pause en même temps ».

Elle n'avait qu'à dire ouvertement qu'elle préférait rester avec James.

Au Sprinkles, j'ai pris une coupe Explosive beurre de cacahuètes et Alex une Extrême chocolat comme d'hab.

MOI : Tu crois que James crushe sur Kate ?
ALEX : J'ai pas vraiment réfléchi à la question.
MOI : Tu crois que James crushe sur Emma ?
ALEX : J'ai pas vraiment réfléchi à la question.
MOI : Tu crois qu'Emma crushe sur James ?
ALEX : J'y ai pas vraiment réfléchi non plus.

Ce qui m'a permis de me rendre compte que j'y avais beaucoup trop réfléchi et ça m'a presque coupé l'appétit.

P.S. : Faut se calmer sur la poésie.
P.P.S. :
Sous la caisse tapie,
Je guette le moindre son.
Mais ce qui est le plus profond
ne fait pas de bruit.

Et hop.

VENDREDI 6 AVRIL

#lesparissontouverts

On a eu l'autorisation de mettre l'affiche de *Star Wars* en vente sur Internet.

James a proposé qu'on l'encadre, et il est allé acheter un truc noir pas trop cher, mais ça rend super bien.

On a pris une photo, on l'a mise en ligne.

J'ai suggéré une mise à prix à trois cent cinquante livres, mais Kate a protesté :

– C'est une affiche de film, Phoebe, pas un Monet.

Mais James a dit que c'était le bon prix et, du coup, tout le monde était là : « OK, oui, trois cent cinquante pour commencer, c'est bien. »

Au bout de deux minutes, il y avait déjà dix personnes qui la suivaient et une heure plus tard, quelqu'un a proposé trois cent soixante-quinze livres. Dingue, non ? Donc, c'est sûr, on va empocher au moins trois cent soixante-quinze livres, mais il reste encore une semaine pour faire monter les enchères.

Ça va nous rapporter un max.

Une affiche de film qui guérit le cancer…

Génial, non ?

Aujourd'hui, Emma m'a lancé :

– Ça va, Phoebe ?

– Très bien, merci, j'ai dit.

Elle m'a demandé :

– Comment vont les chatons ? On peut les prendre en photo, ça y est ?

Je pensais qu'elle avait complètement oublié. Et j'étais tellement surprise qu'elle m'en parle que j'ai répondu un truc du style :

– Euh… je pense qu'il vaut mieux attendre un peu que leurs personnalités s'affirment…

Non, mais qu'est-ce que je peux sortir comme conneries.

N'importe quoi.

On parle de chats, là.

Parfois, je ne sais pas ce qui me prend. Les mots me sortent de la bouche sans être passés par mon cerveau.

Emma doit me prendre pour une idiote, maintenant.

Il faut que je lui demande si elle a un petit ami. Mais elle ne m'a pas posé la question. Pourtant, d'habitude, c'est le premier truc que les gens veulent savoir.

Peut-être qu'Emma n'est pas comme tout le monde.

SAMEDI 7 AVRIL

#lemysteresepaissit

Voici la conversation que j'ai surprise malgré moi (ou pas) aujourd'hui :

BILL : Comment ça va, ma belle ?
EMMA : Très bien.
BILL : Et papa et maman, ça va aussi ?
EMMA : Oui, oui, merci.
BILL : Tu vas toujours à tes réunions ?
EMMA : Oui, bien sûr.
BILL : Quelle merveilleuse jeune femme !

Quand je suis revenue dans la réserve avec eux, je me sentais vraiment sur la touche.

Quelles réunions ? C'est quoi, son problème, à Emma ? Et pourquoi il lui donne du « ma belle » et du « merveilleuse » ?

Ils veulent tous me rendre dingue ou quoi ?

23 h 19

Peut-être qu'Emma est alcoolique.

DIMANCHE 8 AVRIL

#perdreunejambe

Kate m'a rappelé que, la deuxième chatte de luxe devant avoir ses bébés cette semaine, je ferais peut-être bien de fermer la porte de ma chambre.

C'est la portée de luxe, il faut donc qu'ils naissent dans leur carton de luxe (que Kate a piqué dans la poubelle de recyclage des voisins).

Je viens de discuter avec maman sur WhatsApp. Elle a soigné un petit garçon qui avait perdu une jambe.

Je me demande ce qu'ils font des membres sectionnés et des cadavres là-bas. Il ne doit pas y avoir de crématorium, c'est un hôpital de campagne. Est-ce qu'ils les brûlent en plein air, tout simplement ?

Qu'est-ce que ça fait de perdre une jambe ?

Et puis c'est quoi, cette expression ?

Comment peut-on « perdre » une jambe ?

On perd son portefeuille.

Mais sa jambe ?

LUNDI 9 AVRIL

#soldes

L'affiche de *Star Wars* a atteint la coquette somme de quatre cents livres.

Incroyable, pas vrai ? Les enchères durent jusqu'à vendredi et il y a soixante-dix-huit personnes qui les suivent.

C'était une idée de génie de la mettre en vente quand les gens/leurs enfants sont en vacances parce que je parie qu'ils sont là, à s'ennuyer chez eux en se demandant comment dépenser leur argent.

Emma et moi, on trie les sacs de dons à la vitesse de l'éclair, désormais. On forme une super équipe. Comme les étagères de la réserve commencent à être encombrées, Kate a décidé d'organiser des soldes. On va proposer « un article acheté, le deuxième à moitié prix sur tous les vêtements ».

J'ai passé la journée à accrocher les panneaux.

Pat pense que c'est une très mauvaise idée (évidemment).

Elle estime que les magasins solidaires ne devraient pas céder à la pression du consumérisme.

Je ne suis pas d'accord. Tout d'abord parce que je la hais, mais aussi parce que c'est mieux de gagner trois livres que deux. Si dix personnes dépensent trois livres, ça fait trente livres dans la caisse, alors que si dix personnes dépensent deux livres on n'en aura gagné que vingt.

C'est pas sorcier, Pat.

Emma et James commencent à me taper sur les nerfs.

JAMES : Je faisais de l'aviron au lycée.

EMMA : Oh, cool.

JAMES : C'était vraiment intensif. Beaucoup de pression. Alors un jour, en terminale, j'ai décidé d'arrêter.

EMMA : Oh, je comprends. L'aviron, ça peut très vite te bouffer la vie. Tes week-ends deviennent plus chargés que tes semaines.

Parce que, maintenant, c'est une experte en aviron ?

Je ne comprends pas pourquoi tout le monde arrive à discuter aussi facilement avec elle, alors que moi, je suis là : « Je pense qu'il vaut mieux attendre un peu que leurs personnalités s'affirment… »

Je suis nulle.

J'aimerais tellement être comme James – calme, cool, tranquille.

Je me dis que le temps presse pour mieux connaître Emma, parce qu'on reprend bientôt les cours et qu'après, je ne pourrai la voir que deux fois par semaine avec les exams qui approchent.

20 h 30

Je vais envoyer un texto à Emma pour lui proposer de venir prendre les chatons en photo.

Je sais qu'ils n'ont pas encore ouvert les yeux, mais je veux voir si elle préfère mes chatons aux bras de rameur de James.

P.S. : Je sais que c'est immature.

P.P.S. : Je sais que ce ne sont pas mes chatons.

P.P.P.S. : Je sais que ce n'est pas un concours.

21 h 58

Emma m'a répondu qu'elle ne pouvait pas demain. Voilà ce qu'elle m'écrit :

EMMA : J'aurais adoré mais je ne suis pas libre le mardi soir. Un autre jour ?

Peut-être, mais j'ai pas envie de lui répondre maintenant.

MARDI 10 AVRIL

#cardigangate

Il s'est passé un truc de dingue aujourd'hui. C'est officiel, Emma est maintenant la personne que je préfère au monde.

Elle a passé la journée à étiqueter, c'est-à-dire à prendre les articles passés à la vapeur sur le portant pour leur accrocher une étiquette de prix.

Pour sa défense, la réserve est sens dessus dessous malgré tous nos efforts de rangement. Enfin, bref, Emma était en train d'étiqueter gaiement quand, soudain, Pat se lève de sa chaise pour partir en pause et demande :

– Quelqu'un a vu mon cardigan ?

En fait, Emma l'avait pris par erreur, étiqueté, accroché sur un cintre et Kate l'avait mis en boutique pour le vendre.

LOL.

On a vérifié cintre par cintre, en vain. On ne l'a pas retrouvé. Apparemment, on a vendu le cardigan de Pat avec notre promo « un article acheté, le deuxième à moitié prix ».

Elle était furieuse, Emma penaude et moi, pliée de rire.

Kate lui a dit d'en choisir un autre dans le magasin mais, bien sûr, rien n'était assez bien pour Pat, elle voulait absolument le sien.

Je n'avais pas reparlé à Emma de notre échange de textos mais, au moment de partir, elle m'a donné un petit coup dans l'épaule en proposant :

– Et si on prenait ces chatons en photo dimanche ?

Je lui ai rendu sa tape en acquiesçant :

– OK !

MERCREDI 11 AVRIL

#stupefiant

Pas étonnant que certaines personnes pensent que le premier homme sur la lune est un canular : le client moyen est trop crétin pour comprendre la promo « un article acheté le deuxième à moitié prix ».

Voilà la pancarte :

Un article acheté, le deuxième à moitié prix
sur tous les vêtements.

Et voilà ce qui s'est passé :

CLIENT 1 : Sur le panneau, c'est écrit : « Un article acheté, le deuxième à moitié prix sur tous les vêtements ».

MOI : Oui.

CLIENT 1 : Je ne comprends pas bien ce que ça veut dire.

MOI : Un article acheté, le deuxième à moitié prix sur tous les vêtements.

CLIENT 1 : Même les blousons ?

MOI : Oui, sur tous les vêtements.

CLIENT 2 : Qu'est-ce que ça veut dire, votre panneau ?

MOI : Que pour un article acheté, vous avez le deuxième à moitié prix sur tous les vêtements.

CLIENT 2 : Même sur les livres ?

MOI : Non, sur les VÊTEMENTS.

CLIENT 3 : Donc si j'achète un article, j'ai le deuxième à moitié prix ?

MOI : ...

C'est stupéfiant. Sans compter le nombre de clients qui arrivent à la caisse sans même savoir qu'il y a une promo.

Toute la journée, Kate répète :

– Et je vous rappelle que c'est un article acheté, le deuxième à moitié prix sur tous les vêtements.

Et les gens sont là :

– Ah bon ?

Alors qu'il y a des panneaux PARTOUT.

Quand j'assiste à ce genre de scène, est-ce que j'arrive à croire qu'on ait envoyé un homme sur la lune ? Non, absolument pas.

JEUDI 12 AVRIL

#surprise

Polly et Tristan sont venus à la friperie. Trop bizarre.

Kate en a fait tout un plat, genre :

– Oh, ma puce, comme tu es belle ! Tu m'as manqué !

Bref.

Et eux, ils ont lancé :

– On passait juste dire bonjour à Phoebe.

Pourquoi ?

Pour bien me faire sentir que je suis seule et eux en couple ?

La situation s'est cependant grandement améliorée quand ils sont effectivement venus me dire bonjour, parce qu'au moment où ils sont entrés dans la réserve, j'étais en train de passer des livres à James, qui était perché sur l'escabeau, avec son « joli petit cul » moulé dans son jean juste sous mon nez.

Polly avait les yeux qui sortaient des orbites, et je l'ai entendue penser : « Pourquoi j'ai pas un petit ami aussi BG ? »

Tristan a franchement l'air d'un gamin comparé à James.

Je leur ai présenté Emma, et Polly s'est écriée :

– Salut, j'ai tellement entendu parler de toi !

Un gros mensonge parce que je jure que j'ai tout au plus mentionné son nom une fois devant elle.

Comme Polly et Tristan allaient à un festival à Wimbledon Common, je me suis exclamée :

– C'est trop cool de pas être obligé de travailler !

Je sais que c'est :

1) vache,

2) encore un mensonge parce que je suis aussi privilégiée qu'eux – rien ne m'oblige à travailler.

Mais ça m'énervait qu'elle vienne parader comme ça en étalant sa nouvelle vie.

Et puis, quand même, on ne s'adresse plus la parole depuis l'histoire du clitoris.

Je lui en veux encore de m'en avoir voulu de lui dire la stricte vérité.

Bien sûr, j'aurais pu faire style : « T'en fais pas, Polly. Continue comme ça et je suis sûre qu'un jour, tu finiras par avoir un orgasme, et que ces vingt-cinq années de sexe sans orgasme avec Tristan n'auront pas été vaines. »

Parce qu'en tant que (ex-)meilleure amie, non seulement elle devrait s'attendre à ce que je sois honnête avec elle mais elle devrait l'exiger.

Enfin, je n'y connais sûrement rien.

En partant, elle m'a lancé :

– Phoebe, si tu as un moment ce week-end, textote-moi, on pourrait aller se prendre un café. Sinon, on se voit lundi.

– OK.

Voilà, la balle est à nouveau dans mon camp.

Je déteste ça.

Qu'est-ce qu'elle veut que je lui dise ?

Non, je n'ai pas le temps.

Alors on se verra lundi.

P.S. : J'espère que ça l'embête de constater que je suis passée à autre chose.

P.P.S. : J'ai relu ce que j'avais écrit : il est évident que je ne suis pas passée à autre chose.

P.P.P.S. : J'aimerais tellement que tout ça me soit égal.

P.P.P.P.S. : Je viens de chercher « comment faire pour que tout me soit égal » mais ça ne m'avance pas parce que c'est centré sur comment ne pas se soucier de ce que les autres pensent de soi. Mais moi, je m'en moque de ce que les autres pensent de moi, ce que je veux, c'est ne plus rien ressentir.

Internet m'a déçue, c'est dingue de ne pas trouver de réponse à une question aussi basique.

P.P.P.P.P.S. : J'ai envoyé un texto à Polly et elle m'a répondu tout de suite.

MOI : Ça m'a fait plaisir de te voir aujourd'hui.

POLLY : Moi aussi. Tu me manques. Bisous.

VENDREDI 13 AVRIL

#adjugevendu

Ce vendredi 13 est notre jour de chance : l'affiche de *Star Wars* s'est vendue à cinq cent trente livres.

Dingue.

Sérieux, tous les gens qui « suivaient » juste l'objet se sont réveillés et, durant les dernières minutes, les enchères sont montées, montées, montées…

En début d'aprèm, on avait déjà atteint quatre cent soixante-dix livres et Pat avait ravalé son petit discours sur le fait qu'on « devrait réfléchir » avant de commencer à vendre des trucs en ligne.

Ça aurait été encore mieux que les enchères se finissent un dimanche (selon les chiffres, c'est le jour où elles montent le plus haut) mais bon, cinq cent trente livres, c'est déjà pas mal.

J'ai dit à Kate que j'allais réviser dans ma chambre, mais j'ai d'abord envoyé un texto à Emma.

Elle n'en revenait pas.

Je me demande si elle révise.

Plus qu'un mois avant le premier exam et, je ne vais pas mentir, je commence à avoir mal au ventre.

SAMEDI 14 AVRIL

#vaguedechaleur

Aujourd'hui, James a proposé :

– On devrait se regarder *Le Retour du Jedi* tous ensemble ce week-end.

Et au lieu de répliquer « Pas question, je vous supporte déjà toute la semaine au boulot », Kate s'est écriée :

– Super idée ! Il faut fêter ça !

Donc tout le monde vient chez nous demain et ça m'ennuie, parce qu'Emma et moi, on avait prévu de prendre les chatons en photo.

Franchement, ce James me gâche la vie.

Il faisait une chaleur dans la réserve aujourd'hui, c'était intenable !

Emma avait mis une robe d'été à fleurs avec des Doc Martens marron. Elle s'est justifiée :

– Faut des grosses chaussures pour bosser dans cette décharge. Tu sais jamais sur quoi tu vas poser les pieds.

J'aimerais être aussi stylée qu'elle.

Ah, au fait, Bill et Mélanie sont rentrés du Maroc.

D'habitude, Mélanie s'occupe des livres, et la bibliothèque était en vrac parce qu'elle n'a pas souvent été là ces derniers temps, mais en arrivant, elle s'est exclamée :

– Kate, c'est une perle, ton James ! Il a tout parfaitement rangé. Il a même séparé les poches des grands formats. Je pense qu'il est temps que je prenne ma retraite.

Ils ont tous rigolé parce que, apparemment, arrivée à quatre-vingts ans, Mélanie avait déjà pris sa retraite, mais au bout de trois semaines, elle s'ennuyait tellement chez elle qu'elle a repris du service.

Je serai comme elle quand j'aurai son âge.

Après le boulot, Kate et moi, on est passées au supermarché faire les courses pour demain. On a acheté tellement de trucs qu'elle a dû aller chercher la voiture, on ne pouvait pas tout porter.

MOI : Qui va manger tout ça ?
KATE : Toi.
MOI : Et qui va cuisiner tout ça ?
KATE *(elle me regarde, battant des cils)* : …
MOI : Ben voyons !

Je vais donc devoir me lever aux aurores pour faire des salades et tout ça.

Le *Manuel de la maîtresse de maison – Cuisine et tenue du foyer* désapprouve grandement ce genre de réunion improvisée. Il recommande d'établir le menu de Noël dès le mois de septembre.

Il va falloir aussi isoler les chattes et chatons de luxe pour ne pas les stresser. Sinon on va se croire au zoo.

DIMANCHE 15 AVRIL

#apremetsoireedete

Je tombe de fatigue.

N'en déplaise au *Manuel de la maîtresse de maison – Cuisine et tenue du foyer*, Kate et moi, on a assuré grave pour tout préparer. On a fait du pain à l'ail, deux quiches, des miniroulés à la saucisse, une salade de pommes de terre, une salade verte, des brownies, des cookies au chocolat, une marmite de chili con carne et une petite casserole de chili sin carne (parce que James aime tellement les animaux qu'il ne peut pas en manger). J'ai commenté :

– S'il y a un menu végétarien, alors je peux avoir un menu kasher ?

Mais Kate s'est contentée de me lancer un regard noir.

Bon, ce n'était pas de la grande cuisine, il suffisait de sortir les trucs du paquet pour les réchauffer ou les mettre dans un joli plat, mais quand même, c'était des préparatifs.

La seule personne qui n'a pas pu venir, c'était Alex parce qu'il passe toujours son dimanche en famille.

Bill et Mélanie ont carrément apporté une caisse de champagne en se justifiant :

– Il faut fêter ça dignement !

Ils sont tellement chics, c'est trop drôle.

Bill était en bermuda, avec une veste de cricket et une cravate rose. Il avait une de ces touches, assis sur la vieille chaise de jardin de Kate ! Avec ses énormes lunettes de soleil Gucci qui lui mangeaient le visage, Mélanie avait l'air d'une star de ciné des années 1920.

Pat était évidemment immonde avec sa jupe à fleurs qui lui arrivait aux genoux, ses chaussures de grand-mère et un nouveau cardigan beigeasse.

Je me suis dit : « C'est fou, elle n'a que soixante-cinq ans, et pourtant, elle paraît plus vieille que Mélanie qui en a quatre-vingt-six. On la prendrait pour sa grand-mère alors qu'elle pourrait être sa fille. »

Emma est arrivée avec James, ce qui ne m'a pas franchement mise de bonne humeur, forcément. Elle a offert à Pat un bon d'achat de cinq livres Marks & Spencer avec une carte qui disait : « Désolée d'avoir vendu ton cardigan pendant l'opération un article acheté le deuxième à moitié prix. » Du coup, Pat a dû culpabiliser d'en avoir fait toute une histoire.

– Ne sois pas bête, Emma. Garde ton argent.

Mais Mélanie a fourré le bon d'achat dans la poche du cardigan de Pat en affirmant :

– Prends-le. Emma veut se faire pardonner, alors pardonne-la.

Du coup, Pat a serré Emma dans ses bras en répétant « merci merci » pendant une bonne minute.

Moi, elle ne m'aurait pas pardonnée aussi facilement.

Tout le monde a bu une coupe de champagne pour fêter la vente de l'affiche *Star Wars*.

J'ai beaucoup discuté de leurs voyages avec Bill et Mélanie. Je trouve qu'ils ont raison. Ils vont partout, mais à l'hôtel, pas comme maman qui part au bout du monde et doit se construire un abri, puis creuser un trou deux cents mètres plus loin en guise de toilettes.

Comme il faisait super chaud, on a passé la journée dans le petit jardin et, finalement, on n'a pas regardé *Le Retour du Jedi*.

Kate a retrouvé un jeu de badminton de quand j'étais petite. Emma et James ont joué pendant des heures et James était tellement en nage qu'il a fini torse nu.

Ils riaient comme des baleines, se faisaient des checks et tout et tout. Pendant qu'on rapportait les plats dans la cuisine, j'ai demandé à Kate :

– Tu crois que James crushe sur Emma ?

Mais elle a répliqué :

– Qu'est-ce qui te fait penser ça ?

Genre elle n'avait pas remarqué qu'ils étaient arrivés ensemble, qu'ils s'étaient assis sur la même couverture pour manger et que James jouait au badminton avec elle à moitié nu. Si je crushais sur lui, et je sais que Kate crushe grave, j'aurais été folle de jalousie.

Enfin, bref, heureusement, James commençait le boulot à cinq heures, et Pat a décidé de prendre congé également, puis Mélanie et Bill sont partis aussi, et il n'est plus resté que Kate, Emma et moi.

Emma voulait bronzer. Elle a suivi le dernier petit rayon de soleil jusqu'à ce qu'il disparaisse de l'autre côté de la clôture.

– T'as qu'à aller sonner chez les voisins, a suggéré Kate. Ils ont le soleil pour encore au moins cinq minutes.

Kate est rentrée à l'intérieur vers sept heures, puis est ressortie pour nous jeter une grande couverture et me dire de raccompagner Emma chez elle pas plus tard que neuf heures.

J'avais complètement oublié qu'on reprenait les cours demain. Et il faut bien l'avouer, j'ai un peu mal au ventre quand je pense à mes révisions que je n'ai même pas commencées.

Avec Emma, on s'est allongées sur sa serviette, la couverture sur nos jambes. Et sous ce ciel aux reflets orange et violacé, un dimanche soir à Londres, on avait l'impression que le temps s'était arrêté.

On regardait les avions qui décollaient d'Heathrow, sans dire grand-chose, en fait, mais c'était cool. Pas besoin de parler constamment pour passer un bon moment avec quelqu'un. Je me suis demandé si James et Emma pourraient rester côte à côte en silence, comme ça.

Et puis neuf heures est arrivé, et on était toujours assises là.

MOI : Je ferais mieux de te raccompagner chez toi.
EMMA : T'es pas obligée.
MOI : Si, j'ai promis.
EMMA : OK.

Elle m'a souri en me faisant un clin d'œil.

On n'a pas beaucoup parlé sur le trajet non plus, et quand on échangeait quelques mots, c'était en chuchotant, bizarrement. Peut-être parce qu'il faisait noir.

Quand on est arrivées chez elle, tout était allumé.

MOI *(éblouie)* : Waouh !

EMMA *(exaspérée)* : Mes parents angoissent dès que je sors. Je suis même étonnée qu'ils n'aient pas appelé.

MOI : Tu étais chez Kate, c'est pas comme si tu étais sortie en boîte de nuit pour boire.

EMMA : On a bu.

MOI : Une demi-coupe de champagne.

EMMA *(hésitante)* : Je n'avais jamais bu d'alcool.

MOI : Sérieux ?

EMMA *(elle hausse les épaules)* : …

MOI : Kate ne nous aurait jamais laissées nous saouler ni rien.

EMMA : Je sais.

MOI : Mais vraiment, tu n'avais jamais bu d'alcool ? Même pas à Noël ?

EMMA : Mes parents ne boivent pas.

MOI : Mais quand tu sors avec tes amis ?

EMMA : Je ne sors pas beaucoup.

MOI : Même pas à des soirées, chez des potes de ta classe ?

EMMA *(elle hausse les épaules)* : …

MOI : Waouh.

EMMA : Waouh quoi ?

MOI : Rien… C'est juste que d'habitude, les gens comme toi ont une vie sociale bien remplie.

EMMA : Les gens comme moi ?

MOI : Les gens qui jouent au hockey.

EMMA *(me regardant l'air de dire « WTF ? »)* : …

MOI : Les gens canon.

C'est sorti avant que j'aie fini de le penser, ce qui est impossible, je sais, mais pourtant… Et là, j'ai eu envie de mourir.

Alors Emma (qui n'est pas socialement inadaptée comme moi et qui a préféré prendre mon commentaire avec légèreté) a répliqué :

– T'as besoin de lunettes !

On a explosé de rire et je me suis penchée vers elle comme si j'essayais de mieux voir, et alors j'ai senti son souffle sur ma joue, dans mes cheveux. Elle embaumait la crème solaire, et je ne sais pas pourquoi mais ça m'a toute retournée et mon cœur s'est emballé.

MOI : Salut.

EMMA : Salut.

MOI : On se voit jeudi ? Faut qu'on choisisse le nouvel article de la semaine.

EMMA *(hochant la tête)* : À jeudi. J'ai passé de super vacances.

MOI : Moi aussi.

EMMA : OK.

MOI : OK.

EMMA : Salut.

MOI : Salut.

22 h 30

J'ai pas envie de reprendre les cours demain.

J'ai pas envie de passer ces fichus exams.

J'ai pas envie de faire quoi que ce soit.

LUNDI 16 AVRIL

#gcsenfer

Je ne suis vraiment pas du matin. Et je ne suis vraiment pas fan du bus. Et je ne suis vraiment pas fan des gens qui se bécotent devant l'entrée du lycée.

Beurk!

À en juger par Instagram, Polly et Tristan ne se sont pas quittés d'une semelle durant toutes les vacances, et pourtant, ils étaient là, devant tout le monde, à faire comme si leur vie sexuelle était tellement trépidante qu'ils ne pouvaient plus s'arrêter.

Polly se ment à elle-même et elle s'embourbe dans ses mensonges.

Il faut absolument qu'on discute de l'orgasme vaginal, mais je ne veux pas la brancher directement sur le sujet.

Et puis, c'est bizarre, notre relation, style « on était amies, mais plus maintenant ».

Ça fait sûrement comme après un divorce.

On a l'impression de se connaître et, en même temps, d'être devenues deux étrangères l'une pour l'autre.

Miriam a montré son planning de révisions à toute la classe. Le cauchemar. Chaque jour est divisé en plages horaires de différentes couleurs : rouge pour les maths, grammaire en vert foncé, littérature en vert clair et ainsi de suite. Elle a même noté des horaires pour dormir (en bleu pastel). J'espère pour elle qu'elle a sommeil entre 23h55 et 6h15, parce que c'est son seul créneau.

Tout le monde a adoré, évidemment, et je parie qu'ils sont tous en train de faire pareil en ce moment même.

Je ne vois pas l'intérêt.

J'ai très envie d'envoyer un texto à Emma pour lui demander

si ses parents étaient furax hier soir, mais je ne veux pas qu'elle me prenne pour une stalkeuse qui veut connaître le moindre détail de sa vie. Même si c'est clairement le cas.

Je viens de passer une heure sur Instagram à chercher ce mec.

J'ai aussi regardé sur Snapchat, mais elle n'a pas l'air d'y être (et je la comprends). La dernière fois que je m'étais connectée, Steve O'Reilly avait posté une photo de son pénis en érection. Je sais que les publications s'effacent au bout de vingt-quatre heures, mais il y a des choses qu'on n'oublie pas…

P.S. : Je m'étais imaginé qu'Emma était peut-être alcoolique et que ses réunions secrètes étaient celles des Alcooliques Anonymes, mais ce n'est pas possible puisqu'elle n'a jamais bu d'alcool… À moins que ce soit un mensonge et qu'on l'ait fait rechuter avec cette coupe de champagne.

P.P.S. : Non, elle n'est pas alcoolique, c'est sûr et certain, parce que Bill est au courant pour ses réunions donc, sachant cela, il n'aurait pas apporté une caisse de champagne.

P.P.P.S. : Pourquoi la vie est si compliquée ?

P.P.P.P.S. : Il faut que je parle à Polly.

P.P.P.P.P.S : Maman m'a appelée sur WhatsApp ce soir. Elle a une de ces têtes, on dirait qu'elle vit sous les bombes. Normal, en même temps, c'est le cas.

Elle m'a posé dix mille questions sur les exams.

Elle doit culpabiliser de ne pas être là pour faire tous les trucs que les sites et brochures conseillent aux parents, du genre : « Assurez-vous que votre ado prend un bon petit déjeuner, car le stress peut lui couper l'appétit. Une tartine le matin lui évitera une crise d'hypoglycémie. »

Kate est plutôt du genre :

– Tu vas me finir ce petit déj, espèce de *drama queen*, va !

Faut pas lui dire, mais je l'adore.

Je ne comprends pas pourquoi je ne suis pas sa fille. On va tellement mieux ensemble que maman et moi.

MARDI 17 AVRIL

#sagefemmeimprovisee

Quand je suis rentrée du lycée, la deuxième chatte de luxe était en train de mettre bas dans la cuisine.

Il y avait un chaton à moitié sorti et un autre qui gigotait, étendu sur le carrelage. J'ai complètement paniqué.

J'ai appelé Kate sur son portable, mais bien sûr, ça ne répondait pas. Alors j'ai appelé la friperie et c'est Pat qui a décroché.

MOI : Où est Kate ?

PAT : Oh, c'est toi.

MOI : Où est Kate ?

PAT : Elle est partie à la banque.

MOI : Elle rentre quand ?

PAT : Dieu seul le sait.

MOI : Qu'elle me rappelle immédiatement, c'est urgent.

PAT : Je lui dirai quand elle rentrera.

La chatte était en train de lécher le chaton à moitié sorti, et tout ce que je pouvais penser, c'était : « *OH, MY GOD !* »

Comme je ne savais pas quoi faire, j'ai appelé Emma, qui a répondu immédiatement.

MOI : La chatte de luxe est en train d'avoir ses chatons dans la cuisine, et j'ai l'impression qu'il y en a un de coincé.

EMMA *(hilare, et je la comprends parce que c'est bizarre, sauf que c'est pas drôle)* : …

MOI : Tu peux venir m'aider ?

EMMA : Où est Kate ?

MOI : Je ne sais pas, mais sérieux, qu'est-ce que je fais ? Je ne vais pas appeler le SAMU !

EMMA *(toujours hilare)* : J'arrive !

Là, le temps s'est arrêté. Il a été 16 h 49 pendant une éternité.

Je ne quittais pas la chatte des yeux quand, soudain, *plop !* le chaton coincé est tombé sur le carrelage, comme l'autre. Et sa mère a fait genre : « Bon, il faut que je te nettoie un peu. »

J'ai essayé de m'approcher pour voir s'il respirait mais mon portable a sonné. C'était Kate.

MOI : La chatte a mis bas dans la cuisine. Il y a deux chatons.

KATE : Elle a l'air d'aller bien ?

MOI : Je ne sais pas.

KATE : Tu es sûre qu'il n'y en a que deux ?

MOI : Je ne sais pas.

KATE : Regarde sous les meubles.

MOI *(regardant sous les meubles)* : Non, rien. Je crois.

C'est alors qu'on a sonné à la porte.

MOI : C'est Emma.

KATE : OK. Mieux vaut laisser la chatte tranquille pour l'instant, faut pas les déranger dans ces moments-là. C'est sa seconde portée, ça devrait aller, mais surveille-la du coin de l'œil quand même. Et si elle n'a pas l'air bien, rappelle-moi, je viendrai tout de suite.

MOI : OK. Salut.

Emma était là genre :

– Oh, là là ! Mais ils sont minuscules, ces chatons !

Alors que moi, je me répétais : « Non, mais pourquoi il a fallu que ça tombe sur moi ? »

Au bout de quelques minutes, la chatte de luxe a pris l'un de ses chatons de luxe par la peau du cou pour le porter dans le salon et le déposer dans la caisse, mais quand elle est revenue chercher l'autre, je me suis écriée :

– Non, mais c'est pas vrai !

Il y avait un troisième chaton en train de sortir.

– Oh, là là, le stress !

Emma et moi, on l'a regardé émerger millimètre par millimètre. Une fois qu'il a été dehors, sa mère l'a léché pour ôter l'espèce de membrane gluante qui l'entourait, mais il ne bougeait pas, contrairement aux deux autres.

J'ai paniqué.

– Qu'est-ce qu'il a ?

– Je crois qu'il ne respire pas, a répondu Emma.

Le cœur au bord des lèvres, je me suis approchée pour mieux voir. Effectivement, le chaton gisait sur le sol, genre raide mort.

Je n'ai rien fait, je suis restée plantée là, immobile. Emma s'est agenouillée, l'a touché du bout du doigt, a essayé de le frictionner un peu en disant :

– Phoebe, sérieux, il ne respire pas.

Alors là, j'ai répliqué :

– Mais je ne sais pas quoi faire, moi !

Du coup, Emma s'est penchée, a posé ses lèvres sur son museau et lui a fait du bouche-à-gueule ! Et elle l'a ranimé ! Il s'est mis à gigoter et à faire de petites grimaces.

Moi, j'étais juste : *OH, MY FUCKING GOD.*

Personne ne me croira jamais, mais ce fichu chaton de luxe est revenu à la vie et la chatte a fait style : « Bon, ben, je vais m'occuper de celui-ci aussi, alors. »

Quand Kate est arrivée, Emma et moi, on était tellement surexcitées qu'on faisait des bonds. Alors, Kate a déclaré :

– Bon, je crois qu'il faut qu'on laisse la maman et les bébés un peu tranquilles.

Et elle nous a emmenées au Pizza Hut.

Sur le chemin du retour, dans la voiture, elle a fait :

– Je suis désolée que tu aies raté ta réunion de ce soir, Emma.

Et, tout à coup, le fameux ange du proverbe est passé dans la voiture. Sérieux, jamais entendu silence plus silencieux. Mais là, au lieu de demander finement « quelle réunion ? », je me suis tue. Et au lieu de dire « ah oui, ma réunion de *blablabla*... », Emma s'est extasiée :

– Je n'en reviens toujours pas, j'ai ranimé un chaton. Parce qu'il était cent pour cent mort, hein !

Et là, on a toutes éclaté de rire, l'hilarité dissipant la gêne passagère.

23 h 17

Les chattes de luxe et leurs sept chatons sont tous en parfaite santé.

Quelle journée.

MERCREDI 18 AVRIL

#avorton

Aujourd'hui, en culture religieuse, Mme Turner nous a réexpliqué le système de notation des exams « juste pour être sûre ». On a zéro s'il n'y a « rien de pertinent dans la réponse/pas de réponse ».

Polly m'a regardée et, en se désignant, elle a articulé sans bruit :

– En maths.

J'ai levé les yeux au ciel, parce que ça me paraît difficile de ne rien savoir du tout. Et, en même temps, je l'imagine bien en train de fixer sa copie, le cerveau en boucle : « Tristan, Tristan, Tristan. »

Pour obtenir une bonne note, il faut « prendre en compte différents points de vue assortis de références claires à la religion » (c'est-à-dire du bla-bla mais intégrant Jésus/Allah/Bouddha).

J'ai l'impression que les profs sont plus stressés que nous. Ils deviennent carrément agressifs quand ils s'aperçoivent qu'on n'est pas très attentifs.

P.S. : Le chaton de luxe qu'Emma a ranimé est l'avorton de la portée.

Il est beaucoup plus petit que ses deux frères/sœurs, et il n'a pas l'air de bien comprendre ce qu'il fait là. Il est tout roux, sauf ses pattes, qui sont blanches comme de petites chaussettes. Les deux autres sont blancs avec des taches beigeasses.

J'ai pris une photo du minus pour l'envoyer à Emma.

Elle a aussitôt proposé qu'on l'appelle Richard ou Elizabeth parce que c'est cool, les animaux qui portent des noms de personnes.

JEUDI 19 AVRIL

#resultat

La promo « un article acheté, le deuxième à moitié prix » est enfin terminée, Dieu merci.

Je n'en pouvais plus de tous ces crétins.

Alex nous a fait un gâteau à la noix de coco, j'en ai mangé quatre parts parce qu'il était délicieux. Apparemment, il faut mettre du lait de coco à la place du lait de vache, ça rend le gâteau :

a) plus sucré,

b) plus moelleux,

c) moins sec (Pat devrait peut-être essayer le lait de coco, on ne sait jamais).

Alex est tellement sympa qu'il me donne envie d'être sympa aussi, mais quand un client débarque en demandant : « Ça veut dire quoi "un article acheté, le deuxième à moitié prix ?" », j'ai juste envie de le tuer.

Aujourd'hui, boostées par le succès inégalé de l'affiche *Star Wars*, Emma et moi, on s'est mis en tête de trouver le prochain truc qui va rapporter gros à la friperie. On a cru avoir dégotté un sac Louis Vuitton mais, en fait, c'était une contrefaçon. On l'a quand même choisi comme article de la semaine en indiquant « véritable copie ».

Je sais que c'est affreux de dire ça, mais il faut que davantage de fans de SF passent l'arme à gauche parce que toutes les babioles vintage de *Star Wars*, *Doctor Who*, et même *Battlestar Galactica*, ça se vend super bien sur eBay.

Kate a déclaré que comme je n'avais pas vraiment l'air

d'apprécier les contacts humains, elle me chargeait de gérer le compte eBay du magasin.

P.S. : C'est pas vrai que je n'apprécie pas les contacts humains, c'est juste que les humains n'apprécient pas qu'on leur dise qu'ils sont bêtes.

VENDREDI 20 AVRIL

#chastagram

Emma est venue à la maison ce soir, et on a enfin photographié les chats pas de luxe.

Quand on raconte que les chats ont l'esprit de contradiction, c'est rien de le dire.

Dès qu'on en avait installé un, c'était l'autre qui partait en vadrouille, et quand ils ont enfin tous été côte à côte devant l'objectif, il y en a un qui s'est endormi.

On a mis une heure pour prendre une photo potable.

Comme ils sont à moitié de race, Kate pense qu'on peut quand même en tirer la moitié du prix des chatons pure race.

Emma et moi, on a créé un compte Insta pour Kate et on a posté les photos avec en légende :

Quatre chatons croisés persan, 250 £, vaccins inclus. #chastagram #persan #croiséspersan #chatons #chats #chatonsmignons #wimbledon #vaccinsinclus

C'est vraiment stressant, ce commerce de chatons.

En plus, il y en a deux parfaitement identiques, on va devoir leur acheter de petits colliers de couleurs différentes pour les distinguer.

Emma et moi, on les a également mis sur nos comptes Insta, ça ne coûte rien.

Je n'avais rien posté depuis des mois mais Polly a liké immédiatement. Elle était là genre : « Aaaah, trop mignons ! »

J'espère qu'elle a remarqué qu'Emma était taguée sur la photo.

P.S. : Pourquoi je me soucie de ce que pense Polly, sachant pertinemment qu'elle n'en a rien à faire de moi ?

P.P.S. : Maman a liké aussi. Alors elle me surveille depuis le front de guerre ? Non mais sérieux, pourquoi ai-je accepté que ma mère me suive ?

P.P.P.S. : Je me demande si Emma continuera à venir à la maison une fois que les chatons seront partis. Je ne suis pas sûre qu'elle aime traîner avec moi, étant donné que je suis évidemment bien moins drôle que James, le joueur de badminton nudiste.

SAMEDI 21 AVRIL

#salsapourseniors

Bill et Mélanie se sont inscrits à un cours de salsa pour les seniors il y a quelques semaines, et ils sont à fond.

Ils nous ont fait une petite démonstration dans la réserve, j'étais pliée en deux ! Pas parce qu'ils sont vieux mais parce que Bill prend ça hyper au sérieux. Il faisait des mimiques et tout et tout en ondulant des hanches. J'en pleurais de rire. Puis le voilà qui lance :

– Allez, Patricia, danse avec moi, chérie.

Pat a minaudé :

– Tu sais bien que j'ai deux pieds gauches, Bill.

Mais il l'a fait lever de sa chaise et l'a fait salsaseniorer dans la réserve, renversant livres, sacs et poubelles.

On a tous applaudi et, pour la première fois depuis que je la connais, Pat a esquissé un sourire.

– On devrait tous s'inscrire ! s'est enthousiasmée Emma en me faisant un clin d'œil.

Je crois qu'à ce moment-là, j'ai tiré une tête pas possible.

Pourquoi je suis comme ça ? Chaque fois que je commence à me sentir plus naturelle en présence d'Emma, il se passe un truc bizarre qui gâche tout. Je suis trop nulle.

21 h 03

Peut-être qu'Emma m'a fait un clin d'œil parce que, comme James n'était pas là, elle ne pouvait pas lui en faire.

Ou alors c'est un tic nerveux.

Ou alors je me prends la tête pour pas grand-chose.

DIMANCHE 22 AVRIL

#vaguedechaleur2

La vague de chaleur se poursuit. J'ai passé la journée dehors.

On a eu plein de commentaires sur les chatons de luxe, mais personne n'a proposé de venir les voir ou d'en adopter un.

Je viens de regarder les annales de sciences économiques et sociales. Faut voir les sujets, genre : « *Expliquez ce que les sociologues entendent par "famille homoparentale".* »

Doux Jésus.

Qu'est-ce que ça peut bien pouvoir dire ?

Une famille.

Homo.

Parentale.

Pourquoi le gouvernement me fait-il perdre mon temps avec ça ?

C'est dimanche, pourtant maman n'a pas appelé. ~~Elle doit avoir mieux à faire. Franchement, si elle décide de ne plus jamais appeler, je m'en moque.~~

LUNDI 23 AVRIL

#mieuxvautsetaire

Kate a reçu un « appel informatif » de Médecins internationaux pour lui annoncer qu'ils étaient « sans nouvelles du Dr Davis et de son équipe depuis trente-deux heures », mais qu'il n'y avait « aucune raison de s'inquiéter dans l'immédiat ».

Ça n'est jamais arrivé avant.

Kate dit que c'est le protocole de contacter un proche.

Eh bien, j'aurais préféré qu'ils s'abstiennent, parce que à quoi bon ? Ça :

a) n'aide pas à localiser les personnes disparues,

b) inquiète des gens qui sont totalement impuissants.

Une fois, alors qu'on rendait visite à mes grands-parents à Hong Kong avec maman, le vol a été retardé à cause d'une « avarie technique sur l'appareil » et, pendant tout ce temps, je me disais : « À quoi bon nous prévenir que l'avion dans lequel on devait monter est cassé ? Dites ce que vous voulez, inventez n'importe quel prétexte, mais pas ça. »

Je pense qu'un bon vieux mensonge a parfois du bon. Dommage, c'est un recours qu'on a tendance à sous-estimer.

J'étais là genre :

– Maman va bien, hein ?

– Mais oui, évidemment, m'a rassurée Kate.

Sauf que je l'ai surprise en train de caresser les deux chattes en même temps, ce n'est pas bon signe.

J'aimerais appeler Polly, mais il n'est pas question que je mendie son attention ou son amitié.

P.S. : J'ai fait une recherche sur les personnes portées disparues à l'étranger, comme maman (médecins, infirmières, journalistes, travailleurs humanitaires...), et le fait est que, en général, on ne les retrouve jamais. Et si on les retrouve, c'est morts.

Je suis tellement furieuse après ma mère, ça me dépasse.

MARDI 24 AVRIL

#48heures

Chère madame Anderson,

Ce courrier à caractère purement informatif a pour objet de vous prévenir que, malgré tous nos efforts, nous n'avons pas réussi à contacter le Dr Amélia Davis et son équipe depuis quarante-huit heures.

Soyez assurée que nous mettons en œuvre toutes les ressources à notre disposition pour établir un contact.

Je tiens à souligner que nous n'avons actuellement aucune raison de croire que le Dr Davis et son équipe aient rencontré le moindre problème ni qu'ils soient en danger immédiat.

Comme le prévoit la procédure, nous vous adresserons un mail d'information toutes les vingt-quatre heures.

Bien entendu, en cas de nouveaux développements, nous vous contacterons immédiatement au numéro d'urgence que vous nous avez fourni. Merci de nous prévenir en cas de modifications de vos coordonnées.

Bien sincèrement,
Anneke Stromberg
Médecins internationaux, Londres

Kate m'a lu ce mail sans le moindre accent écossais, ce qui est excessivement mauvais signe.

J'ai essayé de joindre maman sur WhatsApp un million de fois, sans succès. Elle va avoir une crise cardiaque quand elle verra le nombre d'appels manqués.

J'ai lu quelque part que les satellites espions sont tellement performants qu'ils peuvent retrouver une allumette gisant par terre n'importe où sur la planète et voir si elle a été allumée ou non.

a) C'est dingue, hein ?

b) Alors ne me dites pas qu'ils ne peuvent pas repérer l'hôpital de campagne d'une asso humanitaire internationale en Syrie.

20 h 30

Si je prends l'avion Ukraine International Airways qui décolle de Gatwick à midi vingt, j'atterrirai à Ankara à vingt-deux heures dix (*via* Kiev).

Quand Kate m'a surprise en train de consulter les horaires des vols, elle a haussé le ton :

– Tu vas m'écouter, Phoebe Davis. Ta mère va bien.

Mais en vrai, qu'est-ce qu'elle en sait ? Personne n'en sait rien.

Je ne comprends même pas pourquoi ça m'affecte, parce que ce n'est pas comme si maman ne l'avait pas vu venir. Et comme maman l'avait vu venir, je l'avais vu venir. On l'avait tous vu venir.

21 h 05

Je suis sûre qu'elle est morte. Je le sens.

21 h 20

J'ignore quel genre d'enterrement elle voudrait.

On n'en a jamais parlé, et ça me semble vraiment insensé, étant donné que j'ai toujours su au fond de moi que ça finirait comme ça.

Peut-être que Kate est au courant, mais je ne veux pas lui poser la question tout de suite. Elle est toujours là, à répéter :

– Il faut rester positif.

Ah bon ? Et pourquoi ? En quoi notre attitude a-t-elle une quelconque influence sur la situation de ma mère ?

Je ne pense pas qu'elle soit croyante, donc pas de cérémonie à l'église ni rien. À mon avis, elle préférerait la crémation. Comme ça, on pourrait disperser ses cendres à travers le monde. En saupoudrer une petite cuillère dans tous ses endroits préférés.

Mais connaissant ma mère, elle voudrait sûrement que ses restes nourrissent les populations affamées. C'est répugnant, je sais, mais elle est comme ça.

Bon… je refuse qu'on m'envoie vivre chez mes grands-parents à Hong Kong. T'as pas intérêt à être morte, maman !

22 h 00

Je me demande comment c'était, l'enterrement de mon père.

Je me demande si maman est allée en Israël.

Je me demande s'il lui manque toujours.

Je me demande s'il y a une vie après la mort et, si c'est le cas, je me demande ce que papa lui dirait en la voyant arriver.

Est-ce que deux morts peuvent toujours être amoureux ?

MERCREDI 25 AVRIL

#projets

On a reçu un nouveau mail à caractère informatif ce matin. J'avais l'estomac tellement noué que je n'ai pas pu aller en cours.

J'ai cherché les éloges funèbres les plus populaires sur Internet.

Le premier sur Google, c'est un poème qui commence comme ça : « Ne restez pas plantés devant ma tombe à pleurer. »

Non mais n'importe quoi ! Les gens ne vont pas se réjouir, non plus !

Et ça continue dans la même veine : « Ne pleurez pas à mon enterrement parce que je ne suis même pas là, je suis le soleil, le vent et ceci et cela, et tout et tout, *blabla*, alors qu'en fait, je suis en permanence à vos côtés… »

C'est le type de discours qu'on sort pour consoler ceux qui restent. En fait, c'est exactement ce que me répète ma mère depuis des années. Genre : « Chaque fois que tu penses à moi, je suis en train de penser à toi. »

Ce poème idiot m'a complètement bouleversée. Pas parce qu'il est subtil et profond, mais parce que je me suis aperçue que si ma mère était morte, notre relation ne changerait pas tant que ça en fin de compte, à part les appels WhatsApp.

Je ne comprends pas pourquoi elle a voulu m'avoir.

À l'heure du déjeuner, Polly m'a demandé des nouvelles par texto, mais je n'ai pas répondu.

Quand Kate est rentrée du travail, j'étais toujours au lit, en train de fixer le mur. Elle a ouvert les rideaux, tiré ma couette et décrété :

– Allez, mademoiselle, un bon bol d'air et un peu d'exercice, c'est excellent pour le corps et l'âme. Allez, allez, on se bouge !

Au bout de vingt minutes de promenade (Kate qui marche au pas comme un soldat et moi qui boude et grommelle derrière), elle s'est plantée devant moi en suppliant :

– Phoebe, dis quelque chose.

MOI : Si maman est morte, je pourrai vivre avec toi ?

KATE : Elle n'est pas morte. Mais bien sûr que oui. On a tout prévu il y a des années, ne t'en fais pas.

MOI : Quand ça ?

KATE : Quand tu étais bébé et qu'Amélia s'est rendu compte qu'elle ne tenait pas en place et qu'elle devait repartir pour sauver la veuve et l'orphelin.

MOI : Comment vous pouviez savoir que vous resteriez amies pour la vie ?

KATE : On ne le savait pas. Et on ne le sait toujours pas. Mais je pense qu'il y a de bonnes chances. Ça fait déjà vingt ans que ça dure.

MOI : Mais comment pouvais-tu être sûre que tu serais OK pour t'occuper de moi ?

KATE *(elle glousse en me poussant dans le caniveau)* : Phoebe ! C'est moi qui t'ai tirée du ventre de ta mère. J'ai été la première personne à te prendre dans mes bras. Je ne t'aimerais pas plus si tu étais ma propre fille. En fait, je t'aime sans doute davantage que si tu étais mon enfant, parce que, désolée de te le dire, mais tu lui as sacrément déchiré…

MOI : Tais-toi, je ne veux pas le savoir.

KATE *(avec un monstrueux accent écossais)* : Oh, t'en fais pas, ils l'ont recousue tout de suite. Elle est comme neuve.

MOI *(refrénant un haut-le-cœur)* : …

KATE : Enfin bref, bien sûr, s'il lui arrivait quelque chose, tu viendrais vivre avec moi, mais ce n'est pas d'actualité. Elle va bien.

MOI : OK.

KATE *(roulant terriblement les R)* : Arrête donc de te ronger les sangs !

En rentrant, Kate nous a fait des sandwichs toastés au fromage et on s'est assises par terre avec les chatons. On se serait cru à un pique-nique au zoo.

P.S. : Je n'en reviens pas d'avoir déchiré ma mère. Je me demande si elle y pense chaque fois qu'elle me voit. Dans ce cas, pas étonnant qu'elle passe son temps à l'autre bout du monde.

P.P.S. : J'avais trois appels manqués de Polly et elle m'a laissé un message vocal qui disait juste : « T'es toujours vivante ? Appelle-moi ! »

Mais j'avais pas envie. Je lui ai répondu par texto que je retournais au lycée demain.

P.P.P.S. : Kate est pendue au téléphone depuis qu'on est rentrées. Elle appelle des copains qui travaillent encore pour Médecins internationaux, au cas où ils en sauraient plus que ce qu'on veut bien nous dire, mais visiblement ce n'est pas le cas. Comment est-ce possible ? Les gens ne disparaissent pas comme ça.

P.P.P.P.S. : J'en suis malade.

JEUDI 26 AVRIL

#souslechoc

Quand le proviseur vous fait appeler en plein cours, c'est parce que quelqu'un est mort, non ?

Alors aujourd'hui, lorsque Mme Curtis est venue me chercher au milieu de l'heure de français, mon estomac a fait un looping.

Soudain, je voyais la scène au ralenti et tous les sons me parvenaient étouffés, comme si j'étais sous l'eau.

Je me suis pris les pieds dans les bretelles de mon sac à dos. Mme Curtis m'a guidée hors de la classe en me tenant par le bras.

Dans le couloir, j'ai fait tomber mon sac, toutes mes affaires se sont éparpillées par terre et mes jambes se sont dérobées. Tout ce que je pensais, c'était : « Pourquoi je suis sous le choc ? Je savais pourtant déjà que maman était morte. »

Mme Curtis me parlait, je voyais ses lèvres remuer, mais il a fallu qu'elle prenne mon visage entre ses mains et qu'elle me dise de respirer pour que je l'entende.

MME CURTIS : Phoebe ?

MOI : ...

MME CURTIS : Phoebe ? Tu m'entends ?

MOI : ...

MME CURTIS : Mme Anderson est là.

MOI : Mon Dieu.

MME CURTIS : C'est ta mère. Ils ont réussi à organiser un appel.

MOI : Elle est morte.

MME CURTIS : Non, elle va bien. Vas-y, tu vas pouvoir lui parler. Tu peux te lever ?

MOI *(je me relève en titubant, tentant de ramasser mes affaires)* : Oui, oui, ça va. J'y vais. Merci.

J'ai dévalé les escaliers, traversé la cour, contourné le vieux bâtiment, filé jusqu'aux bureaux de l'administration où m'attendait Kate. Elle était tout sourire mais moi, j'étais survoltée :

– Ils vont appeler à la friperie ?

Comme elle acquiesçait, j'ai lancé :

– Alors on fonce !

Elle s'était garée en double file et Alex était dans la voiture.

– *WTF ?*

KATE *(attachant sa ceinture)* : Ouais, Pat est malade. Je sais que j'aurais pu laisser le magasin aux mains d'Alex, mais la dernière fois, on a reçu trop de lettres de félicitations pour le complimenter sur son sens inné du service à la clientèle.

ALEX *(riant à l'arrière)* : N'importe quoi.

MOI : Démarre !

Et parce que le monde est contre moi, on a eu tous les feux rouges, des vieux qui mettaient une heure à traverser au passage piéton et la rue de la friperie était bouchée.

MOI : Qu'est-ce qu'ils ont dit exactement ?

KATE *(elle jette un coup d'œil à sa montre)* : Eh bien, ils ont appelé il y a une heure pour me prévenir qu'ils organisaient une communication satellite dans l'heure.

MOI : Merde.

KATE *(tirant les clés du magasin de sa poche pour me les tendre)* : Termine à pied !

Je suis descendue de voiture et j'ai remonté la rue en courant du supermarché du coin jusqu'à la friperie.

Emma attendait devant et m'a lancé :

– Mais où ils sont tous ? Qu'est-ce qui se passe ?

Je n'ai pas pu lui répondre parce que je manquais d'air.

J'ai ouvert la porte et je me suis ruée dans la réserve.

EMMA : Ça va ?

MOI *(secouant la tête, au bord de l'asphyxie)* : …

EMMA : Où est Kate ?

MOI *(toussant et crachant)* : …

EMMA : …

MOI : Maman avait disparu.

EMMA : Oh, non.

MOI : Mais en fait, ça va.

EMMA : Dieu merci.

MOI : Ils sont venus me chercher en plein cours. Ça t'est déjà arrivé ? Le stress ! J'ai cru qu'elle était morte.

EMMA *(avec un sourire étrange)* : Je suis contente que tout aille bien.

MOI *(fixant le téléphone)* : J'espère qu'ils n'ont pas encore appelé.

EMMA : Je vais faire chauffer de l'eau.

Kate et Alex sont arrivés dix minutes plus tard.

KATE : Salut, tout le monde ! Quelle histoire, hein ? On va rouvrir, d'accord ?

ALEX : Elle a appelé ?

MOI *(secouant la tête)* : …

KATE : Bon. Alex, en caisse. Emma, il y a des vêtements à passer à la vapeur. Et toi, Phoebe, assieds-toi parce que tu as l'air au bord de l'évanouissement.

MOI : Non, non, ça va.

EMMA *(posant une tasse devant moi)* : Je t'ai mis deux sucres dans ton thé.

MOI : Non, mais ça va.

KATE : Assieds-toi, Phoebe. T'as vraiment pas l'air dans ton assiette.

J'ai continué à fixer le téléphone pendant au moins une heure alors que tout le monde s'affairait.

Emma m'a refait un thé et m'a donné des biscuits.

Quand ça a fini par sonner, j'ai fait un de ces bonds ! Tout le monde s'est retourné pour regarder le téléphone, pétrifié.

KATE *(décrochant)* : Kate Anderson à l'appareil. Oui. Merci, je reste en ligne.

Elle m'a tendu le combiné avec un clin d'œil.

Je n'entendais rien au début, puis il y a eu une sorte de cliquetis.

MAMAN : Allô ?

Sérieux, mon cœur s'est vraiment arrêté durant une seconde avant de se remettre à battre si fort que j'en avais la nausée.

MOI : Maman ?

MAMAN : Phoebe ! Comment vas-tu, ma puce ?

MOI : Ça va. Génial. Et toi ? T'es où ?

MAMAN : Tout va bien. On est toujours là-bas.

MOI : Vous étiez passés où ?

MAMAN : C'est une longue histoire. Aucun intérêt. Je te raconterai en rentrant. Mais toi, ça va ?

MOI : On était tous super inquiets.

MAMAN : Désolée, ma puce. La situation est vraiment dramatique ici. Les communications ont été coupées. Et on a eu tellement de boulot que je n'ai pas eu le temps d'envoyer des signaux de fumée.

MOI : Ha ha, très drôle.

MAMAN : Je suis désolée que vous vous soyez fait du mauvais sang. Comment va Kate ?

MOI : Très bien, elle est là. Elle t'envoie un bisou.

MAMAN : Et avec Polly, comment ça va ?

MOI : Impec. Tout est rentré dans l'ordre *(« gros mensonge, évidemment »)*.

MAMAN : Tant mieux. Passe-lui le bonjour de ma part. J'espère qu'Internet sera rétabli d'ici la fin de la semaine pour pouvoir te rappeler dès que possible.

MOI : Génial.

MAMAN : Il faut que je raccroche, ma puce. Il y a d'autres personnes qui doivent appeler leurs familles.

MOI : Non, attends. Pas si vite.

MAMAN : Désolée, ma chérie, je dois y aller. Mais je t'aime, Phoebe.

MOI : OK. À bientôt.

Et ça a coupé.

J'ai baissé les yeux vers le combiné : je tremblais comme une feuille. Et je me suis demandé : « Pourquoi maman ne peut pas vivre à la maison comme les autres parents ? Pourquoi elle est incapable de me parler plus de cinq minutes ? On s'éloigne de plus en plus, c'est pour ça que j'avais tant de mal à imaginer ce que pourrait être son enterrement. »

J'ai senti une main se poser sur mon bras. Kate s'est agenouillée devant moi.

– Ça va, Phoebe ?

Je l'ai regardée et, soudain, un énorme sanglot est remonté du tréfonds de mes tripes et je n'ai pas pu m'empêcher de fondre en larmes. Ça ne m'était jamais arrivé. C'était irrépressible. Comme une envie de vomir.

Kate m'a serrée dans ses bras en me disant que c'était normal que je sois bouleversée, Emma s'est approchée et voilà qu'on s'est retrouvées à faire un câlin de groupe. Sans le vouloir, j'avais le visage enfoui dans les cheveux d'Emma, et le nez dans son cou, et le défroisseur-vapeur (qui finalement n'avait pas été rempli parce qu'Emma était trop occupée à écouter ma conversation téléphonique) a émis un râle monstrueux, qui nous a toutes fait sursauter, et Kate a juré, ce qui nous a toutes fait rire.

Du coup, elle a proposé une tournée générale de Starbucks.

J'en ai profité pour lancer :

– Je peux avoir un shot de vodka dans mon latte ?

Et Kate a répliqué genre :

– Double dose. Ouais, c'est ça. Dans tes rêves !

J'ai passé le restant de l'après-midi à trier les cartes de vœux et, quand un client me demandait si je travaillais là, je répondais que non.

J'ai dû mal à comprendre ce que je ressens envers ma mère. C'est aussi mystérieux pour moi que du japonais. J'ai beau avoir les caractères sous les yeux, je n'arrive pas à les déchiffrer.

23 h 15

Je suis contente d'avoir menti à ma mère au sujet de Polly, parce que :

1) Elle va enfin me lâcher avec ça.

2) Elle pourra cocher la case : « S'assurer que l'adolescent entretient des relations positives avec ses pairs. »

À ce propos, j'avais dix appels manqués de Polly et, à dix heures du soir, le téléphone fixe a sonné. J'ai tout de suite su que c'était elle, parce que Kate a fait :

– Quel plaisir d'entendre ta voix. Je vais voir si elle est encore debout.

J'ai fait mine de dormir, si bien que Kate s'est excusée :

– Désolée, elle te racontera tout ça demain.

Je parie que cet aprèm, toute la classe était là : « Oh, là là, mais qu'est-ce qu'elle a, Phoebe ? »

23 h 55

Je sens encore la chaleur du cou d'Emma au bout de mon nez.

VENDREDI 27 AVRIL

#larmes

J'aurais bien aimé rester à la maison aujourd'hui, rien que pour faire flipper Polly. Oui, je sais, c'est pas très mature.

Quand elle m'a vue, elle m'a saisie par les deux bras en s'écriant :

– Qu'est-ce qui t'arrive ? Tout va bien ?

Et moi, j'ai marmonné un truc du genre :

– Ouais, ouais, ça va. On a cru que maman était morte, mais en fait non.

La tête qu'elle a faite...

22 h 00

Suite à mon petit craquage d'hier, j'ai effectué des recherches sur le mécanisme des pleurs. Selon Internet, il existe trois sortes de larmes :

1) celles qui humidifient les yeux en permanence,

2) celles qui montent quand on a une poussière dans l'œil et que le cerveau donne l'ordre de la chasser,

3) celles qui coulent en réponse à un événement suscitant une émotion.

Apparemment, leur composition chimique est très différente. Les larmes d'émotion contiennent un antidouleur naturel.

Le cerveau tente d'empêcher le corps de souffrir en produisant ces larmes.

Ce qui explique ma crise lacrymale d'hier. Mon cerveau a dû se dire : « Bon, ça suffit l'angoisse qui te serre la gorge à propos de ta mère. Pleure un peu et reprends le cours de ta vie, OK ? »

Effectivement, aujourd'hui, je me sens beaucoup mieux.

P.S. : Miriam arpente les couloirs du lycée avec son petit air de bonne élève.

Elle porte des lunettes, maintenant, mais pas des vraies, celles qu'on peut acheter sans ordonnance dans n'importe quel magasin. Elle n'arrête pas de répéter qu'on « joue notre avenir ».

Ce n'est pas pour faire ma maligne, mais les GCSE, c'est pas non plus le concours d'entrée à Oxford.

L'année dernière, Rachel Griffin s'était vantée d'avoir appris par cœur tout son oral de français et d'avoir eu une super note en récitant sans comprendre un mot de ce qu'elle disait. C'est sûr, c'est une bonne actrice, mais elle était là :

– Tout est dans la présentation, chérie !

Elle pense que les profs sont tellement nuls qu'ils ne comprennent pas non plus ce qu'on dit et que, en français, il suffit de parler en yaourt en insistant sur des mots-clés comme « dans », « sous », « devant » et « derrière » pour qu'ils s'exclament :

– C'est parfait ! Tout y est !

Et pour les maths, pareil mais avec des chiffres.

Sauf que, évidemment, Miriam aime faire toute une histoire pour rien.

Non mais… de fausses lunettes ?

Sérieux, elle soigne toujours sa tenue pour chaque rôle qu'elle joue. Sauf qu'on est au lycée, pas à un bal costumé !

SAMEDI 28 AVRIL

#lukeskywalker

Il fait toujours tellement beau et chaud qu'on n'a presque pas eu de clients aujourd'hui à la friperie.

Emma et moi, on est allées se chercher une glace, cet aprèm. On l'a mangée au soleil, assises sur le trottoir brûlant, derrière le magasin.

EMMA : Je suis vraiment soulagée que ta mère soit saine et sauve.

MOI : Moi aussi.

EMMA : Ça fait trop peur quand tu te dis que tu risques de ne plus jamais revoir quelqu'un.

MOI : Pour être honnête, je ne la vois pas très souvent, de toute façon.

EMMA : Phoebe.

MOI : …

EMMA : …

MOI : Désolée, c'était pas très malin.

Emma a replié ses jambes et posé son menton sur ses genoux pour me dévisager. Elle me regardait, comme ça, avec ses yeux bleu pâle, perdue dans ses pensées, en mangeant sa glace.

MOI : Quoi ?

EMMA *(d'une toute petite voix)* : J'ai un truc à te dire.

MOI *(le cœur battant, craignant l'insolation)* : OK.

EMMA : Mais d'abord, tu dois me promettre…

MOI : Tout ce que tu veux.

EMMA : Promets-moi que ça ne changera rien entre nous.

MOI : Pourquoi ça changerait quoi que ce soit ?

EMMA : Parce qu'après, les gens changent toujours. Et ça me rend dingue.

MOI : …

EMMA *(elle lèche sa glace, me regarde, sourit, ne sourit plus)* : J'avais un frère.

MOI *(pensant « WTF ? »)* : …

EMMA : Il s'appelait Bradley.

MOI *(pensant « Fuck ! »)* : …

EMMA : Il est mort. Le 17 juillet, l'an dernier.

MOI : …

EMMA : Il a eu une leucémie, et il est mort. Il avait dix-sept ans. Il était génial.

MOI : Emma… Pourquoi tu ne m'as rien dit ?

EMMA : Parce que, depuis sa mort, tout le monde me traite différemment. Et j'avais peur qu'une fois au courant, tu changes aussi. Je suis désolée que tout le monde l'ait su à part toi. Je leur avais demandé de ne rien te dire parce que…

MOI : …

EMMA : J'appréciais que tu ne m'aies jamais vue avec lui, que tu ne m'aies pas connue quand il était malade. Avec toi, je peux être normale, juste moi, juste Emma. Pas Emma dont le frère est mort. Ni Emma dont les parents ont disjoncté.

MOI : Je…

EMMA : Je suis désolée d'avoir mis si longtemps à te le dire.

MOI : Je… Tu n'as pas à t'excuser.

EMMA : …

MOI : C'est *moi* qui suis désolée.

EMMA : Merci.

MOI : Non, vraiment, je suis vraiment vraiment désolée.

EMMA *(souriant)* : Je sais.

MOI : Je ne t'aurais pas traitée différemment.

EMMA *(souriant davantage)* : Tu fais tellement ta connasse avec tout le monde que je te croirais presque.

MOI : Mais pas du tout, en fait, j'aime beaucoup les gens.

Ma dernière phrase a résonné un instant dans l'air chaud de l'après-midi, puis nous avons éclaté de rire parce que, sérieux, c'est n'importe quoi. Je déteste les gens.

Elle a brandi sa glace sous mon nez pour me la proposer.

– Fraise ?

Je l'ai léchée.

Je n'avais jamais fait ça, même avec Polly, parce que lécher la bave de quelqu'un d'autre, c'est vraiment répugnant, normalement.

MOI : Alors, Luke Skywalker, c'est Bradley ?

EMMA : …

MOI : Sur ton profil Insta. C'est Bradley et toi ?

EMMA : Oui. C'est une vieille photo d'avant qu'il soit malade.

MOI : J'ai cru que c'était ton copain.

EMMA : Euh… Pourquoi un couple irait se déguiser en frère et sœur ?

MOI : C'est ce que je me suis demandé.

EMMA : …

MOI : …

EMMA : …

MOI : T'as un copain ?

EMMA *(elle me regarde comme si j'avais perdu la tête)* : Non. Et toi ?

MOI : Non.

EMMA : Et pour ta gouverne, sache que je n'ai pas de copine non plus.

MOI : Oh.

EMMA : Parce que, comme tu peux l'imaginer, avec tout ce qui s'est passé, sortir avec quelqu'un n'est pas au sommet de ma liste de priorités.

MOI : Pareil pour moi.

On a hoché la tête en chœur, puis elle m'a à nouveau tendu sa glace pour que j'y donne un coup de langue.

Je pense que je ne pourrai plus jamais manger de glace à la fraise sans penser à Emma et me rappeler l'odeur du trottoir brûlant, le brouhaha du samedi et le bleu de ses yeux variant selon l'inclinaison du soleil de l'après-midi.

DIMANCHE 29 AVRIL

#richard

Ce matin, j'ai lâché :

– Je suis au courant pour Bradley.

Kate a posé sa brassée de chatons en faisant style :

– Je me demandais pourquoi tu étais bizarre hier soir.

MOI : J'étais pas bizarre.

KATE : Si, trop. Tu avais l'air préoccupée, ailleurs. Enfin, bref, j'espère que tu ne m'en veux pas de ne rien t'avoir dit.

MOI : Non, c'est bon. Je comprends.

KATE : Ouf.

MOI : Emma m'a raconté que tout le monde la traite différemment depuis qu'il est mort.

KATE : Oui, j'imagine que c'est très difficile de faire autrement.

MOI : Et toi, tu la traites différemment ?

KATE : J'ai fait sa connaissance en octobre seulement, quand elle a posé sa candidature comme bénévole. Et je crois que Bradley est mort pendant l'été.

MOI : Le 17 juillet.

KATE *(hochant la tête)* : Je l'ai traitée comme une ado qui venait de perdre son frère.

MOI : C'est trop triste.

KATE : Oui, c'est affreux.

MOI : J'ai de la chance d'être enfant unique. Et de n'avoir jamais perdu un proche.

KATE : Si, ton père.

MOI : Ce n'est pas pareil, je ne l'ai jamais connu. Donc il ne me manque pas d'un point de vue affectif. Seulement d'un point de vue intellectuel.

KATE *(elle me dévisage avant d'éclater de rire)* : Oh, Phoebe, tu es vraiment une créature étonnante. Viens par là.

Là, elle m'a serrée dans ses bras et collé un baiser sur le front.

KATE *(me serrant toujours contre elle)* : Je t'aime. T'es géniale.

MOI : Je t'aime aussi.

Emma vient cet après-midi, je vais ranger ma chambre.

21 h 47

Kate vient de reconduire Emma chez elle en voiture, parce qu'il pleut des cordes.

Comme elle a enfin appris le sexe des chatons de luxe, j'ai pu révéler à Emma que celui qu'elle avait ranimé était un mâle. On l'appelle Richard, désormais.

Bon, c'est juste son titre provisoire comme on dit, on ne choisira pas son nom car, en principe, il va être vendu. Mais j'en doute parce qu'il a les yeux un peu trop rapprochés et qu'il ne marche pas droit.

Les chatons de demi-luxe sont beaucoup plus vifs. Peut-être parce qu'ils sont plus vieux. Et pas consanguins.

Emma les aime tous, évidemment, mais elle adore Richard et Richard le lui rend bien. Sérieux, il doit reconnaître celle qui lui a sauvé la vie parce que quand elle est arrivée, il a émis de vrais couinements.

Il faisait un sale temps, alors on est restées à l'intérieur à prendre des photos des chatons ordinaires, puis on les a mises sur Instagram. On n'a toujours pas eu une seule proposition.

Il y a eu un gros orage vers cinq heures et ensuite il a plu non-stop. Emma et moi, on est montées dans ma chambre, on s'est assises sur mon lit et on a regardé dehors.

Et là, elle s'est mise à pouffer. Alors moi, j'ai fait genre :

– Quoi ?

EMMA : Tu te rappelles la fois où, en sortant du Sprinkles, Alex t'a dit que tu étais exactement comme la fille de ta classe que tu détestes ?

MOI : Oh... Miriam. Oui.

EMMA *(hilare)* : Tu aurais vu ta tête !

MOI : Arrête.

EMMA *(encore plus hilare, me tapotant le bras)* : Sérieux, Phoebe, ta tête !

MOI *(lui rendant sa tape)* : ...

EMMA *(me rendant ma tape)* : ...

Du coup, je lui ai enfoncé un doigt dans les côtes.

Et j'ai découvert qu'elle est monstrueusement chatouilleuse alors, bien sûr, j'en ai profité. Je l'ai chatouillée jusqu'à ce qu'elle me supplie d'arrêter et qu'elle commence à avoir le hoquet, c'était trop drôle !

Puis elle m'a dévisagée de ses yeux d'un bleu de dingue et on a arrêté de chahuter, et on est juste restées là, à se regarder.

Se regarder vraiment. Et j'ai pensé : « Si seulement je savais ce que tu as dans la tête, je pourrais dire quelque chose, mais là, je ne peux pas. »

J'ai senti sa main effleurer la mienne, ça m'a fait sursauter.

Pas parce que c'était désagréable, évidemment, mais parce que je ne m'y attendais pas, je ne l'avais pas vu venir. Mais Emma a dû mal interpréter ma réaction, parce qu'elle s'est excusée :

– Désolée, je ne voulais pas te faire peur.

Alors j'ai fait :

– Non, non, je sais. Ça va.

Sauf que ça ne va pas.

Plus rien ne va.

Est-ce qu'elle m'a effleuré la main volontairement ? Et dans ce cas, qu'est-ce que ça signifie ?

23 h 02

Il pleut toujours.

00 h 15

Je ne dors pas, et Kate non plus. Je l'ai entendue faire du vacarme dans la cuisine. Peut-être que mon insomnie est contagieuse.

Ou alors, c'est la pluie.

LUNDI 30 AVRIL

#scandale

Kate et James ont couché ensemble !

Quand j'ai dit que j'avais entendu Kate faire du vacarme dans la cuisine, en fait, c'était avec James. Elle se tapait James.

Oh, my god! Heureusement que je ne suis pas allée voir ce qui se passait. L'horreur, si je les avais surpris.

Beurk !

J'ai compris le fin mot de l'histoire en descendant ce matin.

L'une des chattes de luxe était assise près de la porte, à regarder les chatons de demi-luxe réduire un truc en charpie.

J'ai protesté genre :

– Hé ! Lâchez ça !

Mais il y avait déjà du rembourrage partout.

J'ai chassé les chatons et découvert qu'ils étaient en train de déchiqueter un coussinet de soutien-gorge – le méga push-up qui rapproche les seins et fait un décolleté vertigineux.

J'ai suivi les petits nuages de coton dans le couloir, jusque dans le salon, où un chaton roupillait, allongé sur le soutien-gorge en question. Et comme il ne m'appartenait pas, il ne pouvait être qu'à Kate.

Alors je me suis dit : « *Mmmmm*, c'est louche... Elle n'aurait pas dû laisser traîner son soutif comme ça. »

Puis le mystère s'est épaissi car il n'y avait pas que son soutien-gorge qui gisait par terre, mais des tas d'autres vêtements.

J'ai trouvé un jean, un autre jean, le T-shirt que Kate portait hier soir et un deuxième T-shirt qui me semblait familier.

OMG !

Je me suis donc installée dans la cuisine, de façon à voir le couloir, et environ dix minutes plus tard, j'ai entendu la porte de la chambre de Kate s'ouvrir, puis des pas discrets dans les escaliers.

MOI : Bonjour, James.

JAMES *(sursautant)* : Oh. Eh. Ah. Uh. Phoebe.

MOI : Tu as bien dormi ? Je fais des toasts. T'en veux ?

JAMES : Euh. Oui. Merci. Non.

MOI : Pourquoi tu n'arrives pas à faire une phrase complète ?

JAMES *(passant la main dans ses cheveux)* : Désolé. Je… Je…

MOI *(secouant la tête parce que, franchement, ça les rend tous idiots l'amour/le désir ?)* : …

JAMES *(se malaxant les biceps, mal à l'aise)* : Kate et moi… On… C'est… Euh… Hum…

MOI : Tu as perdu ta langue ?

JAMES *(secouant la tête)* : Je… C'est…

(Kate entre en scène.)

MOI : Thé ? Toasts ?

KATE : C'est l'heure de partir au lycée.

MOI : Non, je ne voudrais pas rater ça…

KATE : Phoebe…

JAMES *(rougissant)* : …

MOI : C'est trop cool.

KATE : Je… bah… c'est arrivé…

MOI *(acquiesçant d'un air compréhensif)* : …

KATE : Bon… maintenant, faut que tu y ailles.

MOI *(les regardant tour à tour)* : OK. *(Me tournant vers James :)* À plus !

JAMES : Eh. Oh. Uh. Ah.

Je suis sortie de la maison d'un air détaché, en fredonnant, puis j'ai vite envoyé un texto à Emma.

PHOEBE : Je suis tombée nez à nez avec James dans la cuisine ce matin. Il a couché avec Kate.

Elle m'a répondu immédiatement.

EMMA : Enfin !

Du coup, j'étais là genre :

PHOEBE : Ah bon ? Tu t'en doutais ?

Et Emma a fait style :

EMMA : Bon sang, Phoebe ! Ça crevait les yeux !

Ah bon ? Moi, je croyais être face à un triangle passionnel tragique où Kate avait des vues sur James qui, lui, avait des vues sur Emma qui, elle, avait des vues sur Luke Skywalker (qui s'avère être son frère, décédé). En fait, ça aurait plutôt fait un carré passionnel incestueux. Non, mais qu'est-ce qui me prend de plaisanter avec ça ?

Je dois être endommagée, comme Data dans *Star Trek*, incapable de remarquer les trucs les plus évidents.

Je crois qu'à la fin, pour le réparer, ils sont obligés de lui retirer sa puce d'émotivité. L'équivalent pour moi serait une opération de neurochirurgie futuriste. Mais pour être honnête, vu où j'en suis, je serais prête à tout.

P.S. : Je me demande comment ça va évoluer. Kate et James, je veux dire.

C'était un coup d'un soir ou bien ils sont en couple, maintenant ? Est-ce que désormais, quand je serai chez Kate, je devrai supporter James également ? Ce serait la famille recomposée la plus chelou du monde.

Je pourrais en faire un roman, sauf que personne n'y croirait.

Je me demande ce que va dire maman quand elle apprendra que Kate couche avec un type qui pourrait être son fils.

Je ne suis pas « âgiste », évidemment, mais c'est très répandu.

J'espère que Kate ne va pas m'oublier.

S'ils se marient et qu'ils ont des enfants, je devrai leur laisser ma chambre.

Et maman sera obligée de me laisser vivre seule, mais d'ici là, j'aurai seize ans, de toute façon.

Kate a essayé de la jouer cool ce soir, mais elle a les pupilles complètement dilatées et elle a l'air d'un zombie.

P.P.S. : J'aurais pourtant juré que James avait un faible pour Emma.

P.P.P.S : Je crois que tout le monde a un faible pour Emma.

P.P.P.P.S. : J'espère que l'incident de l'effleurage de main n'aura pas de répercussions sur notre relation.

MARDI 1ER MAI

#stressoupasstress

Aujourd'hui, Craig Sullivan m'a confié qu'il commençait à stresser pour les exams. J'ai donc passé le restant de la journée à me demander s'il fallait que je commence à stresser moi aussi, parce que d'habitude, Craig ne révise jamais rien vu qu'il a une mémoire photographique.

À midi, Matilda a crisé genre :

– Sérieux, j'ai même pas eu le temps de me laver les cheveux de la semaine. J'ai dû m'acheter du shampooing sec en venant au lycée.

C'est pas pour faire ma maligne, mais sérieux, si t'as le temps de passer au magasin pour acheter du shampooing sec avant les cours, t'as le temps de te laver les cheveux comme tout le monde.

Je pense qu'elle ferait mieux d'arrêter de se la jouer. Sérieux.

J'ai décidé que ce n'était pas la peine de stresser pour les maths, parce que je sais que je sais tout ce qu'il y a à savoir et y a pas moyen que je me laisse déborder par des chiffres.

Franchement, la seule chose qui coince, c'est la littérature.

Je ne suis pas d'accord avec cet exam, sur le principe. Tester notre connaissance de la langue, d'accord, parce qu'il faut que les gens sachent que « *it's more easy* » ne veut rien dire à part que tu ne sais pas parler anglais. Mais à quoi bon nous demander d'interpréter un poème ?

Sérieux, ça sert à quoi ? En plus, on n'a même pas le droit d'écrire ce qu'on en pense vraiment, il faut juste répéter ce que les profs nous ont appris/ce que les annales suggèrent de répondre, parce que c'est la seule opinion que ton cerveau est autorisé à mémoriser.

À mon avis, c'est pour ça que tout le monde est aussi stupide.

Par exemple, personne n'a jamais osé avouer qu'il avait détesté *Roméo et Juliette* parce qu'on ne peut pas critiquer Shakespeare, et je suis sûre que même en avançant les meilleurs arguments pour justifier son point de vue, c'est zéro direct.

OK, Shakespeare était populaire, il a écrit des tas de pièces, mais *Roméo et Juliette*, ça craint quand même un peu, non ?

En gros, ça parle de deux ados qui piquent leur crise.

D'accord, des parents qui t'interdisent de sortir avec quelqu'un, c'est pas cool, mais est-ce vraiment une raison pour se suicider cinq minutes plus tard ?

À mon humble avis, *Roméo et Juliette* est une histoire pourrie, mais vachement bien écrite – qui dément l'adage selon lequel on ne peut pas changer le plomb en or.

Mais puis-je exprimer ce point de vue à l'examen ?

Non.

21 h 05

Je viens d'envoyer un texto à Emma.

PHOEBE : On a oublié l'article de la semaine !

C'est vrai, on n'a rien eu de dément depuis l'affiche *Star Wars*.

21 h 10

Elle m'a répondu :

EMMA : On fait ça toutes les deux jeudi.

Pourquoi elle a précisé « toutes les deux » ?

MERCREDI 2 MAI

#crisedangoisse

Miriam a pété les plombs en maths aujourd'hui.

Au début, c'était drôle de voir Miss Bonne-Élève se balancer sur sa chaise, les lunettes de travers, en répétant : « J'y comprends rien, j'y comprends rien, j'y comprends rien. »

Mais après, elle a commencé à manquer d'air, et elle inspirait de plus en plus fort, et Mme Adams a essayé de la faire respirer dans un sac en papier, mais ça n'a pas marché. Du coup, ce n'était plus tellement drôle et ils ont fini par appeler une ambulance et Miriam est partie à l'hôpital.

Selon la prof, elle a fait une crise d'angoisse.

Non, mais sérieux ?

Si l'école a cet effet-là sur les élèves, ça ne va plus du tout !

Miriam fait souvent sa *drama queen*, mais là, elle avait l'air complètement terrifiée.

Je l'ai raconté à Kate, et elle a commenté :

– Le stress peut se manifester de différentes façons.

Je n'en attendais pas moins de Miriam : elle y est allée à fond et a fini à l'hôpital. Peut-être que, en réalité, je suis stressée et que c'est ça qui m'empêche de dormir.

J'ai aussi mal au ventre depuis des jours et des jours. Pas comme si j'allais avoir mes règles, non, plus haut, juste en dessous du sternum.

JEUDI 3 MAI

#citationiteaigue

Kate est amoureuse.

Beurk !

Je pensais que l'attitude ridicule accompagnant ces sentiments était réservée aux ados (comme Polly – pas comme moi, évidemment) mais je me trompais, la preuve.

KATE : James ne travaille pas ce soir, alors il vient dîner.

MOI : OK.

KATE : Je vais faire des légumes sautés, James adore ça.

MOI : OK.

KATE : Et je vais acheter quelques bières, pour James et moi.

MOI : OK.

KATE : Je me demande si James aime les Cornetto.

MOI : Tu peux faire une phrase sans dire son prénom ?

KATE *(battant des cils)* : Non, je crois que je ne suis pas en état, ma puce.

MOI : Tu pourrais essayer, au moins.
KATE : J'ai pas trop envie.
MOI : …

Et là, elle a poussé un cri suraigu, m'a serrée contre elle et m'a collé des bisous partout en braillant :

– Mais tu sais que c'est toujours toi que je préfère, hein ? Je t'aime, je t'aime, je t'aaaaaaaime !

Elle est complètement folle.

Et c'est encore pire maintenant qu'elle est amoureuse.

À ce rythme-là, je vais finir par être la seule personne sensée au monde. Non, il restera Pat et moi, parce qu'elle ne connaît pas d'autres émotions que l'agacement et la haine.

P.S. : *OMG.* Je suis comme Pat.

22 h 10

Emma était trop bizarre aujourd'hui.

Au début, tout allait bien. On a pris le *Manuel de la maîtresse de maison – Cuisine et tenue du foyer* et j'ai fait genre :

– *Mmmm*, délicieux ! Terrine de poulet et légumes en gelée. On dirait de la pâtée pour chat.

On a pouffé puis on a choisi l'article de la semaine. Ce sera un djembé. Pour être honnête, on a pris ça juste pour voir la tête des vieilles dames quand Alex leur proposera de se laisser tenter par un magnifique djembé !

Je n'ai pas tellement pu discuter avec Emma parce que Kate et elle ont réorganisé un coin de la friperie, et comme Pat n'était pas là, j'ai dû m'occuper de sélectionner, passer à la vapeur et étiqueter les articles toute seule dans la réserve.

En partant, j'ai proposé à Emma de faire un truc lundi, vu que c'est férié, mais elle m'a répondu genre :

– Non, désolée, je ne peux pas. Je dois réviser ce week-end.

Sur le chemin de la maison, j'ai demandé à Kate si elle ne l'avait pas trouvée bizarre, mais elle m'a lancé :

– Comment ça ?

MOI : Je lui ai proposé de faire un truc lundi, mais elle a répondu qu'elle devait réviser.

KATE : Elle doit sans doute réviser pour de vrai.

MOI : Ce serait bien la première fois.

KATE : Il faudrait peut-être que tu t'y mettes.

Peut-être. Mais je n'arrive pas à me concentrer. J'ai le cerveau comme une passoire.

Je manque sûrement de sommeil. Je sais que j'ai l'air fatiguée, et c'est normal, pourtant je ne me sens pas fatiguée.

Par moments, j'ai comme une montée d'adrénaline. Et mes artères qui bourdonnent.

Je n'arrive pas à fermer l'œil de la nuit, mon cerveau ne s'éteint jamais genre : « Et si ceci, et si cela ? Et non, je ne crois pas qu'Emma ait voulu te prendre la main, parce que pourquoi elle aurait fait ça et, en plus, aujourd'hui, elle t'a carrément mis un vent. Et tu as remarqué que tu avais tout le temps mal au ventre ? »

Ouais, et j'ai trop peur de regarder ce que ça signifie dans le dictionnaire médical, au cas où ça annoncerait ma mort imminente. Et pas question non plus que je cherche sur Google, parce que, sur Internet, ça donne toujours : cancer, crise cardiaque, AVC, MORT !!!!!!

3 h 14

OMG, j'ai dû dormir genre trois heures, et maintenant je suis complètement réveillée et j'ai encore mal au ventre. Une douleur sourde qui empire à chaque inspiration.

Je devrais peut-être arrêter de respirer.

Non, mais sérieux, c'est horrible.

Et si je relisais *Roméo et Juliette* ? En principe, ça m'endort direct.

Ou alors je pourrais regarder des vidéos idiotes sur YouTube, ou tout bêtement les infos, parce que plus je vois de gens idiots faire des idioties, moins je crains la mort.

VENDREDI 4 MAI

#maytheforce

Aujourd'hui, j'ai dû faire un truc auquel aucun ado de quinze ans ne sera jamais confronté :

1) s'il n'a pas perdu son père,

2) s'il n'a pas une mère absente,

3) et s'il ne vit pas avec une Écossaise complètement cinglée, qui est de plus en plus cinglée, et qui ne connaît que des gens cinglés.

Je venais de rentrer du lycée quand Kate m'a appelée de la friperie.

KATE : J'aimerais que tu fasses un truc pour moi, mais ne le dis à personne.

MOI : Pas question que je t'achète de la drogue.

KATE : Ne sois pas bête. Tu peux venir au magasin ?

MOI : Je suis là dans dix minutes.

Quand je suis arrivée, elle m'a attirée derrière la caisse.

KATE : Je veux que tu ailles au Goat.
MOI *(pensant que c'est en rapport avec James)* : Non.
KATE *(me gratifiant d'un regard noir)* : …
MOI : Désolée, continue.
KATE : C'est à propos de Pat.
MOI *(jetant un coup d'œil aux alentours pour constater qu'elle n'est pas là)* : …
KATE : Je veux que tu ailles la chercher au Goat et que tu la ramènes chez elle. Je ne peux pas fermer le magasin. Mais personne ne doit le savoir. Jamais.
MOI : Qu'est-ce qu'elle fait là-bas ?
KATE : Écoute, Phoebe, fais ce que je te demande, on en reparlera plus tard.
MOI : D'accord, d'accord. Elle habite où ?

En y repensant, j'aurais dû comprendre ce qui se passait, mais en fait, non. Sans doute parce que j'ai tendance à ne voir que le bon côté des gens.

Au pub, James m'a fait genre :

– Salut, Phoeb !

(J'avais très envie répliquer que ce n'était pas parce qu'il couchait avec Kate que ça lui donnait le droit de m'appeler Fib.)

JAMES : Merci. Je l'aurais bien raccompagnée moi-même, mais mon manager veut qu'elle quitte les lieux sur-le-champ et je finis à vingt-deux heures, alors j'ai appelé Kate.
MOI : Je ne comprends pas.

JAMES *(désignant le box où Pat dormait, la tête sur la table)* : Elle a bu un verre de trop.

MOI : Merde.

PAT : *Rrrrron-piiiich.*

JAMES : Allez, Pat, ma belle, il est temps de rentrer à la maison.

Il l'a relevée et on l'a traînée tous les deux à la station de taxi devant le resto.

Elle se cramponnait à son petit chariot de course qu'elle refusait de lâcher. On a dû le caser sur la banquette arrière avec elle, et je me suis assise à l'avant, à côté du chauffeur qui m'a demandé :

– C'est ta grand-mère ?

Alors j'ai fait style :

– Je ne l'ai jamais vue de ma vie.

Pourquoi je sors ce genre de trucs ? Il ne m'a plus adressé la parole de tout le trajet.

Pat habite au rez-de-chaussée d'un immeuble hideux, près de la gare de Haydon's Road.

J'ai essayé de la faire sortir du taxi toute seule, mais en réalité, même une personne hyper menue pèse une tonne bourrée. En plus, une des roues de son chariot s'était coincée sous la banquette si bien que le chauffeur a dû venir m'aider. À nous deux, on a réussi à la tirer de là et à la larguer sur son canapé.

L'appartement était dans un état ! J'étais gênée alors que je n'y étais pour rien.

Ça sentait le moisi et les haricots en boîte, et je voyais bien que le chauffeur me jugeait.

À un moment, il m'a regardée genre : « Comment tu peux la laisser vivre dans un trou à rats pareil ? »

Je n'ai rien dit ni sur l'appart, ni sur Pat, mais je l'ai remercié un million de fois, ce qui devait me faire paraître encore plus coupable.

De retour dans le taxi, j'ai envoyé un message à Kate.

PHOEBE : Mission accomplie. Elle était ivre morte.

Et Kate a juste fait style :

KATE : Merci xxxxxxxxxxxx

À la maison, j'ai eu beau prendre une super longue douche, j'avais encore l'odeur de l'appart de Pat dans le nez.

J'essaie de travailler, mais j'ai du mal à m'en remettre.

J'ai fait un planning de révisions, mais comme ça m'a pris quarante minutes de plus que prévu, je suis déjà en retard.

Va te faire voir, Miriam.

Certes, Pat est odieuse, sûrement raciste, avec des idées préconçues sur tout, et je la déteste, mais personne ne devrait vivre dans ces conditions.

19 h 40

Selon Internet, six mille accidents domestiques mortels se produisent chaque année. Après avoir vu l'appart de Pat, je comprends pourquoi :

a) Évier débordant de vaisselle : risque d'infection intestinale ;

b) Sol jonché de déchets divers : risque de chute et de coup du lapin ;

c) Rats attirés par les restes, la nuit, propageant des maladies : risque de peste bubonique.

21 h 15

Je suis redescendue voir Kate pour lui raconter dans quel état était l'appart de Pat.

Elle était horrifiée.

Elle a dit que son mari était mort d'un cancer quelques années plus tôt et que Pat n'avait pas réussi à s'en remettre. Apparemment, elle a encore plus de mal au moment des anniversaires, des fêtes ou de Noël et Kate pense que ça devait être le cas aujourd'hui (enfin, c'était pas Noël, en tout cas). Mais, en principe, elle ne boit pas. C'est sûrement pour ça qu'elle était dans cet état. Peut-être qu'il lui a suffi d'une pinte pour être raide.

Le truc, c'est qu'on ne peut pas se douter qu'elle va si mal, de l'extérieur. D'accord, elle a un style immonde, mais elle est toujours propre sur elle, bien coiffée, elle ne sent pas mauvais. Sauf aujourd'hui, où elle puait l'alcool, évidemment.

Kate m'a fait genre :

– Ne le répète à personne. Pat est très secrète, elle serait mortifiée si ça venait à se savoir.

Trop tard.

J'ai déjà envoyé un texto à Emma. Pas pour me moquer, mais parce que j'étais choquée. On se retrouve au Starbucks demain matin pour en discuter.

P.S. : Ça me gratte de partout alors que je suis restée à peine deux minutes dans cet appart.

SAMEDI 5 MAI

#sosgrandmenage

On va faire un grand nettoyage chez Pat demain. Kate va louer une camionnette. Il y aura moi, elle, James et Emma, qui finalement a du temps libre ce week-end…

Quand je suis arrivée au Starbucks ce matin, Emma était déjà là. Elle m'a souri de l'autre bout de la pièce et j'ai su que tout allait bien. Genre, vraiment tout.

Je lui ai raconté ma virée chez Pat et elle s'est écriée :

– Il faut qu'on voie si elle accumule par pathologie ou si elle n'a pas la force de nettoyer ou s'il y a un autre problème.

– Mais comment savoir ? On n'est pas dans sa tête, j'ai répliqué.

– Toi qui es allée sur place, qu'est-ce que te dicte ton instinct ?

Je préfère me baser sur des faits plutôt que sur un vague instinct, mais j'ai gardé ça pour moi. J'ai dit que j'avais l'impression que la situation avait échappé à Pat, et que même si elle essayait de nettoyer un peu, ça n'y changerait rien parce que c'était devenu un vrai taudis.

Alors Emma a conclu :

– Va falloir qu'on y aille pour faire un grand ménage.

J'ai protesté style :

– Il nous faudrait une benne à ordures et du matériel professionnel !

Mais elle a insisté :

– Tu ne peux pas me confier un truc pareil et penser que je vais rester plantée là sans rien faire. Phoebe, franchement, dans quel monde vit-on si des jeunes comme nous ne peuvent pas donner un coup de main à une personne âgée qui en a besoin ?

Sérieux, Emma, c'est Jésus réincarné.

Ou alors un preux chevalier qui sauve la veuve et l'orphelin ?

Chaton mort : Emma lui fait du bouche-à-gueule.

Mémé ensevelie sous les ordures : Emma arrive armée de sacs-poubelle et d'eau de Javel.

Plus tard, à la friperie, Emma en a parlé à Kate, qui en a parlé à Pat, qui a quitté les lieux en panique, mais a rappelé deux heures plus tard. Avant de raccrocher, Kate a conclu :

– Tant mieux. Alors on se voit demain.

EMMA : C'est bon ?

KATE *(levant le pouce)* : Ça roule.

Kate nous a répété qu'il ne fallait le dire à personne, mais les seuls qui ne sont pas au courant, c'est Alex, Bill et Mélanie, et ils n'étaient pas à la friperie aujourd'hui parce qu'Alex est parti passer ce long week-end chez ses grands-parents et que Bill et Mélanie sont en Écosse. Le temps qu'ils reviennent, on aura fait place nette.

Je suis un peu mitigée pour demain. La nuit dernière, j'ai fait des cauchemars avec des rats qui me dévoraient le visage.

DIMANCHE 6 MAI

#huiledecoude.com

Aujourd'hui, j'ai :

a) rangé l'appart de Pat,

b) eu une altercation avec Emma,

c) passé une heure dans un bain chaud pour tenter de détendre mes muscles endoloris par cette dure journée de labeur.

Ce matin, on a pris la camionnette à huit heures et demie, et on est arrivés chez Pat à neuf heures.

L'appart était encore plus crasseux que dans mon souvenir. Pat était affreusement gênée. Je me suis sentie mal pour elle quand elle a proposé :

– Quelqu'un veut une tasse de thé ?

Et on a tous fait genre : « Non merci (vu l'état de ta cuisine) ! »

Kate n'en revenait pas, elle a soupiré :

– Mais Pat, pourquoi tu ne m'en as jamais parlé ? On aurait pu t'aider il y a longtemps.

Kate et James se sont portés volontaires pour nettoyer la cuisine, Pat préférait se charger elle-même de sa chambre, quant à Emma et moi, on nous a attribué le salon – et c'est là qu'on s'est disputées.

Parce que j'ai sorti :

– Non mais c'est déjà assez triste de mourir tout seul, mais mourir enseveli sous ses déchets en plus, c'est sordide.

Sur la défensive, Emma a protesté :

– On ne meurt pas tous tout seuls, Phoebe.

Mais j'ai insisté :

– Désolée, mais si.

EMMA : …

MOI : Je veux dire, quand tu meurs, tu es seul dans ton corps à mourir.

EMMA : Mais tu n'es pas obligé d'affronter ça seul, il peut y avoir quelqu'un avec toi pendant que ton corps est en train de mourir.

MOI *(pensant « Pourquoi je suis aussi conne ? »)* : Désolée.

EMMA : …

MOI : Je suis trop bête…

EMMA : Non, tu as le droit d'avoir ta propre opinion. Et tu m'as promis de ne pas te comporter différemment à cause de moi, donc voilà…

J'ai poursuivi ma mission – jeter des montagnes de journaux, de magazines et de menus de plats à emporter dans un sac de recyclage –, mais je sentais qu'il fallait que je dise quelque chose parce qu'Emma avait l'air triste et contrariée. Alors j'ai repris :

– Kate était aux côtés de mon père quand il est mort.

J'ai jeté un coup d'œil à Emma pour voir sa réaction, mais à part un haussement de sourcils d'une milliseconde, elle n'a rien montré. Elle ne m'a pas regardée non plus – elle a continué à ramasser les millions de bouteilles et canettes de soda vides. Puis au bout d'un moment, elle a dit :

– Je l'ignorais.

MOI : Ils travaillaient ensemble dans l'hôpital qui a été bombardé – papa, maman et Kate. Je ne l'ai appris que récemment. Tu le savais ?

EMMA : Pourquoi j'aurais été au courant de ça ?

MOI : C'était juste une question.

Quand elle a arrêté de charrier les bouteilles, le silence s'est fait dans la pièce – plus de cliquetis de verre et de métal – et elle s'est enfin tournée vers moi. Des particules de poussière dansaient dans un rayon de soleil.

EMMA : Il s'appelait comment ?

MOI : Ilan. Il était israélien.

EMMA : Et ça ne te réconforte pas de savoir qu'il n'était pas seul ?

MOI : Si, sûrement.

EMMA *(avec une soudaine agressivité)* : Non. Pas « sûrement », Phoebe.

MOI : …

EMMA : Avoue que c'est réconfortant.

MOI : Tu es en train de me faire la leçon ?

EMMA : Oui, parce que, parfois, tu ne te rends pas compte de ce que tu dis !

MOI : Et qu'est-ce que je dis ?

EMMA *(secouant la tête)* : …

MOI : Non, vas-y, explique-moi.

EMMA : Je n'ai pas envie de discuter de ça maintenant.

MOI : Pas envie de discuter de quoi ?

EMMA *(exaspérée, elle recommence à fourrer les bouteilles dans le sac)* : De rien, Phoebe.

MOI : Va te faire voir.

EMMA *(quittant la pièce)* : J'y vais.

MOI : C'était au sens figuré.

EMMA *(revenant sur ses pas un instant)* : Je ne crois pas qu'on puisse aller se faire voir au sens propre. Ça ne veut rien dire.

Elle a filé dans la cuisine où je l'ai entendue discuter avec James et Kate, sauf que je ne comprenais pas ce qu'ils disaient. Puis la porte d'entrée s'est ouverte et refermée et je l'ai vue passer dans la rue par la fenêtre du salon. Et j'étais là « *WTF ?* », parce que, franchement, je ne pensais pas l'avoir offensée au point qu'elle s'en aille.

Complètement paniquée, j'ai sorti mon portable et je l'ai appelée. Elle a répondu au bout de deux sonneries.

EMMA : Oui ?

MOI : Désolée de t'avoir blessée.

EMMA : Je ne suis pas blessée.

MOI : Alors désolée de t'avoir contrariée.

EMMA : Je ne suis pas contrariée.

MOI : Tu es partie.

EMMA : ...

MOI : ...

EMMA : Je suis plus mature, d'habitude.

MOI : T'es partie pour de bon ?

EMMA : ...

MOI : Parce que t'as oublié ton sac à dos.

EMMA *(laissant échapper un petit rire)* : Non. Je prends un peu l'air. Et je vais acheter un truc à grignoter. À plus.

Et elle m'a raccroché au nez.

Je me suis assise sur le canapé de Pat et j'ai regardé les particules de poussière retomber lentement jusqu'à ce que le rayon de soleil ne contienne plus que du soleil.

Emma est revenue vingt minutes plus tard. Elle m'a tendu un Dr Pepper et un paquet de chips.

Je ne sais pas comment elle a su que c'était ce que je préférais, mais ça m'a fait pétiller de l'intérieur. Ou alors c'était le Dr Pepper.

Je me suis dit que, moi, je n'aurais pas su quoi lui rapporter. Elle s'était pris une boisson énergétique et des M&M's. Évidemment, je me suis empressée de noter ça dans un coin de mon cerveau.

Avec James, on a emporté une première fournée de sacs-poubelle à la déchetterie à midi – ça nous a pris une heure parce que, visiblement, tout le monde avait décidé de ranger son appart/pavillon/abri de jardin, aujourd'hui.

J'ai demandé à James s'il pensait qu'on mourait seul, mais il s'est juste esclaffé :

– T'es incroyable, Phoebe. Les trucs que tu sors !

À quatre heures, on mourait tous de faim, alors on a commandé des pizzas, qu'on a mangées dehors, sur un petit muret trop bas. Emma a pris un selfie avec Pat – elle devrait le poster pour le concours de la photo de l'année dans la catégorie « Londres, quand le passé et le présent donnent forme à l'avenir. »

J'étais assise à côté d'elle et elle m'a souri.

Elle a mordu voracement dans sa pizza mais le fromage s'étirait en fils hyper longs, alors elle a fait une grimace marrante. Je l'ai aidée en tirant le fromage élastique jusqu'à ce qu'il casse. Puis on a gloussé.

MOI : Je croyais que tu devais réviser ce week-end.

EMMA : La vraie vie passe avant les révisions.

MOI : Les GCSE, c'est la vraie vie.

EMMA : Tu crois ?

MOI : Ha ha.

EMMA : À ton avis, on se souviendra de quoi quand on aura quatre-vingts ans : d'avoir révisé nos exams ou d'avoir aidé Pat, mangé une pizza, et bien rigolé ensemble, ce week-end ?

MOI : T'as raison.

EMMA *(mastiquant)* : …

MOI : Mais tu stresses ? Pour les exams ?

EMMA *(la bouche pleine)* : De ouf.

Et là, on a explosé de rire.

EMMA : Je suis nulle en maths. Non, c'est pas vrai, je me débrouille, mais je n'arrive pas à retenir les formules, alors je vais me planter.

MOI : Bah, écoute, c'est un peu tard, mais je peux t'aider si tu veux parce que je suis super douée en maths et je peux t'expliquer les formules.

EMMA : Ça va, les chevilles ?

MOI : Non, je ne voulais pas… Je proposais juste…

EMMA : Arrête, Phoebe, je plaisante. Merci. Je vais peut-être te prendre au mot.

MOI : OK.

Quand on est partis, Pat a fait genre :

– Merci infiniment. Je ne sais pas comment vous remercier.

Kate a juste répondu :

– Oooh, sois pas bête. On se serre tous les coudes. Mais essaie de prendre soin de toi, OK ?

PAT : Des fois, je me dis « tant pis, de toute façon, je suis toute seule », tu vois ?

KATE : Bah, non, Pat, on a besoin de toi. Ne l'oublie pas.

P.S. : Kate et James sont inséparables. Je pense qu'ils prennent même leur douche ensemble.

P.P.S. : L'appart de Pat était propre comme un sou neuf. Et embaumait magnifiquement la Javel. J'espère qu'elle va laisser la fenêtre entrouverte cette nuit pour ne pas s'asphyxier avec les vapeurs toxiques.

LUNDI 7 MAI

#courbatures

J'ai mal partout, je peux à peine lever les bras – merci, la séance de ménage !

C'est férié aujourd'hui, alors j'ai révisé mes cours de littérature, mais comme j'en avais assez, à midi, je suis allée à la friperie. Pat était là – donc pas morte intoxiquée, ouf ! Elle a acheté une orchidée à Kate, chez Marks & Spencer, pour la remercier – et je ne peux pas m'empêcher de me demander si elle l'a payée avec le chèque-cadeau d'Emma.

J'ai tellement mal au ventre, c'est affreux.

Peut-être que je suis allergique aux produits laitiers. Y avait beaucoup de fromage sur la pizza, hier.

J'ai eu maman au téléphone ce soir, et elle ne m'a parlé que des exams.

Genre :

– Surtout dors bien, et prépare ta tenue la veille, et prends le bus un peu plus tôt, au cas où.

C'est ça, maman.

Si elle s'inquiétait à ce point, elle serait là. Je lui ai menti sur mon planning de révisions, pour éviter toute discussion. Elle a conclu sur :

– N'oublie pas de bien respirer surtout, Phoebe.

Sauf qu'en ce moment, je n'y arrive pas.

21 h 03

J'ai passé trente-cinq minutes à réviser ma géo c'est-à-dire le coût d'une banane ordinaire comparé au coût d'une banane issue du commerce équitable. Le producteur (= celui qui fait pousser) de la banane ordinaire reçoit sept pour cent du prix de vente ; le producteur en commerce équitable reçoit quatorze pour cent – soit le double. Mais même le double de 0,01 penny par banane, c'est que dalle. Et si le producteur obtient 0,01 penny par banane, alors je n'ose pas imaginer combien gagne la personne qui récolte.

Il faut que je lise un truc moins déprimant avant de me coucher. Un truc scientifique.

MARDI 8 MAI

#drgoogle

Cette nuit, j'ai fait des rêves délirants où il était question de feuilles, de pierres radioactives et de bananes du commerce équitable que je devais compter en français !

Mon cerveau a tellement de mal à retenir toutes ces infos qu'il bugge et je me retrouve noyée dans un nuage de données sans aucun sens.

Bref. Pour changer de sujet, Miriam est revenue en cours aujourd'hui. Elle avait une tête pas possible et elle n'a pratiquement pas ouvert la bouche – signe que ça ne va vraiment pas.

Polly a sorti:

– Je pense qu'on devrait aller lui parler.

Mais j'ai fait valoir que même si Miriam était peut-être un peu fragile après son hospitalisation, ça restait quand même une sacrée peste qui ne méritait pas qu'on s'apitoie sur son sort. Et tu sais ce que Polly m'a répondu ?

– Grandis un peu, Phoebe.

Non, mais qu'est-ce que je leur ai fait, à tous ?

Je suis la seule personne de ma connaissance qui ne passe pas ses journées à baver sur le dos des autres ou à raconter des conneries.

Je ne choisis pas mes amis en fonction de leur popularité. Je ne suis pas les modes comme un mouton. Et je ne resterai pas insatisfaite sexuellement juste par peur de faire de la peine à mon petit ami.

Je suis la personne la moins puérile que je connaisse.

Mon cerveau n'est pas tordu genre : « Je dis ça, mais en fait, je pense le contraire. »

Ils sont tous complètement malades.

Bon… en parlant de malade, j'ai fini par regarder sur Internet pour mon ventre.

Voilà ce qu'en dit Google : « Les maux de ventre ne durent généralement pas longtemps. »

Super, moi, ça fait des semaines que j'ai mal.

Consultez un médecin si :

• La douleur empire (+).

• La douleur est constante (+).

• Vous avez des pertes vaginales abondantes (euh, non, ça va de ce côté-là).

• Vous saignez de l'anus (non plus).

Alors voilà ce que ça n'est pas :

• L'appendicite (la douleur est trop intense).

Voilà ce que ça pourrait être :

• Un ulcère à l'estomac.

• Un syndrome du côlon irritable.

• Une cholécystite aiguë.

• Une diverticulite.

Je me sens encore plus mal rien que d'avoir lu ça. Je pense que c'est un ulcère parce que j'ai cinq symptômes sur huit :

• douleur sourde à l'estomac
• refus de manger à cause de la douleur
• perte d'appétit
• nausée
• brûlures d'estomac.

Dr Google me recommande d'aller consulter immédiatement, mais qui a le temps d'aller chez le médecin ?

Sinon, je n'ai qu'à surveiller mes symptômes et filer aux urgences si jamais je vomis du sang.

Génial.

P.S. : Ou alors je suis enceinte. LOL.

MERCREDI 9 MAI

#pointderupture

Miriam a encore piqué une crise aujourd'hui.

Elle est dans un état !

Elle a fondu en larmes au déjeuner et Jacob a dû la forcer à se relever et la traîner en cours de géo. Elle avait les dents qui claquaient, comme les petites mâchoires mécaniques qu'on trouve dans les boutiques de farces et attrapes.

Mme Holmes a fait genre :

– Miriam, je crois qu'il vaut mieux que tu rentres chez toi te reposer.

Mais elle a protesté, style :

– Non, non, n'appelez pas ma mère, je vais très bien. Je vous assure.

J'ai jeté un regard à Polly et j'ai bien vu qu'elle pensait comme moi : Miriam est vraiment en train de péter les plombs.

Ce qui ne veut pas dire que j'ai eu pitié, mais ça fait bizarre de la voir toute fragile, et pas odieuse, pour une fois.

Le monde à l'envers.

20 h 19

Dans le bus, j'ai envoyé un texto à Emma pour savoir si elle avait des courbatures après le grand ménage chez Pat, mais elle n'a pas répondu.

20 h 45

Le plus dur pour l'exam de physique, c'est de mémoriser toutes les formules. Le reste, c'est facile.

Voilà le genre de question : « Le graphique n° 1 montre la production d'une centrale électrique à combustible fossile britannique sur une période de vingt-quatre heures. Expliquez les variations. »

Pas la peine d'être un génie pour comprendre qu'à minuit, on a moins besoin d'électricité qu'à sept heures du mat, quand tout le monde est là « bonjour, bonjour » et que soixante-six millions de personnes mettent leur bouilloire à chauffer.

Je suis bien contente de ne pas avoir prévu une heure pour réviser un truc aussi évident.

P.S. : J'en ai assez d'avoir mal à l'estomac, j'aimerais que ça s'arrête.

JEUDI 10 MAI

#tuezmoi

Emma n'est pas venue à la friperie aujourd'hui.

Il paraît qu'elle est malade.

J'ai passé des vêtements à la vapeur tout l'après-midi. Comme je bâillais, Pat a fait :

– Ha ! Tu t'ennuies sans ton amie, pas vrai ?

J'ai répondu genre :

– Non, ça va. J'aime être seule.

Alors Pat a acquiescé :

– Je comprends, je suis pareille.

Super.

Je suis comme Pat.

Après dîner, j'ai passé une heure à retoucher une photo de Richard sur Photoshop. Je lui ai ajouté une bulle qui dit : « Tu me manques. Guéris vite ! »

Elle est démente, mais pas dans le bon sens. Surtout parce que Richard louche affreusement.

Je vais l'envoyer à Emma.

VENDREDI 11 MAI

#parlearichard

Emma m'a répondu au milieu de la nuit, quand je dormais.

Non, mais sérieux, j'ai pas fermé l'œil depuis trois semaines, et la nuit où je ronfle enfin, elle m'envoie un message et je le rate ?

EMMA : Merci pour ta photo, Richard. Tu es le plus beau des chatons. Dès que je ne serai plus contagieuse, je viendrai te rendre visite.

Je suis contente qu'elle ait répondu, mais dans quoi je me suis lancée ? Maintenant, elle parle à cet idiot de chat et pas à moi.

Je me demande ce qu'elle a. Mais je ne veux pas avoir l'air lourde donc je n'ose pas lui renvoyer un message.

P.S. : Miriam a passé une journée entière sans pleurer.

P.P.S. : Cet aprèm, j'ai révisé.

Et j'ai retenu cette info fascinante et néanmoins parfaitement inutile : l'isotope de thorium le plus stable a une demi-vie de 14,5 milliards d'années. Pour avoir un ordre de grandeur, l'univers (l'univers !) a environ 13,8 milliards d'années.

SAMEDI 12 MAI

#phoebesansami

Emma est toujours malade.

Bill et Mélanie ont apporté à déjeuner pour tout le monde à la friperie, c'est super sympa, sauf que je n'avais pas faim – en plus, j'ai toujours mal à l'estomac.

BILL : Phoebe, mon ange, qu'est-ce que tu as, aujourd'hui ?

MOI : Je suis fatiguée.

BILL : Tu travailles trop. Les cours toute la journée, le soir et le week-end ici. Il faut que tu prennes du temps pour toi.

MOI : Il faut surtout que je révise mes exams.

BILL : Mais aussi que tu voies tes amis.

MOI : J'ai pas d'amis.

BILL *(riant si fort que les murs tremblent)* : J'ai du mal à te croire.

MOI : C'est pourtant vrai.

BILL : Nous, on est tes amis, mais je doute que tu aies envie de passer ton temps libre avec des vieux machins comme nous…

MÉLANIE : Qui est vieux ?

Ils ont éclaté de rire et il l'a embrassée.

Non, mais t'imagines ? Après tant d'années de mariage, ils se font encore rire et ils ont encore envie de s'embrasser.

Alors que moi, je suis pitoyable en relations humaines. Même ma meilleure amie ne m'a pas souhaité la bonne année.

DIMANCHE 13 MAI

#paniquetotale

On parle des GCSE depuis tellement longtemps que j'avais l'impression que ça n'arriverait jamais, sauf que voilà, c'est demain.

J'ai l'impression de me retrouver par erreur dans une roue pour hamster qui n'arrête pas de tourner. Je vais finir par en être éjectée, complètement désorientée, avec le vertige et la nausée, et quand ce sera trop tard, je me rendrai compte de ce qui s'est passé et de ce qu'on attendait de moi.

Le plus angoissant à mes yeux, c'est le rythme infernal de ces exams. La pression de devoir être en pleine forme tous les jours.

Et je n'arrive toujours pas à réviser.

Au lieu de ça, j'ai trouvé ce site hilarant où les gens se moquent des grands classiques de la poésie.

Par exemple à la place de :

J'ai rencontré un voyageur venu d'une terre antique
qui m'a dit :
« Deux immenses jambes de pierre sans tronc
Se dressent dans le désert… »*

On a :

J'ai rencontré un voyageur venu d'une terre antique
qui m'a dit des conneries.

LOL.

19 h 53

J'ai prévenu Kate que je n'avais pas faim et que je ne voulais pas dîner, mais bien sûr, elle n'a rien voulu entendre et m'a apporté un bol de soupe à la tomate.

KATE *(un plateau à la main)* : Phoebe, dis quelque chose.
MOI : …
KATE *(elle s'assied sur mon lit, prend une cuillerée de soupe, souffle dessus puis la présente devant ma bouche)* : Mange.
MOI *(ouvrant la bouche pour avaler la soupe)* : …
KATE : Voilà qui est mieux.
MOI : …
KATE : Qu'est-ce qui se passe ?
MOI : J'ai mal au ventre.
KATE : OK. Mal où exactement ?
MOI *(montrant du doigt)* : …
KATE *(continuant à me faire manger)* : D'accord.

* NdT : *Ozymandias*, Percy Bysshe Shelley, 1818, trad. de l'anglais de Félix Rabbe, 1909.

MOI : …

KATE : Tu crois que tu es malade ou bien que tu es angoissée ?

MOI : Angoissée pour quoi ?

KATE : Demain.

MOI *(haussant les épaules)* : …

KATE : Tu es consciente que cet exam, ce n'est pas la fin du monde, hein ?

MOI : Si.

KATE : Non, pas du tout. Tes résultats ne changeront rien à tes qualités ni à ton potentiel en tant que personne, Phoebe. Ne laisse personne te convaincre du contraire. Il y a plus important dans la vie que les GCSE.

MOI : C'est ce qu'a dit Emma.

KATE : Emma est très sage.

MOI *(avalant une autre cuillerée de soupe)* : …

KATE : Tu sais que tu es la personne que j'aime le plus au monde, hein ?

MOI : Je croyais que c'était maman.

KATE : Quoi ? Cette vieille chouette d'Amélia. Ne sois pas bête.

MOI : Ou James ?

KATE : Pitié.

MOI *(prenant le bol sur le plateau pour manger seule)* : …

KATE : Et comment va Polly ?

MOI *(haussant les épaules)* : Je ne sais pas. J'ignore si son petit ami a enfin réussi à lui faire atteindre l'orgasme.

KATE *(riant)* : Il faut que tu t'en assures et si la réponse est non, on l'invitera à dîner pour lui expliquer quelques trucs.

MOI : Je me suis renseignée sur l'orgasme vaginal.

KATE : Ah oui ? Bonne idée.

MOI : Tu crois que je devrais lui en parler ?

KATE : L'astuce, c'est de basculer ses hanches vers le haut.
MOI : Je sais, mais j'ai pas envie d'en parler.
KATE : C'est toi qui as commencé.
MOI : Je regrette.
KATE : Mange.
MOI : D'accord.

Quand j'ai eu fini ma soupe, on est descendues et James m'a fait un sandwich toasté au fromage.

Kate a dit qu'il fallait que je me détende un peu les neurones, alors on a regardé un documentaire de David Attenborough et ça a rendu les chatons – de luxe et ordinaires – complètement dingues.

Ils étaient tous assis devant la télé et chaque fois que la lionne partait chasser, ils se bousculaient pour s'approcher en miaulant à fendre l'âme.

C'est fou, non, de se dire que les lions et les chats ont les mêmes ancêtres ? Bon, quand on pense que nos ancêtres humains arrivaient à faire du feu en frottant une pierre et un bâton… Je connais des gens qui ne savent pas craquer une allumette.

P.S. : Vingt-sept exams en six semaines.

LUNDI 14 MAI

#premierround

J'ai passé l'informatique le matin et la culture religieuse l'après-midi. Je peux déjà affirmer que le plus grand défi des GCSE va être de ne pas écrire sur la page blanche où il est indiqué « Ne rien écrire sur cette page. » Et d'être enfermée dans une pièce avec autant de monde, et de m'efforcer d'ignorer les bruissements, les reniflements et autres bruits parasites.

Entre les exams, Miriam était là genre :

– Il faut que je révise quelques dates pour cet aprèm.

Moi, j'étais style :

– Non, mais elle est ridicule.

Parce que, franchement, y a pas de date plus simple à retenir que celle de la naissance de Jésus. Mais après Polly m'a raconté ce qui lui était arrivé (c'est Jacob qui l'a dit à Tristan qui l'a dit à Polly). C'est tellement affreux que j'ai regretté de m'être moquée.

En fait, c'est pas Miriam qui stresse pour les exams, c'est ses parents.

Son père veut absolument qu'elle entre à Cambridge, mais comme il passe son temps au boulot alors que sa femme est au foyer, il compte sur elle pour s'assurer que Miriam ait de bonnes notes et si ce n'est pas le cas, sa mère pique une crise parce que son mari va lui reprocher de ne pas être une bonne mère.

Miriam a raté l'exam blanc de maths et elle a entendu ses parents se disputer dans la cuisine. Son père hurlait :

– Tu n'as qu'une seule chose à faire de tes journées, Grace ! Une seule, putain !

Et il a cassé un verre.

Ça craint, hein ?

Pas étonnant que Miriam fasse des crises d'angoisse !

Bon, c'est pas pour ça que je l'apprécie davantage, mais je n'aimerais pas que mes parents se disputent chaque fois que j'ai une mauvaise note.

En fait, j'ai de la chance parce que, quand je me plante dans une matière, j'ai un prétexte tout trouvé : « C'est parce que je suis orpheline. » Et au lieu de s'énerver, maman se sent coupable.

Polly pense qu'on devrait aider Miriam en maths.

Ou plutôt, Polly voudrait que je l'aide, vu qu'elle-même sait à peine combien font cinq plus cinq.

J'allais refuser mais j'avoue que Miriam me fait de la peine parce que personne ne mérite d'avoir des parents pourris. Et puis, si on révise ensemble, je n'aurai pas à travailler toute seule et je pourrai faire style : #apremderevisions.

PS : demain, épreuve de français, il faut sérieusement que je redonne un petit coup de frais à mes fruits et légumes.

Tu savais que «*pineapple*» se dit «ananas» dans à peu près toutes les autres langues à part l'anglais ? Même en hébreu, sauf que ça s'écrit אננס, donc difficile à deviner.

Je dois aussi réviser « dessus, dessous, devant, derrière, à droite et à gauche* ». À croire qu'en France, Google Maps n'existe pas, si bien qu'on est obligé de demander son chemin à des indigènes non anglophones.

Emma ne fait pas de français. Elle a pris espagnol et c'est beaucoup plus malin vu que cinq cent soixante-dix millions de personnes le parlent dans le monde.

Contre deux cent vingt millions pour le français.

Où avais-je la tête ?

MARDI 15 MAI

#lamortenface

Ce matin, j'ai eu deux épreuves de français, et une de SVT cet aprèm.

* NdT : en français dans le texte.

Matilda s'est mise à pleurer pendant celle de SVT parce qu'elle avait très très envie d'aller aux toilettes mais qu'elle ne voulait pas prendre de retard.

M. Kane a été sympa. Il s'est approché d'elle pour lui dire :

– Écoute, Matilda, va aux toilettes, je t'assure que tu seras plus concentrée après.

Je suis passée à la friperie en sortant du lycée. C'était une erreur parce que je suis maintenant convaincue d'avoir un cancer de l'estomac.

Pat m'a surprise en train de me frotter le ventre et elle a fait :

– T'as mal à l'estomac ?

– Non, non, ça va, j'ai répliqué.

Et là, elle m'a raconté que son mari était mort d'un cancer de l'estomac.

Non, mais sérieux, pourquoi tant de haine ?

QUELQU'UN : J'ai vraiment mal au ventre.

PAT : Mon mari est mort d'un cancer de l'estomac.

OMG.

Du coup, en rentrant, au lieu de réviser les matières principales de la semaine – français et chimie – , j'ai cherché « taux de survie cancer de l'estomac » sur Internet. Selon Google, si le cancer est diagnostiqué à un stade précoce, le taux de survie à cinq ans est de soixante-cinq pour cent. Ça veut dire que trente-cinq personnes sur cent meurent. Et que soixante-cinq personnes survivent, d'accord, mais quand même.

Si le cancer s'est étendu à d'autres organes, le taux de survie à cinq ans est d'environ trente pour cent. Ça veut dire que soixante-dix personnes sur cent meurent et que trente s'en tirent.

Je devrais peut-être aller chez le médecin.

Si c'est un cancer, j'espère qu'il ne s'est pas propagé.

Kate n'avait pas l'air plus inquiète que ça quand je lui ai dit que j'avais mal au ventre, l'autre soir. Et je me suis sentie un peu mieux après la soupe et le sandwich au fromage. Je ne suis sans doute pas intolérante au lactose, finalement.

J'aimerais que ça s'arrête parce que je n'ai pas envie de mourir d'un cancer de l'estomac.

Je n'ai pas envie de mourir d'un cancer quel qu'il soit.

En fait, je ne sais pas comment j'aimerais mourir.

Je me demande si Emma viendrait à mon enterrement.

Je pense que le noir ne lui irait pas.

Dans mes dernières volontés, je devrais peut-être exiger que tout le monde porte des couleurs vives. Pour « célébrer ma vie ».

Argh !

P.S. : Je n'ai pas d'épreuve demain matin. Juste culture religieuse l'aprèm et je refuse de réviser parce que, franchement, qu'est-ce qu'on en a à faire ?

P.P.S. : Tout bien réfléchi, j'ai peut-être intérêt à avoir une bonne note parce que j'ai lu que pour se convertir au judaïsme, il faut sérieusement impressionner le rabbin.

P.P.P.S. : Polly vient de me prévenir qu'on se retrouvait demain matin au Starbucks pour réviser les maths. J'y vais seulement parce que je suis heureuse de retrouver la Polly indépendante, déterminée, qui dit « c'est comme ça et pas autrement ».

MERCREDI 16 MAI

#leçons

Quand je me suis assise face à Miriam, j'ai bien senti que l'univers tout entier n'en revenait pas.

Miriam n'était pas elle-même (au début !) parce qu'elle n'était pas du tout peste (au début !).

On a fait quelques problèmes et, en réalité, elle connaît la réponse, mais elle croit qu'elle ne sait pas alors elle mélange tout. Aucun rapport avec Polly qui n'y comprend vraiment rien et qui, même quand on lui donne la réponse, est là style :

– Euh ? Désolée, mon cerveau capte que dalle, mais c'est pas grave, parce qu'on n'est pas obligé d'être bon en tout parce que, sinon, y aurait plus de génies, plus d'émerveillement et le monde serait d'un triste !

OMG. C'est ça que j'aime chez Polly. Sa capacité d'émerveillement. Peut-être que c'est son superpouvoir. Elle voit des choses que les autres ne voient pas. Ça explique sûrement pourquoi elle sort avec Tristan.

Enfin bref, à la fin de notre inutile séance de maths, j'ai soupiré :

– Arrête de me faire perdre mon temps, Miriam. Tu sais très bien comment procéder, ne joue pas les idiotes.

Et elle a rétorqué :

– Facile à dire. Ta mère n'est pas là, alors elle s'en moque, de tes notes.

J'ai vu Polly se raidir. Et même Miriam a eu l'air de regretter un instant d'avoir crié ça tout fort, mais après elle était en mode : « Bah, c'est vrai, quoi ! »

Je me suis contentée de souffler :

– Dégage.

Après son départ, Polly a marmonné style :

– Elle ne le pensait pas.

– Mais bien sûr qu'elle le pense. Comme toujours. Sauf que, d'habitude, elle ne me le dit pas en face.

POLLY : En tout cas, c'était gentil de ta part de proposer de l'aider.

MOI : Je la déteste. Comment ai-je pu me laisser embobiner par sa triste histoire ?

POLLY : Mais c'est trop triste, Phoebe. Apparemment, son père est un salaud.

MOI : Et apparemment, ma mère n'en a rien à foutre de moi.

POLLY : Elle est jalouse parce que ta mère te fait confiance, qu'elle ne surveille pas tes moindres faits et gestes.

MOI : Ah ouais, tu crois que c'est ce qu'elle pense ? Vraiment ?

POLLY : Qui ?

MOI : Ma mère.

POLLY : Phoebe, tu crois qu'elle partirait à l'autre bout de la planète si tu faisais n'importe quoi ?

MOI : Je n'avais pas envisagé les choses sous cet angle.

POLLY : Ma mère ne ferait jamais ça parce qu'elle n'est pas assez sûre d'elle. Si je raccroche sans lui dire que je l'aime, elle me rappelle.

MOI : Je ne dis jamais à ma mère que je l'aime.

POLLY : Parce qu'elle le sait sans avoir besoin que tu lui dises. C'est bien pour ça qu'elle peut se permettre de partir.

MOI : Je n'avais vraiment jamais vu les choses sous cet angle.

POLLY : Non, parce que même si tu es la personne la plus intelligente que j'aie jamais rencontrée, tu deviens complètement stupide quand il s'agit de la vraie vie.

MOI : Tais-toi. Pourquoi t'es méchante avec moi ?

POLLY : Toi, tais-toi. Tu sais très bien que j'ai raison.

MOI : Ça va avec Petites-Roues ?

POLLY : Quand est-ce que tu vas arrêter de l'appeler comme ça ?

MOI : Sans doute jamais.

POLLY : Et toi, ça va ?

MOI : Super.

POLLY : Je vois bien que non.

MOI : J'ai mal au ventre depuis des semaines et Kate file le parfait amour avec son nouveau copain.

POLLY : Kate a un copain ?

MOI : Oui, James.

POLLY : C'est qui ça, James ?

MOI : Tu sais bien. Le gars qui était à la friperie le jour où tu es passée. Ils sont ensemble depuis...

POLLY : Attends... Elle sort avec ce BG ?

MOI : Oui, James.

POLLY : Mais il a... genre... vingt ans.

MOI : Vingt-trois plus exactement.

POLLY : Et elle ?

MOI : Trente-huit.

POLLY : Trop cool.

MOI : ...

POLLY : Tant mieux pour elle.

MOI : Si tu le dis.

POLLY : En plus, t'as un mec trop sexy qui se balade chez toi en permanence... peut-être même à moitié nu ? *OMG. (Se mordant les lèvres.)* Kate a trop de chance.

MOI *(essayant d'imaginer James à moitié nu sans parvenir à partager son enthousiasme)* : Et avec Tristan ? Tu sais... le sexe et tout ça ?

POLLY : ...

MOI : Sérieux ? Pourquoi t'es encore avec lui, alors ? À quoi bon coucher ensemble si ça ne te fait rien ?

POLLY : Parce que je l'aime. Ne sois pas ridicule.

MOI : Et si tu te masturbais en lui proposant de regarder ?

POLLY *(levant les yeux au ciel à s'en retourner les cils)* : …

MOI : Polly ! Franchement, qu'est-ce qui te prend ? C'est pas ton genre. Tu es féministe. Tu es contente que Kate se tape un type qui a la moitié de son âge. C'est quoi le problème avec Petites-Roues ?

POLLY *(s'enfonçant dans le canapé, la tête dans les mains)* : Je ne sais pas, OK ? Je ne sais pas. Ça ne devrait pas, et pourtant c'est gênant. Et je m'en veux d'être mal à l'aise, et tout est ma faute parce que j'ai laissé le malaise s'installer.

MOI : Il faut que tu lui parles du clitoris.

POLLY *(se redressant pour me regarder bien en face)* : Bon sang, Phoebe, tu vas arrêter avec le clitoris ?

MOI : OK, alors si tu veux avoir un orgasme vaginal, il faut que tu surélèves légèrement ton bassin, les hanches vers le haut.

POLLY *(se représentant visiblement la scène)* : Putain, je hais ma vie.

MOI : Ça ne doit pas être bien compliqué.

POLLY : Tu n'as pas idée.

MOI : Si les femmes ont tant de mal dans ce monde, c'est à cause des gens comme toi.

POLLY *(me dévisageant comme si j'étais complètement folle)* : …

MOI : Parce que tu n'exiges pas ce qui te revient de droit.

POLLY : …

MOI : Chaque fois que vous le faites, Tristan jouit, lui, non ?

POLLY : Il me semble t'avoir déjà dit que tu n'avais pas besoin de me parler comme un manuel d'éducation sexuelle.

MOI : Il faut bien faire ton éducation.

POLLY *(sirotant sa boisson)* : C'est la mort du romantisme.

MOI : Pas du tout ! Écoute, que Petites-Roues ait un orgasme, c'est normal d'un point de vue scientifique, mais vous ne faites pas ça pour avoir un enfant, si ?

POLLY : Non.

MOI : Le sexe, c'est pour le fun, non ?

POLLY : Et parce que je l'aime.

MOI : Mais ça devrait être agréable.

POLLY : Je n'ai pas dit que c'était désagréable.

MOI : Je suis désolée, mais il faut que tu insistes pour obtenir ce que tu veux.

POLLY : *OMG !* Je n'assure pas en tant que femme.

MOI : C'est pas ce que j'ai dit. Imagine juste que vous prépariez un bon dîner et qu'il n'y ait que Tristan qui mange. Ce ne serait pas juste.

POLLY *(affalée sur le canapé du Starbucks, levant dramatiquement les bras en l'air)* : Tout est ma faute… l'oppression, la misogynie, les écarts de salaire !

MOI : …

POLLY : Parce que je ne réclame pas ce qui m'est dû.

MOI *(acquiesçant)* : En gros.

On discutait comme avant, à croire qu' on ne s'était jamais éloignées l'une de l'autre.

Et pour la première fois depuis des lustres, j'avais l'impression qu'elle était redevenue elle-même, pas juste une folle qui suivait Tristan partout.

Peut-être qu'elle se détend, maintenant que leur relation est bien installée.

Ça doit être tellement frustrant de faire tant d'efforts et de ne pas être satisfaite au lit.

Sérieux, je ne comprends pas. Elle n'a qu'à dire : « Désolée, mais ton pénis ne me fait aucun effet, sers-toi plutôt de ta langue. »

Pour être honnête, je ne comprends pas où les gens vont trouver l'énergie de faire tout ça. La vie est déjà assez compliquée sans rapports sexuels (nuls, qui plus est).

J'espère au moins que Polly pensera à relever son bassin la prochaine fois.

P.S. : L'épreuve de culture religieuse s'est bien passée. Le rabbin serait fier de moi. Et maintenant, je n'entendrai plus jamais parler de tout ça de ma vie. Ouf ! Je suis bien contente d'avoir rayé ça de ma liste.

JEUDI 17 MAI

#depressionnationale

Kate m'a laissé un article du *Guardian* sur la table de la cuisine : « Stress et anxiété : comment le nouveau GCSE affecte la santé mentale. »

Je ne l'ai pas lu, j'avoue. Pas la peine, je le vis en vrai.

Matilda a décidé d'arrêter de boire pour ne pas être obligée d'aller aux toilettes pendant les examens. C'est extrêmement mauvais pour la santé et elle risque l'insuffisance rénale. Et alors qu'on allait passer la chimie ce matin, Jonathan était tellement sur les nerfs qu'il a vomi dans une poubelle de la cour. Et comme Miriam ne supporte pas de voir les gens vomir, elle a vomi aussi, mais dans les toilettes.

Et comme tout le monde était malade, ça puait le vomi dans la salle, du coup, j'ai eu des haut-le-cœur pendant tout l'exam.

L'après-midi, on a enchaîné avec informatique. Et là, j'ai bâclé pour finir plus vite. Je sais, c'est nul, mais bon.

Au fait, P.S.: À la fin de l'article du *Guardian*, il y avait un numéro vert en cas de pulsion suicidaire.

Non, mais où on va ?

P.P.S. : Je ne suis pas allée à la friperie aujourd'hui parce que j'ai ma dernière épreuve de français demain, et *zut alors* !*, il fallait que je révise un peu à la dernière minute.

P.P.P.S. : Emma m'a envoyé un message pour me prévenir qu'elle irait à la friperie demain parce qu'elle n'a pas d'exam, qu'elle se sent beaucoup mieux et qu'elle a besoin de prendre l'air, alors j'irai aussi.

VENDREDI 18 MAI

#lamaindanslesac

Emma dirait : « Ce que tu retiendras de ce jour, ce n'est pas ton dernier exam de français, mais le fait que tu aies arrêté une voleuse. »

J'ai passé l'aprèm à faire du rangement à la friperie parce que Pat ne pouvait visiblement pas se bouger jusqu'à la réserve, quand, du coin de l'œil, j'ai vu une petite vieille saisir une poignée de chemisiers taille 40 sur le portant et les fourrer dans son Caddie de mémé.

Puis elle a tourné les talons et elle est sortie de la boutique en trottinant, l'air de rien.

Moi, j'étais là :

– Ça ne va pas se passer comme ça !

On ne vole pas une boutique solidaire, quand même !

Enfin, je veux dire, déjà voler, c'est mal, mais voler une asso qui collecte des fonds pour la recherche contre le cancer, c'est pire !

On ne vient pas piquer dans ce genre de boutique et ruiner les

* NdT : En français dans le texte.

efforts de tous les bénévoles qui passent leur temps libre à trier les affaires des cadavres pour récolter de l'argent pour qu'on trouve enfin un traitement afin que des gens comme le frère d'Emma ne meurent pas !

Sérieux, j'étais hors de moi : j'ai couru après la mémé, en furie.

Dehors, j'ai regardé à droite, à gauche, à droite, à gauche, et je l'ai repérée qui se dirigeait vers le supermarché.

Il pleuvait, et je n'avais même pas dépassé le Starbucks que j'étais déjà trempée. Et comme le trottoir était encombré de parapluies, je suis descendue pour marcher sur la chaussée, esquivant les bus.

Quand je l'ai rattrapée, j'ai agrippé son Caddie, mais j'ai dérapé à cause de mes chaussures d'uniforme à semelle lisse.

Je suis tombée sur les fesses, j'ai glissé et j'ai fait du toboggan à eau jusqu'à l'entrée du cinéma, le Caddie de mémé à la main.

Elle m'a suivie en trottinant, l'air meurtrier, mais j'ai été plus rapide.

J'ai plongé la main dans son Caddie et sorti les chemisiers pour lui agiter sous le nez.

MOI : Je crois que vous avez pris ça à la friperie solidaire et que vous êtes partie sans payer.

MÉMÉ : Oh, j'ai dû oublier…

MOI : Pas du tout ! Je vous ai vue. La caméra de vidéosurveillance a tout enregistré *(« menteuse »)*. Vous volez les enfants qui ont le cancer. On ne peut pas tomber plus bas. Je reprends ça.

Et sur ces bonnes paroles, je suis repartie d'un pas triomphal.

Enfin, plus ou moins, je boitais un peu, en fait. Je me demandais même si je ne m'étais pas fêlé le coccyx.

Quand je suis rentrée au magasin, j'ai été accueillie par un concert d'exclamations.

Comme j'étais trempée, Kate m'a passé des vêtements secs – un jean pattes d'eph et un haut orange et marron à col en V.

Pat s'est écriée genre :

– Oh, on dirait moi quand j'étais jeune !

Non, c'est pas vrai, Pat. Tu n'as jamais été jeune.

Mais le plus dingue, c'est que Kate a commencé par me faire la leçon style :

– Je le dis pour tout le monde : on ne poursuit pas les voleurs. Aujourd'hui, ça s'est bien terminé, mais c'est votre santé et votre sécurité qui priment. Pas question de vous mettre en danger.

Mais après son petit discours, elle m'a serrée dans ses bras en me collant des bisous partout comme je déteste et j'ai été une véritable héroïne pendant deux secondes.

Je pense qu'Emma a été impressionnée, mais comme c'est Emma, elle a soupiré :

– C'est triste quand même d'en arriver à voler…

J'ai regardé Alex, qui est resté plongé dans ses réflexions un moment. Mais en définitive, il a déclaré :

– T'as été super courageuse !

Et il m'a tapé dans la main.

Et Kate nous a payé une tournée générale de Starbucks.

Bon, je ne peux pas m'asseoir en raison de mon postérieur endolori, mais au dîner, je me suis rendu compte que, du coup, j'en avais oublié mes brûlures d'estomac.

Apparemment, en cas de signaux de douleur multiples, le cerveau se concentre sur le plus grave.

21 h 00

Scoop : j'ai les fesses bleues.

Heureusement que je n'ai pas d'exams avant lundi parce que je n'aurais pas pu rester assise. Si ça se trouve, la semaine prochaine, je vais devoir composer debout sur une table spéciale.

Ou alors à plat ventre. Pour dormir, je vais être obligée parce que je ne peux pas m'allonger autrement.

21 h 15

Kate m'a mis de l'arnica sur les fesses en riant comme une baleine. J'aurais pu le faire moi-même, mais elle a dit que, en tant qu'(ex-)infirmière et adulte responsable, c'était son devoir de s'assurer que je n'avais rien de cassé.

Après vérification, la réponse est non mais, selon elle, mon hématome est assez impressionnant.

Je devrais peut-être le prendre en photo.

SAMEDI 19 MAI

#toujoursdebout

Je n'ai pas eu mal au ventre de la journée, ce qui veut dire que le bleu sur les fesses occulte tous les autres récepteurs de douleur de mon cerveau. J'ai même dû mettre ma jupe d'uniforme pour aller à la friperie parce que mon jean appuyait trop sur l'hématome.

Quand je suis arrivée, Emma m'a regardée genre « Pourquoi tu t'habilles comme ça un samedi ? »

Alors j'ai expliqué :

– J'ai un bleu énorme, c'est tout ce que je peux enfiler. Mais je préfère ne pas en parler.

EMMA : T'as vraiment mal ?
MOI : T'as pas idée.
EMMA : Tu peux t'asseoir ?
MOI : Non.
EMMA : Je peux voir ?
MOI : Non !

Elle a insisté toute la journée :
– Je peux voir ? Allez ! Je peux voir ?
Et là, Kate a fait :
– Si tu voyais le bleu de Phoebe !
Alors Emma a renchéri :
– Pourquoi tout le monde l'a vu et pas moi !?
Et j'ai protesté :
– Non, personne ne l'a vu. À part Kate, mais elle est infirmière.
Alors Kate a lâché :
– Allez, montre-lui, Phoebe. C'est un sacré bleu.
J'ai regardé Emma qui souriait. J'ai réfléchi deux secondes (genre « ça va, j'ai une culotte correcte »). Et du coup, j'ai soupiré :
– OK.
Il n'était évidemment pas question que je soulève ma jupe devant tout le monde, alors je suis allée dans la cabine et Emma a tiré le rideau, en passant juste la tête dans l'entrebâillement.
Quand elle l'a vu, elle a fait une super grimace, comme si sa mâchoire se décrochait. Elle en était bouche bée.

MOI : Je sais.
EMMA : Ouille.
MOI : Je suis obligée de dormir sur le ventre.

EMMA : Je peux toucher ?

MOI : Non ! Pourquoi tu voudrais toucher ?

EMMA : Je sais pas.

Et là, elle a retiré sa tête. Peut-être qu'elle aime voir les gens souffrir, qui sait.

Aujourd'hui, elle était très souriante.

Sans doute parce que j'ai attrapé la voleuse.

Ou parce que l'article de la semaine est un livre : *Peindre avec son chat : comment aider votre félin à s'exprimer.*

Kate l'a pris entre ses mains, interloquée.

– Oh…

Mais Emma et moi, on a protesté :

– Pas question !

Quand on est parties, Emma m'a demandé de lui donner des nouvelles de Richard et de mon bleu.

Là, je suis couchée sur le ventre, Kate m'a mis un sachet de petits pois congelés sur les fesses.

L'héroïne fait moins la maligne.

DIMANCHE 20 MAI

#anniv

Maman m'a appelée sur WhatsApp pour me sortir un nouveau petit discours sur les exams.

Puis je lui ai montré mon bleu et elle a rigolé.

Elle m'a aussi demandé ce que je voulais pour mon anniv.

Je n'en reviens pas que ce soit à nouveau mon anniversaire. J'ai l'impression d'avoir fêté mes quinze ans hier.

Je crois que je vais honorer la promesse que je me suis faite d'avoir seize ans et toute ma tête, vu que je ne suis ni amoureuse ni folle.

J'ai mon épreuve de SES demain mais il faut surtout que je révise pour la littérature, mardi.

Non mais sérieux… voilà la définition de la sociologie : « étude du développement, de la structure et du fonctionnement de la société humaine ». Alors qu'en réalité, on passe notre temps à discuter de la destruction, du chaos et des dysfonctionnements de la société.

LUNDI 21 MAI

#jehaislesexams

J'étais juste derrière Ben pour l'exam d'aujourd'hui, et il n'arrêtait pas de taper du pied nerveusement. Sa jambe était juste dans mon champ de vision pendant que j'écrivais et ça me rendait dingue. Du coup, je me suis contorsionnée pour ne plus le voir et j'ai fini par attraper un torticolis. En plus d'avoir mal aux fesses à cause du bleu.

J'avais tellement hâte que ce soit fini pour sortir de là.

Cet après-midi, j'étais censée réviser pour l'exam de littérature, mais à la place j'ai discuté par messages avec Emma.

MOI : Salut.

EMMA : Salut, ça va ?

MOI : Oui.

EMMA : Et ton bleu ?

MOI : Toujours énorme.

EMMA : Tu fais quoi ?

MOI : Je t'envoie des messages.

EMMA : Ha ha.

MOI : Je révise, mais mon cerveau est au bord de l'implosion. Je réfléchis aussi à ce que j'aimerais faire dans la vie.

EMMA : Comme boulot, tu veux dire ?

MOI : Oui.

EMMA : Et ?

MOI : J'sais pas.

EMMA : Moi, j'aimerais faire la même chose que ta mère.

MOI : Avoir un enfant et le confier à ta meilleure amie ?

EMMA : T'es dure.

MOI : Non, réaliste.

EMMA : J'aime aider les gens. Alors peut-être médecin. Sauf que je ne suis pas sûre d'être assez intelligente.

MOI : Je te trouve super intelligente.

EMMA : Merci. On verra. Ou alors psy ou un truc du genre.

MOI : Je déteste les gens. Je ne veux aider personne.

EMMA : LOL.

MOI : Mais pas toi. Toi, je ne te déteste pas.

EMMA : Merci. Contente que tu me tolères.

MOI : Oh, arrête ! Tu sais très bien que je te trouve géniale.

EMMA : Et comment je le saurais ?

MOI : Parce que sinon pourquoi je passerais tout mon temps avec toi, à t'envoyer des messages, à prendre en photo des chatons et à te raccompagner chez toi et à te montrer mon bleu ?

EMMA : Oui, en effet, pourquoi donc ?

Et là, elle s'est déconnectée.

Sans dire au revoir, ni rien.

C'est pas trop bizarre ?

Ou alors je surinterprète ?

Je n'aurais jamais dû lui envoyer de messages, je le savais. Mais je n'ai pas pu m'en empêcher.

C'est comme manger tout un paquet de bonbons. Tu sais que ça va te donner mal au ventre, mais tu continues à les fourrer dans ta bouche de manière compulsive.

22 h 05

Si je suivais le planning de Miriam, il me resterait encore cinquante-cinq minutes de révisions. Je vais donc jeter un coup d'œil à mes fiches de littérature.

22 h 15

Non, mais sérieux, les questions :

1) Comment Samson provoque-t-il les domestiques des Montaigu ?

2) Quelle impression la nourrice donne-t-elle au public ?

3) Que pense Lady Capulet de Pâris ?

La question numéro 4 devrait être : « Et qu'est-ce qu'on en a à faire ? »

Je vais me coucher. C'est complètement idiot.

MARDI 22 MAI

#pourquoidonc

Je suis tellement éreintée, je n'en peux plus.

La littérature m'a tuée.

Je crois comprendre ce que ressent Polly devant une suite de nombres qui n'a aucun sens pour elle, parce que j'ai dû relire les questions au moins trois fois pour saisir.

Ensuite, Polly et moi, on est allées déjeuner au parc. On était allongées dans l'herbe, j'étais en train de lui confier que je ne savais pas quoi faire de ma vie, je lui avais littéralement ouvert mon cœur, quand je me suis aperçue qu'elle s'était endormie.

Je parie qu'elle ne fait pas ça avec Tristan.

Elle s'est même mise à ronfler, mais j'ai attendu que ce soit l'heure de l'épreuve de géo pour la réveiller. Et elle ne s'est même pas excusée. Elle a fait style :

– J'en avais vraiment besoin.

Ben voyons !

Ce soir, je me suis dit : au lieu de dresser une liste interminable de trucs que je déteste, pourquoi je n'essaierais pas plutôt d'énumérer ce que j'aime afin de trouver un emploi qui me plairait.

Alors voilà, j'aime :

• la solitude,

• éviter les gens qui racontent des trucs inintéressants juste pour faire la conversation,

• les chiffres,

• fréquenter des gens intelligents/éviter les gens stupides,

• avoir le droit d'exprimer une pensée originale.

On verra où ça me mène.

Au lycée, tout le monde est là : *OMG,* si je rate mes exams, ma vie est foutue, je ne pourrai jamais aller à l'université. (Euh, pourquoi tout le monde devrait aller à la fac, d'abord ?)

Selon Bill, quelqu'un qui a une formation de plombier est assuré d'avoir un boulot bien payé toute sa vie, contrairement à quelqu'un qui est allé à l'université étudier un sujet qui ne sert à rien, du genre : art de l'illustration japonaise au marqueur dans l'ère post Seconde Guerre mondiale.

Dommage, je ne peux pas faire plombière parce que je serais obligée de parler à des gens toute la journée et c'est ce que je veux éviter à tout prix.

Je continue donc mes recherches.

MERCREDI 23 MAI

#nasa

Résultat.

Je vais devenir astronaute.

J'ai eu la révélation pendant la première épreuve de physique – ce qui a un peu tiré mon cerveau de son état comateux et m'a donné un coup de fouet – du coup, je pense avoir pas mal réussi.

Parce que pas moyen d'être nul en physique si on veut être astronaute.

J'ai regardé le site de la NASA en rentrant à la maison. Il se trouve qu'ils recrutent en permanence des volontaires pour partir en mission spatiale longue durée. Comme un voyage sur Mars, par exemple.

D'accord, pour l'instant, personne n'y est encore allé, mais ils font des simulations – toute l'équipe passe dix-huit mois en isolement. Génial, non ? C'est aussi exaltant qu'un voyage dans l'espace, sans craindre d'exploser à cause d'un accident de dépressurisation ou un truc du genre.

Et avec un régime de nourriture lyophilisée, je suis sûre que je n'aurai plus d'ulcère/de cancer de l'estomac.

Parce que ça recommence, j'ai à nouveau mal.

P.S.: Demain, maths. Je suis à fond!

JEUDI 24 MAI

#espace

OMG! Ce matin, dans les toilettes, Polly a succombé aux sirènes de la tricherie: elle a caché une antisèche avec ses formules de maths dans sa culotte! On ne peut pas tomber plus bas. Ça doit être le truc le plus intellectuellement évolué qui soit arrivé dans ce coin-là. Mais évidemment, elle n'est pas allée aux toilettes pendant l'exam pour la consulter tranquille parce que, sérieux, qui ose faire ça?

Alors qu'on attendait d'entrer dans la salle, Polly a remarqué:

– On dirait que Miriam va tomber dans les pommes.

J'allais lever les yeux au ciel mais, submergée par une soudaine vague d'empathie, je suis allée la voir pour lui dire:

– Tu peux y arriver, tu sais. Et de toute façon, tu ne fais pas ça pour tes parents, mais pour toi.

Alors elle a répliqué un truc du style:

– Tu es bien sotte de croire qu'il y a autre chose qui compte dans ma vie que mes notes et mes parents.

Je pense que c'était ironique, parce qu'elle est du genre passif-agressif, donc je n'ai pas riposté. Je suis retournée auprès de Polly qui rajustait peu subtilement sa culotte/son antisèche.

Enfin, bref, je pense que je m'en suis bien sortie. J'ai finalement trouvé la motivation qui me faisait défaut : toutes mes synapses s'activent pour accéder à la solitude interstellaire.

P.S. : En fait, en cas de dépressurisation, le corps n'explose pas instantanément, ce sont les auteurs de science-fiction qui ont inventé ça pour l'effet dramatique. Selon Internet, on survivrait une minute ou deux.

Le plus fascinant c'est que tous les liquides proches de la surface du corps s'évaporeraient instantanément – l'humidité des yeux, la salive.

Non mais imagine, le crachat qui s'évapore !

P.P.S. : Paraît-il qu'ils vendent des sachets de nourriture lyophilisée au musée des Sciences. Je devrais peut-être en acheter.

P.P.P.S. : *Peindre avec son chat* a disparu, or personne ne se rappelle l'avoir vendu. Je parie que Kate est en train de le lire en ce moment même.

VENDREDI 25 MAI

#enferlitteraire

Aujourd'hui, j'ai eu ma seconde épreuve de littérature. L'horreur.

La nuit, j'avais rêvé que je ne trouvais pas la bonne salle, si bien que quand je me suis assise à ma place ce matin, avec ma copie devant moi, j'étais déjà contente.

Mais bon, je ne veux plus jamais entendre parler de *Roméo et Juliette*, c'est mort (LOL, je suis trop drôle).

On est en vacances.
Fin d'une semaine de pur stress.

21h05

J'ai envoyé une photo de mon bleu à Emma.
Elle a répondu : « Allumeuse ».
Puis elle m'a annoncé que la semaine prochaine, elle comptait réviser le matin et travailler à la friperie l'après-midi.
Ça me semble un bon compromis, parce que si je passe mes journées à réviser, je vais craquer.

SAMEDI 26 MAI

#unehistoiredepollen

J'ai le cerveau embrumé.
Peut-être que j'ai le rhume des foins.
Selon Internet, voilà les symptômes :
- Nez qui coule ou bouché
- Yeux rouges, qui pleurent, qui grattent (conjonctivite allergique)
- Éternuements
- Toux
- Irritation du nez, de la gorge, du larynx
- Cernes bleus et gonflés
- Mouchage postérieur (LOL)
- Fatigue

En fait, je n'ai aucun symptôme, à part la fatigue, mais aujourd'hui le taux de pollen dans l'air était très élevé, j'en avais même dans les cheveux. C'est peut-être ça qui m'a embrumé l'esprit.

Emma et moi, on est allées au Starbucks chercher une tournée pour toute la friperie, cet aprèm.

Il faisait vraiment chaud, sec et ensoleillé (d'où le niveau de pollen), donc c'était bondé. On a dû attendre des heures. J'étais tranquillement accoudée au présentoir de muffins et autres gâteaux, juste devant Emma quand, tout à coup, j'ai senti sa main dans mes cheveux.

EMMA : Tu es couverte de pollen.

MOI : …

EMMA : Tu as dormi dehors ou quoi ?

MOI : Je ne sais pas… Enfin, non.

EMMA *(elle rit, ôtant les particules jaunes de mes cheveux)* : …

MOI : Tu te moques de moi ?

EMMA : Pourquoi je me moquerais de toi ?

MOI : Parce que je suis une catastrophe ambulante, pleine de bleus, de pollen, obligée de porter des trucs de la friperie…

Elle m'a regardée.

Simplement regardée.

Et je me suis aperçue que je ne faisais plus attention à ses yeux. Sans doute à cause du stress des exams. Alors j'ai remarqué qu'ils n'étaient plus pareils, maintenant qu'on était presque en été.

Elle m'a souri en enroulant une mèche de mes cheveux autour de son doigt. Je ne savais pas si je devais reculer ou au contraire suivre le mouvement. Je me suis laissé faire jusqu'à ce que nos visages soient si proches que je sentais sa chaleur.

Et là, elle a dit :

– T’es pas une catastrophe ambulante.

J’ai fixé sa bouche parce que je ne pouvais plus la regarder dans les yeux, mais ça n’a rien arrangé, du coup, je me suis retrouvée à marmonner un truc du genre :

– *Mpff.*

Elle a souri et passé la langue sur ses lèvres. Et j’ai fait :

– Bref, je ne sais plus de quoi on parlait.

Emma a lâché ma mèche en acquiesçant :

– Ouais.

Ouais.

Ouais quoi ?

Ouais ?

Quand on est rentrées à la friperie, Kate nous a annoncé qu’on (l’équipe de la friperie) allait recevoir une récompense pour avoir récolté tant d’argent avec l’affiche de *Star Wars*.

Le grand patron de la friperie solidaire contre le cancer en personne va venir nous remettre un diplôme ou une décoration, ou je ne sais quoi.

Pour être honnête, je n’écoutais que d’une oreille, parce que le « ouais » d’Emma résonnait encore dans ma tête.

23 h 14

Je ne comprends pas pourquoi c’est si bizarre avec Emma. Je veux dire, Polly me retire sans arrêt des trucs des cheveux, mais ça ne me fait rien de spécial. Je m’en rends à peine compte.

LOL, si je racontais à Polly ce qui s’est passé avec Emma, que j’étais toute bête et bredouillante, elle se moquerait genre : « Elle est amoureuse ! »

Ha ha.

23 h 55
OMG !

DIMANCHE 27 MAI

#WTF

Je crushe sur Emma. J'ai pas le temps de crusher sur Emma.

En plus, j'ai mis une éternité à m'en apercevoir. Alors que je présentais tous les symptômes classiques d'abrutissement amoureux :

- espionnage permanent sur les réseaux sociaux
- jalousie
- insomnie
- taux d'adrénaline au max
- perte d'appétit
- cerveau en détresse

Je ne suis pas comme Pat. Je suis comme Polly ! Peut-être même pire.

Non, je ne veux pas que ça m'arrive.

Pas question.

J'ai l'impression de m'être trompée de cerveau.

Ce matin, j'ai fait le poirier contre mon placard parce que c'est bon pour les organes, paraît-il. J'espérais secrètement que faire remonter le sang au cerveau ranimerait les quelques synapses intactes qui me restent.

Je suis restée la tête en bas jusqu'à être au bord de l'évanouissement et ça a marché parce que, deux minutes plus tard, j'étais là : « Tu vaux mieux que ça, Phoebe. »

Alors voilà mon plan :
• Ne pas être amoureuse d'Emma.

De toute façon, ça ne sert à rien car même si elle a laissé entendre qu'elle était attirée par les filles, elle ne risque pas d'être amoureuse de moi parce que :

a) je suis inapte socialement,
b) je suis ridicule,
c) je ne suis pas drôle,
d) et je suis le genre d'idiote qui va dire qu'on meurt tous seuls à quelqu'un qui vient de perdre son frère.

C'est dingue que ça ne m'ait jamais effleuré l'esprit que je puisse être attirée par les filles. Je viens quand même de réaliser (quand j'avais la tête en bas) que pour une fan absolue de *DrWho*, jamais je n'avais fantasmé sur le docteur avant que ce soit une femme.

Je n'ai jamais eu de crush sur une vraie fille de la vraie vie avant.

Pour être honnête, je n'ai jamais eu de crush sur un vrai garçon de la vraie vie non plus, donc ça ne nous avance pas beaucoup.

Qu'est-ce qui m'arrive ?

Je vais faire un tour. J'en peux plus.

16 h 40

Ça n'a rien arrangé de marcher.

Je n'ai pas le temps d'être amoureuse. Je suis déjà assez occupée avec les exams. Mon cerveau fonctionne à plein régime, je n'ai pas d'énergie à perdre avec des trucs flous comme ça.

Je suis trop énervée pour réviser, je descends regarder des conneries à la télé.

18 h 56

Quand James et Kate sont rentrés de leur balade, j'étais toujours affalée sur le canapé.

Tous les chatons s'étaient blottis sur moi pour roupiller. Richard appuyait sur mon bleu, mais je ne voulais pas le déranger.

Kate et James ont mis au moins un quart d'heure à remarquer que j'étais là, ensevelie sous les chatons.

Kate m'a dévisagée genre :

– Ça va, Phoebe ?

J'ai pensé « non, c'est l'enfer », mais je me suis contentée de répondre :

– Ouais, ouais.

KATE : Tu as mangé ?

MOI : Non, pas aujourd'hui.

KATE : Tu as eu ta mère ?

MOI : Non, pas aujourd'hui.

KATE *(me dévisageant comme si j'étais une extraterrestre ou une créature au bord de la combustion spontanée)* : Si tu essayais de l'appeler, et ensuite tu pourrais aider James à préparer le dîner ?

MOI : J'ai pas faim.

KATE : Dommage pour toi, poussin, parce que tu vas manger.

Classique.

21h05

J'ai dû faire un rapport à ma mère sur tous les exams que j'ai passés cette semaine.

Au milieu de la conversation, je me suis souvenue de mon projet de bosser pour la NASA, et ma mère a fait genre :

– C'est un projet ambitieux, ma puce. Excellente idée !

J'aimerais pouvoir leur envoyer ma candidature dès maintenant. Être expédiée en mission sur Mars, c'est tout à fait ce qu'il me faudrait, en ce moment.

23h09

Mon cerveau a envie de m'imaginer en train d'embrasser Emma, mais si je le laisse faire, c'est fichu, alors j'essaie de bloquer cette pensée, sauf que je sens qu'elle rôde dans l'ombre.

23h11

C'est dingue, dès qu'on essaie de ne pas penser à quelque chose… bah, ça ne marche pas.

23h23

Je viens de me rendre compte qu'en fait, je n'ai jamais embrassé quelqu'un qui me plaisait. Et la fois où Toby a essayé de m'aspirer le visage en cinquième m'a complètement traumatisée, parce que :

1) il avait une langue énorme,

2) il avait un goût de chips oignon-fromage.

23h44

Je devrais peut-être réviser toute la journée cette semaine, finalement, pour ne pas voir Emma.

Qu'est-ce que je vais faire ?

LUNDI 28 MAI

#pasamoureusedemma

Aujourd'hui, dans *Métro*, il y avait un article qui pourrait bien me sauver la vie.

Cinq astuces pour oublier ce crush de boulot pas pro.

Le journal était sur la banquette quand je suis montée dans le bus, j'ai donc interprété cela comme l'intervention divine que j'espérais.

Voilà ce qu'il faut faire :

1) Éviter de se retrouver seul avec la personne en question (par exemple dans l'ascenseur ou dans une salle de réunion).

2) Éviter de prendre sa pause-déjeuner en même temps.

3) Refuser d'aller boire un verre après le boulot.

4) Se rappeler qu'on a une vie en dehors du bureau et qu'elle vaut la peine d'être vécue.

5) Se demander si cette personne est vraiment notre genre ou si c'est juste pour flirter devant la machine à café.

OK. Les trois premiers conseils sont faciles à suivre.

Le quatrième pose problème en revanche, parce que, en dehors de la friperie, ma vie ne vaut pas vraiment la peine d'être vécue. Quant au cinquième point, je ne comprends pas trop, parce que je ne crois pas être attirée par un genre de personne en particulier, et que je ne crois pas que j'aime flirter parce que je ne sais pas comment m'y prendre.

Cette liste est un peu trop générique, j'ai donc décidé de juste m'appuyer dessus pour échafauder mon plan « Comment ne plus crusher sur Emma » :

1) Éviter de me retrouver seule avec elle (dans la réserve, chez Kate).

2) Éviter d'aller au Starbucks ou au Sprinkles.

3) Refuser les activités après le boulot (prendre les chats en photo, par exemple).

4) Me rappeler que j'ai d'autres amies (enfin presque, cf. Polly).

5) Me demander si je supporterais d'essayer d'embrasser Emma et qu'elle recule, horrifiée.

Je pense que le cinquième point est crucial si je veux retrouver toute ma tête. Je préfère mourir sachant que je suis haut dans l'estime d'Emma plutôt que de me ridiculiser et de saisir qu'elle explose de rire dès qu'elle entend mon nom.

Et puis, de toute façon, Emma est malade et elle n'est pas venue à la friperie.

Je suis assez impressionnée qu'elle ait réussi à tomber malade pile pendant les vacances au lieu de devoir passer les exams avec le nez qui coule sur sa copie.

MARDI 29 MAI

#bouillondepoule

J'ai pris une photo du chapitre « Cuisiner pour les invalides » dans le *Manuel de la maîtresse de maison – Cuisine et tenue du foyer* et je l'ai envoyée à Emma.

Il y a la recette du bouillon de légumes, mais comme il faut savoir faire un fond de bouillon de poule, je lui ai envoyé cette dernière page également.

Elle a répondu immédiatement :

EMMA : Je ne suis pas si malade que ça. Je tuerais pour un soda ou un Starbucks mais ma mère me fait tisane sur tisane. Au secours !

Je passerai chez elle demain lui apporter un soda (et des M&M's).

Pas parce que je suis amoureuse (je suis déterminée à appliquer strictement mon plan) mais parce que c'est mon amie.

MERCREDI 30 MAI

#mmeemma

La mère d'Emma est désagréable comme pas possible.

Je n'aurais jamais cru.

Je suis arrivée chez eux vers onze heures et j'ai sonné à la porte.

Je pensais qu'Emma serait seule à la maison, vu qu'on est en milieu de semaine et que tout le monde travaille, mais sa mère m'a ouvert et toisée genre : « Qu'est-ce que vous voulez ? »

MOI : Bonjour, je viens voir Emma.
ELLE : Et tu es ?
MOI : Phoebe.
ELLE : …
MOI : Une de ses amies. Logique.
ELLE : …
MOI : De la friperie solidaire.

ELLE : J'ai bien peur qu'Emma ne soit pas en état de recevoir de la visite.

MOI : Elle a dit qu'elle n'était pas vraiment malade.

ELLE : Il me semble que c'est à moi d'en juger, Phoebe. Si tu permets.

MOI *(pensant « Hé, ho, on se calme ! »)* : …

ELLE : Emma sera de retour à la friperie la semaine prochaine.

Juste à ce moment-là, j'ai aperçu du mouvement en haut de l'escalier, du coup, je me suis décalée pour mieux voir. C'était Emma qui me faisait signe et articulait « désolée » en désignant sa mère.

MOI *(plus fort pour qu'elle m'entende aussi)* : Je lui ai apporté un chaï du Starbucks, un soda et des M&M's.

ELLE : C'est très aimable de ta part, mais ce n'est pas bon pour sa santé.

EMMA *(articulant du haut de l'escalier)* : Nooon !

MOI *(m'efforçant de toiser Mme Emma d'un regard à la fois compréhensif et haineux)* : Très bien. Je lui donnerai la prochaine fois que je la verrai, dans ce cas.

ELLE : Je pense que ça vaudrait mieux.

MOI : Au revoir.

ELLE *(soudain toute mielleuse parce que je m'en vais)* : Au revoir, Phoebe. Ravie d'avoir fait ta connaissance.

Je déteste les gens hypocrites comme ça.

Va te faire voir.

Je suis retournée à la friperie à pied et, en arrivant, j'ai annoncé à Kate :

– Ça aurait pu mieux se passer. La mère d'Emma est une vraie connasse.

KATE : Je crois que l'expression que tu cherches est « mère poule ».

MOI : Tu l'as déjà rencontrée ?

KATE : Une seule fois. Mais je pense qu'elle se fait beaucoup de souci pour Emma.

MOI : Oui, enfin, je n'allais pas l'empoisonner, hein ! Je voulais juste lui faire plaisir.

Je me suis affalée près de la centrale-vapeur pendant une demi-heure en sirotant les deux chaï au lait de soja tout froids sans parvenir à choisir l'article de la semaine. Je ne pensais qu'à Emma, en me demandant si elle avait un goût de chaï au lait de soja. Sucré, crémeux et épicé.

J'ai l'impression que ça ne va pas être si facile de désaimer Emma.

D'accord, ça fait seulement deux jours que j'essaie. Il faut que je fasse plus d'efforts.

Enfin elle peut me plaire sans que, forcément, je veuille sortir avec elle, non ?

Qu'est-ce que ça veut dire d'abord ? Plaire, aimer…

P.S. : Aimer (verbe transitif) : avoir pour quelqu'un, quelque chose, de l'affection, de la tendresse, de l'amitié ou de la passion.

OK, donc je peux aimer les gâteaux, avoir une passion pour les gâteaux au chocolat, avoir envie, très envie d'y goûter…

MAIS ça ne veut pas dire que je suis obligée d'en manger.

Très bien, ça me va.

Ou alors, je peux traiter mes sentiments (beurk !!!) comme une maladie chronique, genre diabète : accepter leur existence, reconnaître qu'ils sont gênants, les comprendre et les gérer.

JEUDI 31 MAI

#toujourspasamoureusedemma

Emma m'a envoyé un texto au milieu de la nuit.

EMMA : Je voulais te dire, je suis désolée que ma mère ne t'ait pas laissée entrer. Elle en fait trop. Au moindre éternuement, toute la famille est confinée pendant une semaine. J'espère qu'on se verra samedi.

MOI : T'en fais pas. Tous les parents sont bizarres. Et puis, c'est toujours mieux que d'avoir une mère qui a oublié ton existence.

EMMA : Je suis sûre que ce n'est pas vrai.

MOI : Si.

EMMA : Ma mère ne me laisse même plus aller dormir chez une copine.

MOI : Pourquoi ?

EMMA : De peur que je meure aussi.

MOI : Désolée.

EMMA : C'est pas grave.

MOI : On devrait fuguer ensemble.

EMMA : Je fais mon sac.

MOI : Mes grands-parents habitent à Hong Kong. Ils sont un peu chelous mais on pourrait habiter chez eux gratis.

EMMA : Je passe par la fenêtre.

MOI : Je réserve les vols en attendant que tu viennes me chercher.

EMMA : *OMG*. Ce serait trop cool.

MOI : Ouais.

EMMA : Dors bien.

MOI : Toi aussi. Qu'on puisse se voir samedi.

EMMA : J'ai hâte.

MOI : Moi aussi.

EMMA : x

MOI : ...

Bien sûr, je n'ai pas pu fermer l'œil de la nuit après ça. Et, au lieu de réviser, j'ai passé ma matinée à regarder par la fenêtre, dans le vide. Et cet aprèm, à la friperie, j'ai tout fait tomber parce que, apparemment, l'amour attaque les fonctions psychomotrices de base.

J'ai cassé un immonde pot-pourri en cristal. Du coup, tout le magasin empestait la lavande synthétique et Pat a fait style :

– Oh, Kate, ça me donne la migraine. Je crois que je ne vais pas pouvoir travailler aujourd'hui.

(Comme si elle se bougeait d'habitude – *OMG,* ce qu'elle m'énerve !)

J'ai levé les yeux et Kate m'a demandé :

– Qu'est-ce qui t'arrive, aujourd'hui ?

Alors j'ai répliqué genre :

– Pourquoi ? T'as jamais rien fait tomber de ta vie ?

Derrière sa caisse, Alex a éclaté de rire.

Kate a soupiré :

– OK, Miss Sale-Caractère. Si tu allais déjeuner avec Alex ?

Du coup, Alex et moi, on s'est assis au soleil devant la porte de derrière pour manger nos sandwichs, puis on est allés au Sprinkles s'acheter une glace à emporter. J'ai choisi mangue, fraise et pêche, tandis qu'Alex prenait trois boules chocolat. À mi-chemin, je l'ai regardé. Il avait du chocolat partout, et du coup, j'ai dit :

– J'aurais dû prendre chocolat.

Alex a affirmé :

– Il faut toujours savoir ce qu'on veut pour ne pas avoir de regrets.

Mais qu'est-ce que je veux ?

P.S. : Pour l'instant, je suis mon plan et ça marche. Mais pour être honnête, je n'ai pas croisé Emma.

VENDREDI 1ER JUIN

#lifeonmars

Aujourd'hui, j'en suis arrivée à la conclusion que la seule solution à mon problème était d'intégrer le programme spatial de la NASA.

Je ne peux pas passer ma vie à tenter d'ignorer que je crushe sur Emma, parce qu'alors, je serais aussi folle que tout le monde, simplement d'une manière différente.

Je me suis donc renseignée sur les études d'astrophysique à l'université.

Au King's College, à Londres, il y a un diplôme de physique, astrophysique et cosmologie, ce qui me semble pas mal.

Mais pour partir en mission avec la NASA, il faut parler couramment russe et anglais.

J'aurais aimé qu'on me le dise quand j'ai choisi la langue que j'allais présenter aux exams. Pourquoi le français, hein ? À quoi ça va me servir ? Je ne suis même pas sûre qu'il soit nécessaire de parler français pour bosser à l'Agence spatiale européenne.

Ils devraient proposer LV2 russe à tous ceux qui envisagent une carrière à la NASA, parce que maintenant je vais devoir apprendre le russe par mes propres moyens, et en plus, j'ai cinq ans de retard sur ceux qui sont dans un bahut avec une vision de l'avenir, et bien sûr, sur les Russes qui parlent aussi bien russe qu'anglais, parce que, évidemment, tout le monde parle anglais.

J'en ai discuté avec James qui, soit dit en passant, semble avoir emménagé à la maison alors qu'il est censé boucler son mémoire et qu'il devrait être en train d'écrire, de peindre ou de faire je ne sais quelle activité extravagante que les étudiants en art sont censés pratiquer. Enfin bref, il a dit que si je vais dans une bonne université et que je suis vraiment sûre de mon projet, je pourrai faire russe grand débutant à ce moment-là.

Sauf que c'est compliqué parce qu'ils ont un alphabet tout bizarre.

Comme l'hébreu, d'ailleurs.

Mais qui sait, peut-être ai-je hérité de mon père les gênes de l'alphabet bizarre si bien que ce sera du gâteau pour moi.

Et au lieu de demander qu'on me paye mon permis comme tout le monde, je choisirai des cours de russe pour mon anniv. Après tout, qu'est-ce que je ferais d'une voiture à Londres – ou dans l'espace, d'ailleurs ?

SAMEDI 2 JUIN

#emmaleretour

Emma était de retour aujourd'hui. Franchement, elle n'a pas l'air d'avoir été malade.

Je ne savais pas quoi lui dire parce que, cette semaine, toutes les conversations que j'ai eues avec elle, c'était dans ma tête, en fait. J'ai donc fait mine d'être super occupée et je me suis contentée de lui lancer un « salut » de l'autre bout de la réserve.

Elle m'a rejointe direct et, l'espace d'un instant, j'ai cru qu'elle allait me serrer dans ses bras et, sérieux, je me suis raidie de la tête aux pieds.

Mais finalement, on est restées plantées là, face à face, et elle m'a fait :

– Alors, comment va ton bleu ?

MOI *(me raclant la gorge parce que, visiblement, c'est un nouveau tic chez moi)* : Très bien, oui, super. Beaucoup mieux. Et toi, ça va ?

EMMA : Je suis enfin sortie de prison.

MOI : Oh.

EMMA : Encore désolée pour ma mère.

MOI *(haussant les épaules)* : …

EMMA : …

MOI : Je t'ai gardé ton soda.

J'ai sorti la bouteille du frigo pour la lui donner en ajoutant :

– Et je t'avais acheté des M&M's.

Alors elle a fait :

– *OMG,* je t'aime trop !

Et là, elle m'a serrée dans ses bras.

Tu vois, quand t'es chez le dentiste et qu'il te dit qu'il te faut un plombage et qu'il va te le faire maintenant alors que tu ne t'y es pas du tout préparée et que tu es là, allongée dans le fauteuil, impuissante, et que ton cœur bondit comme s'il voulait sortir de ta poitrine ?

Pareil.

Elle m'a souri avec ses yeux bleu pâle – ce qui signifie qu'elle fixait quelque chose et que ses pupilles s'étaient rétractées et que donc le tissu rétinien s'était étiré et paraissait plus clair. Comme quand on gonfle un ballon et que le caoutchouc s'étire.

Puis elle a ouvert son soda et elle a fait :

– Comment ça va, Pat ?

Et Pat a répondu genre :

– Oh, tu me connais. Toujours aussi vieille. Mais mon appart est toujours tout beau. Et ça fait plaisir de te revoir. Je n'ai eu personne à qui parler de toute la semaine.

Je HAIS cette femme. Parce que j'étais là, moi. Toute la semaine.

P.S. : J'ai du mal à comprendre ce que je ressens pour Emma. Un coup, j'ai envie de lui faire une déclaration, et une seconde plus tard, je ne veux plus jamais la revoir.

P.P.S. : J'aimerais pouvoir en parler à Polly.

P.P.P.S. : Mais Polly partirait dans un grand truc romantique et ça ne m'aiderait pas à étouffer mes sentiments.

DIMANCHE 3 JUIN

#piegees

Maman a voulu connaître le programme détaillé de mes prochains exams, puis elle m'a questionnée sur mon avenir dans la NASA, sauf que je n'étais pas d'humeur à discuter, donc j'ai coupé court en faisant style :

– Tu connais le nouveau copain de Kate ?

Elle a démarré au quart de tour genre :

– Parce que Kate a un nouveau copain ?

J'ai descendu l'ordi portable avec ma mère à l'écran et on a surpris James et Kate sur le canapé.

Ils n'étaient pas en train de coucher ensemble ni rien, mais ils étaient trop gênés, c'était génial.

Alors j'ai fait :

– Maman, je te présente James. James, maman.

Et il a répondu :

– Salut, maman.

Et j'ai bien vu que Kate avait envie de mourir sur place, parce qu'elle a sorti :

– Je t'envoie un mail, Amélia. Dégage, Phoebe.

Maman était hilare. Elle a protesté :

– Non, non, attends, Phoebe. Si tu t'en vas maintenant, je te déshérite.

J'ai donc laissé la webcam braquée sur Kate et James.

MAMAN : Salut, James.

JAMES : Rebonjour.

MAMAN : Donc… avec Kate, vous êtes en couple ?

KATE : Amééééliaaaaa !

JAMES *(souriant, maxi-alerte fossettes)* : Oui, on sort ensemble.

KATE : Ah bon ?

JAMES : Bah, oui, évidemment.

MOI *(riant en mon for intérieur)* : …

KATE : Amélia, raccroche – je t'envoie un mail.

MAMAN : Mais on passe un si bon moment.

KATE : Amélia !

MAMAN : Bon, d'accord, mais ce soir, le mail.

KATE : OK.

MAMAN : Et je veux tous les détails.

KATE : Dégage !

Après, maman est repartie sur mon projet de devenir astronaute. D'après elle, le King's College est une excellente université, je devrais regarder tout de suite leurs conditions d'admission.

Le problème avec maman, c'est que je ne sais jamais si elle dit tout ça parce qu'elle s'intéresse à moi ou parce qu'elle veut que je l'aime.

P.S. : Je me suis un peu égarée durant mes révisions et j'ai incidemment découvert que le poirier était le pire truc à faire pour me délivrer de mon crush sur Emma.

Apparemment, quand on est attiré par quelqu'un, le sang afflue vers le centre du plaisir du cerveau, qui est également impliqué dans les troubles obsessionnels compulsifs. J'ai donc sans le vouloir entretenu mon obsession en faisant s'accumuler le sang dans ma tête.

Je vais essayer de contrer cet effet néfaste en restant debout vingt-quatre heures sur vingt-quatre. Je vais sans doute rater tous mes prochains exams à cause de mon cerveau brutalement privé de sang.

Ah, la vie ! Que de retournements de situation !

LUNDI 4 JUIN

#passionobsessionconfusion

Ce matin, avant l'épreuve d'histoire, Polly m'a attirée dans les toilettes.

POLLY : J'ai basculé mon bassin, et hop !

MOI : …

POLLY : Orgasme vaginal.

MOI : On a un exam d'histoire dans cinq minutes.

POLLY : Oui, mais je voulais te prévenir. Ça n'a pas marché tout de suite et ce n'est arrivé qu'une fois mais…

MOI : On a un exam d'histoire dans cinq minutes.
POLLY : Ouais, je sais. C'est trop cool. Je t'adore.

Puis elle m'a fait un clin d'œil avant de filer hors des toilettes, sur son petit nuage.

Je sais que tout est ma faute mais…
OH!
MY!
GOD!

Le soir, dans le bus, j'ai envoyé un texto à Emma :

a) parce que, inconsciemment, je sais que j'ai perdu Polly pour toujours et qu'elle est maintenant à Tristan, donc je me raccroche pathétiquement aux personnes stables de mon existence et…

b) parce que je suis stupide.

J'étais là genre :

PHOEBE : Tu révises ? Ou bien ça te dirait de venir voir Richard ?

Et elle a fait style :

EMMA : Je passe vers cinq heures.

Et parce que mon cerveau était en pause bus, je lui ai proposé de rester dîner et elle a accepté.

J'ai dû demander à Kate si elle était d'accord, elle m'a répondu de ne pas être bête, qu'Emma pouvait venir quand elle voulait mais pas rester tard à cause de demain (une épreuve de grammaire et une de géographie).

Quand j'ai ouvert la porte, Emma a annoncé :

– Bonjour, je viens voir Richard.

Et j'ai répondu :

– Veuillez me suivre, madame.

Elle a joué avec lui un petit moment, puis il s'est endormi sur elle. Je lui ai dit de ne pas bouger pendant que j'allais aider Kate à faire le dîner.

MOI : Tu ne peux pas vendre Richard. Emma lui a sauvé la vie. C'est elle qui devrait le garder.

KATE : …

MOI : Il la prend pour sa mère. Il a un faible pour elle.

KATE : Ah oui, vraiment ?

MOI *(râpant du fromage)* : C'est quoi, ce ton, là ?

KATE : Quel ton ?

MOI : Comme si j'inventais.

KATE : Phoebe ? Inspire profondément.

MOI *(inspirant profondément)* : …

KATE : Encore.

MOI *(inspirant encore)* : …

KATE *(chuchotant)* : Je crois que c'est toi qui as un faible pour Emma.

MOI *(ne respirant plus)* : …

KATE : …

MOI : …

KATE *(chuchotant toujours)* : OK, on passe à autre chose. Mais tu ne peux pas lui donner un chaton comme ça, tu sais. Sa mère va faire une crise cardiaque. Elle a la phobie des microbes, et on ne peut pas lui en vouloir.

MOI *(chuchotant très fort)* : Non, j'ai pas de faible pour Emma.

KATE *(chuchotant tout aussi fort)* : Là, je te parle du chaton.

MOI : Et même si c'était vrai, alors quoi ?

KATE : Alors rien.

MOI : Je te préviens, si tu fais la moindre allusion, je ne t'adresse plus jamais la parole.

KATE *(faisant mine de verrouiller ses lèvres avec une clé invisible avant de la jeter par-dessus son épaule)* : …

Du coup, quand j'ai raccompagné Emma chez elle après le dîner, j'étais mal à l'aise. Je ne savais pas quoi dire et je devais réfléchir pour arriver à poser un pied devant l'autre. Le temps qu'on arrive chez elle, j'avais carrément perdu l'usage de la parole et je me tenais là, complètement ahurie, comme une étrangère dans ma propre vie.

EMMA *(fixant ses chaussures, avant de me sourire, un peu moqueuse)* : Bonne nuit. Et bonne chance pour demain.

MOI : Pourquoi ? Y a quoi demain ?

EMMA *(hilare, se fichant ouvertement de moi)* : Les exams.

MOI : Ah oui. C'est vrai. OK. J'ai failli oublier. Bonne nuit.

Si on pouvait mourir de honte, je serais décédée.

MARDI 5 JUIN

#lesdangersdelamour

Je suis épuisée.

Je n'ai pas très bien dormi suite à la soirée d'hier, et tout le monde m'a stressée ce matin, à poser des questions idiotes à la dernière minute, si bien que quand je me suis retrouvée devant ma copie de grammaire, je ne savais même plus écrire mon nom.

Sinon, la personne de l'asso contre le cancer vient à la friperie vendredi soir pour nous remettre le prix de la meilleure collecte de fonds.

Il y aura même quelqu'un de la *Gazette de Wimbledon*. Kate veut qu'on vienne tous pour être sur la photo et éveiller les consciences.

J'aimerais bien que cette année scolaire se dépêche de finir, parce que je ne supporte plus rien ni personne – les exams, Polly, Tristan, les chatons, la friperie, Emma.

Je crois que je suis allergique aux émotions.

Quand Polly a flashé sur Tristan, elle a foncé. Elle aime être amoureuse et se sentir consumée de désir.

Pas moi. J'ai l'impression de me démener dans des sables mouvants. Je ne peux pas faire le moindre mouvement, sinon je m'enfonce encore plus, je n'arrive plus à respirer, c'est l'horreur.

Être amoureux, c'est ridicule, et ça pousse les gens à faire des trucs ridicules.

Y a qu'à voir Roméo et Juliette : ridicule.

MERCREDI 6 JUIN

#joursansexam

Aujourd'hui, tous les gens intelligents (comme Emma) qui ont pris espagnol plutôt que français passaient leur exam, et moi, j'avais la journée libre.

J'ai révisé les maths tout l'aprèm, ce qui était étrangement apaisant. J'apprécie la logique, la structure. Je comprends tout, il n'y a qu'une seule bonne réponse à chaque fois. En plus, devant les chiffres, mes pensées ont tendance à moins s'égarer.

Maman a envoyé un mail pour dire qu'elle serait de retour pour mon anniv et qu'on ferait une grosse fête dans le jardin en invitant tous mes « nouveaux » amis. Et James.

Je me demande si elle se retrouvera un jour un copain.

Peut-être qu'elle n'en veut pas.

Ou peut-être qu'elle en a un.

Peut-être qu'il est comme mon père : israélien, drôle et beau gosse.

JEUDI 7 JUIN

#maths

Aujourd'hui, j'ai passé ma seconde épreuve de maths en m'imaginant que c'était l'exam pour intégrer le programme d'exploration de Mars de la NASA.

Je pense que j'ai bien réussi.

J'ai fini avant tout le monde, du coup, j'étais là : « *Mmm*… est-ce que je reste à relire ma copie mille fois alors que je sais que j'ai tout bon, ou bien je la rends ? »

Je l'ai rendue.

En sortant, Miriam a avoué que c'était moins pire que ce qu'elle croyait.

Quelle *drama queen*.

Emma m'a envoyé un texto pour me demander si je venais à

la friperie demain soir, j'ai dit que oui et elle a répondu quelque chose comme « cool parce qu'Alex vient aussi, comme ça, on passera manger une glace au Sprinkles avant ».

Une partie de mon cerveau était là genre : « N'oublie pas ton plan, Phoebe », alors que l'autre faisait style : « Le plan ? Quel plan ? »

P.S. : Demain, on a épreuves de grammaire et d'histoire. Franchement, je n'ai qu'une envie, passer une semaine à dormir. J'ai mal partout. En parlant de mal, maintenant, mon bleu ressemble à un suçon.

VENDREDI 8 JUIN

#remisedeprix

C'était la canicule, aujourd'hui.

J'ai cru que j'allais fondre pendant l'épreuve de grammaire. Ils avaient beau avoir ouvert toutes les portes et les fenêtres pendant l'heure du déjeuner pour aérer, il faisait une chaleur de malade l'après-midi. Et au lieu de me concentrer sur l'histoire, je ne pensais qu'à l'avenir et à l'envie de sortir de cette pièce en vie. La Juive en moi n'arrêtait pas de gémir : « *Oy vaï !* »

Après j'ai filé à la maison pour prendre une douche avant de retrouver Alex et Emma et, après avoir passé une demi-heure à essayer toutes sortes de tenues, je me suis rabattue sur mon éternel jean noir. Le temps d'arriver au Sprinkles, j'étais à nouveau en nage.

J'ai lu quelque part qu'on sait ce qu'on ressent pour quelqu'un quand on le revoit après une longue absence.

Quand on s'est retrouvées devant le glacier, ça faisait exactement quatre-vingt-treize heures que je n'avais pas vu Emma, ce qu'il serait abusif de qualifier d'absence prolongée – pourtant, je n'arrivais pas à détourner les yeux. Et j'ai mis cinq bonnes minutes à articuler une phrase complète, ce qui signifie que, en réalité, je ne l'aime pas comme j'aime le gâteau au chocolat dont je peux prendre une part ou non si bon me semble, mais plutôt que je suis grave amoureuse d'elle.

MOI : Salut.
EMMA : Salut. Ça va ?
MOI : Oui.
EMMA *(souriant)* : …
MOI *(ne souriant sans doute pas)* : …
EMMA *(souriant encore plus)* : …
MOI *(ne souriant toujours pas)* : …
EMMA : Alors, comment ça s'est passé, aujourd'hui ?
MOI : L'enfer.
EMMA : Moi aussi. Trop chaud.
MOI : Si je rate, je ne repasse rien.
EMMA *(hochant la tête)* : Je crois qu'on se dit tous ça.
MOI : Sauf que moi, je ne plaisante pas.
EMMA *(me souriant comme si c'était drôle)* : …
MOI : …
EMMA : T'as pas vu Alex ?
MOI : Non.
EMMA : Il n'avait même pas d'épreuves aujourd'hui et il est en retard. Il fait sa star.
MOI : Trop.

Quand j'ai réussi à détacher mes yeux de son visage, je me suis aperçue qu'elle portait une jolie petite robe à fleurs et des Vans.

Qu'elle avait les cheveux lâchés et du gloss qui ne changeait pas la couleur de ses lèvres mais leur donnait juste l'air naturellement juteuses et délicieuses.

MOI : J'aurais dû faire un effort.
EMMA : Comment ça ?
MOI : Je suis trop moche.
EMMA *(riant)* : T'es pas moche. Tu es… toi.

Alex est arrivé. Il avait mis une chemise avec son manteau chic par-dessus malgré la chaleur. Emma et moi, on l'a regardé venir vers nous et j'ai murmuré :

– Non, sérieux, j'aurais dû faire un effort.

Emma s'est mise à rire et a proposé :

– T'as qu'à mettre un truc de la friperie, alors.

– Arrête de te foutre de moi.

J'ai pris une coupe Extrême beurre de cacahuète et cet afflux de sucre et de gras m'est monté à la tête. On s'était assis dans un box, Emma et moi, côte à côte, et Alex face à nous. Au milieu du repas (je dis « repas », sauf que ce n'en était pas un, c'était un apport calorique hebdomadaire concentré dans une coupe de glace), j'ai senti la jambe d'Emma contre la mienne, mais au lieu de changer de position, je suis restée comme ça et je me suis même serrée contre elle.

Qu'est-ce qui me prend ? Ce n'est pas comme ça que je vais arranger les choses. Je suis peut-être masochiste.

Le truc, c'est que je n'ai pas l'impression qu'Emma l'ait remarqué parce qu'elle n'a pas lâché un mot, ni lancé un regard qui puisse suggérer que c'était voulu. Du coup, je me suis souvenue de sa liste de priorités et je me suis dit : « Bien sûr, pour elle, c'est rien. »

Heureusement, on devait être à la friperie à six heures et demie, je n'ai donc pas eu le temps de trop y penser, sauf que si, j'y pensais beaucoup trop. Comme un ordinateur qui fait un scan du disque en fond de tâche alors que tu essaies de rédiger un devoir.

Le reste de la soirée s'est révélé hilarant grâce aux vieux, on peut le dire.

On aurait dit que Pat recevait la reine en personne. Elle avait mis un ensemble jupe-chemisier à froufrous trop bizarre et quand le gars de l'asso lui a serré la main, elle a fait la révérence.

On a dû reprendre la photo de groupe au moins trois millions de fois parce que Bill n'arrêtait pas de raconter des blagues et de nous faire rire.

Mélanie se contentait de secouer la tête en soupirant :

– Bon sang, Bill, tu es un vrai gamin.

À un moment, Emma a voulu que je me rapproche pour entrer dans le cadre. Elle m'a tirée par le poignet, je suis tombée sur elle, elle m'a rattrapée par les épaules et là, j'ai eu l'impression de sortir de mon propre corps.

Emma et moi, on est restées jusqu'à la fin. Pendant que Kate fermait la boutique, on attendait sur le trottoir. Je l'ai regardée, elle m'a souri et j'ai pensé : « Elle est incroyable. »

SAMEDI 9 JUIN

#sansvoix

Ce matin, Kate a frappé à ma porte à sept heures.

MOI : Maman est morte.

KATE *(elle s'assied sur mon lit, me pose la main sur la jambe)* : Non, ma puce. Ta mère va bien, mais Mélanie a eu une attaque.

MOI : Quoi ?

KATE : Mélanie a eu une attaque. Elle est à l'hôpital, mais elle ne va probablement pas s'en remettre.

MOI : Quoi ?

KATE *(elle me caresse la jambe)* : Pat vient de m'appeler pour me prévenir qu'elle était à l'hôpital avec eux.

MOI : OK.

KATE : Selon elle, ça s'annonce mal.

MOI : Comment ça ?

KATE : Elle ne va sans doute pas survivre.

MOI : Pourtant, elle allait bien hier.

KATE : Je sais, ma puce, mais une attaque, ça peut arriver n'importe quand, sans prévenir. Il faut aller très vite à l'hôpital pour préserver le cerveau au maximum. Mais Bill s'en est seulement aperçu ce matin en voyant qu'elle ne se levait pas.

MOI : Qu'est-ce qu'on fait, alors ?

KATE : Je vais aller mettre une pancarte à la friperie pour prévenir qu'on est fermé aujourd'hui, puis je file à l'hôpital. Tu peux dire à Emma de ne pas venir travailler ?

MOI : Oui, oui.

KATE : Tu veux m'accompagner à l'hôpital ?

MOI : Je crois que je n'aime pas trop les hôpitaux.

KATE : Je comprends. C'est naze. Je te donnerai des nouvelles par texto, alors, OK ?

MOI *(acquiesçant)* : …

Je suis restée assise dans mon lit en attendant que la porte d'entrée claque, puis au lieu d'envoyer un message à Emma, je l'ai appelée.

EMMA *(décrochant immédiatement)* : Salut, Phoebe.
MOI : Mélanie a eu une attaque.
EMMA : Quoi ?
MOI : Je sais.
EMMA : Oh, mon Dieu.
MOI : Elle est à l'hôpital de Kingston. Kate a filé là-bas, et y a Pat aussi. Ils pensent qu'elle ne va pas survivre.
EMMA : Oh, mon Dieu.
MOI : Je sais.
EMMA : Tu vas y aller ?
MOI : Je n'aime pas les hôpitaux.
EMMA : Personne n'aime les hôpitaux.
MOI : On n'a qu'à prendre le bus.

Quand on s'est retrouvées à l'arrêt de bus, Emma m'a prise dans ses bras, et ça ne m'a même pas gênée. C'est trop bizarre ce qu'une mauvaise nouvelle peut faire, je me suis dit. Sur le trajet, on a parlé de Bill et Mélanie, qui sont trop cool.

J'ai envoyé un texto à Kate pour la prévenir qu'on arrivait. Elle nous attendait à l'entrée.

Quand j'étais petite, j'ai dû aller aux urgences parce que je m'étais ouvert la tête en tombant d'un rocking-chair. Il me fallait des points de suture. Bizarrement, je ne me souviens plus si c'est Kate ou maman qui m'y a emmenée, mais je me rappelle que j'étais terrifiée parce que les néons étaient éblouissants et que cet endroit était tout sauf rassurant.

Dans l'ascenseur, j'ai remarqué qu'Emma tremblait, comme si elle avait froid. Kate l'a prise dans ses bras et l'a frictionnée pour la réchauffer.

KATE : C'est ici que Bradley… ?

EMMA : Non.

KATE *(la serrant contre elle)* : Ça va aller, ma puce ?

EMMA : Oui, oui, merci.

KATE : Tu n'es pas obligée, tu sais.

EMMA : Si, si, je veux être là.

KATE : D'accord.

Pat était assise dans le couloir, devant la porte de la chambre de Mélanie. Quand elle nous a vues, elle a fait :

– C'est gentil à vous deux d'être venues. C'est important de dire adieu.

J'ai répliqué :

– Je suis venue dire bonjour.

Mais elle s'est contentée de faire ce sourire hideux, genre elle sait tout et tu ne sais rien.

Comme Emma voulait tout de suite entrer dans la chambre, Pat est allée demander à Bill, et deux secondes plus tard, elle est ressortie en disant que c'était bon.

EMMA *(se tournant vers moi)* : Tu veux venir ?

MOI *(secouant la tête)* : …

EMMA : OK. Je leur dirai que tu es là.

Je me suis assise face à Pat, et Kate s'est assise à côté de moi.

KATE : Tu n'as jamais vu quelqu'un dans cet état, hein, Phoebe ?

MOI : Dans cet état ?

KATE : En train de mourir.

MOI : Elle n'est pas morte.

KATE *(elle me prend la main et me regarde dans les yeux)* : Non, mais elle se meurt. On ne sait pas à quel point son cerveau est endommagé, elle n'est pas consciente et ses reins sont en train de lâcher. Si Bill décide de ne pas la mettre sous respirateur quand le moment sera venu, elle va probablement mourir dans la journée, ou peut-être demain.

MOI : Comment tu peux le savoir ? Tu n'en sais rien.

KATE *(inspirant puis expirant profondément)* : Je suis désolée, Phoebe. C'est un fait.

MOI : Mais elle pourrait s'en remettre.

KATE : Le cerveau est un organe très complexe. Quand une si grande partie est endommagée, il est très improbable que la personne s'en remette. En tout cas, pas complètement.

Je suis restée assise là pendant une éternité, mais quand la porte s'est ouverte et qu'Emma est ressortie, je me suis dit qu'il fallait que je me reprenne, parce que si quelqu'un devait se sentir mal, c'était bien elle. Et puis Pat. Et Kate, aussi, j'imagine.

KATE : Ça va, Emma ?

EMMA *(hochant la tête)* : Elle ne souffre pas.

KATE : Non.

MOI : Qu'est-ce que vous en savez ? Ce n'est pas parce qu'elle ne dit rien qu'elle n'a pas mal. Si ça se trouve, elle hurle à l'intérieur.

Pat a carrément les yeux qui lui sont sortis des orbites. Elle allait répliquer, mais Kate l'a devancée :

KATE : Non, Phoebe. C'est une certitude. OK ? Je peux t'assurer que Mélanie ne souffre pas. Mais si tu veux la vérité vraie, je peux t'expliquer en détail.

MOI : Oui, s'il te plaît.

KATE : On n'est pas ici pour Mélanie. Elle n'est plus vraiment là. Elle ne reconnaît sans doute plus Bill, Pat ni Emma ni quiconque. Maintenant, l'important, c'est nous. Savoir si nous voulons être présents quand son corps cessera de fonctionner. Tu comprends ? La Mélanie que nous avons connue est déjà partie.

À la fin de son petit discours, Pat sanglotait, Emma pleurait sans bruit. Comme si les larmes coulaient librement de ses yeux sans qu'elle puisse les arrêter.

J'ai marmonné vaguement que je n'avais rien à faire là, je me suis levée et je suis partie.

J'ai quitté cet hôpital aseptisé et je me suis retrouvée dans la chaleur d'un après-midi de juin. Debout au milieu du parking, je ne me rappelais même pas comment j'étais arrivée là.

J'ai prévenu Kate par texto que je rentrais à la maison en bus. Et quand je suis arrivée, je me suis dit que je ferais mieux de réviser pour le déluge d'épreuves de sciences de la semaine prochaine, sauf que je n'ai pas pu.

Je n'ai même pas pu monter dans ma chambre.

Je suis restée à jouer avec les chatons de luxe et de demi-luxe dans le salon. Puis quand ils en ont eu assez et qu'ils sont retournés voir leurs mères, je suis restée allongée par terre à fixer le plafond.

James a débarqué vers midi et a lancé genre :

– Salut, Phoebe. Ça va ? Où est passée Kate ? Elle ne répond pas au téléphone.

MOI : Mélanie est à l'hôpital en train de mourir mais je suis partie.

JAMES : Excuse-moi, qu'est-ce que tu racontes ?

MOI : Mélanie a eu une attaque, tout le monde est à l'hôpital, mais Kate dit qu'elle est globalement déjà morte, donc je suis partie parce qu'à quoi bon ?

JAMES *(il me regarde comme si on ne parlait pas la même langue)* : Ça fait beaucoup d'informations en une seule phrase.

MOI : ...

JAMES : Je vais essayer de rappeler Kate.

Je lui ai tendu mon portable parce que je savais qu'elle répondrait en voyant mon numéro. James l'a pris et a disparu au premier.

Dix minutes plus tard, il est redescendu en annonçant :

– Je vais prendre un Uber pour aller à l'hôpital. Tu veux venir ?

MOI : Non.

JAMES : Bill a signé les papiers pour que Mélanie ne soit pas réanimée. Donc... enfin, tu sais ce que ça signifie.

MOI : ...

JAMES : ...

MOI : Tu t'imagines à sa place...

JAMES : Euh non, en fait.

MOI : Imagine si tu devais faire ça pour Kate.

JAMES : Je ne pourrais pas. Pourtant, si c'était l'inverse, j'aimerais qu'elle le fasse. Ça craint, hein ?

MOI : Trop. Et Emma est là, comme si c'était le truc le plus naturel du monde.

JAMES *(réfléchissant)* : C'est pas faux. Mourir, ça fait partie de la vie, non ?

MOI : Ça me fait peur.

JAMES : Moi aussi.

MOI : Tu es au courant pour son frère ?

JAMES *(hochant la tête)* : Oui. Elle m'a dit que je lui faisais penser à lui. On faisait tous les deux de l'aviron au lycée.

MOI *(me sentant soudain très bête)* : …

JAMES : Tu es sûre que tu ne veux pas venir ?

MOI *(me relevant enfin après avoir passé trois heures par terre)* : Je vais prendre de l'eau et des sweats d'abord. Au cas où… enfin, tu sais… où elle ne meure pas… pas tout de suite.

JAMES : Je t'attends dehors.

Quand on est arrivés à l'hôpital, ils avaient installé Mélanie dans une chambre tout près d'une salle d'opération parce que, comme elle est donneuse d'organes, l'équipe de transplantation attendait qu'elle arrête de respirer et qu'elle soit déclarée cliniquement morte pour pouvoir récupérer tous les morceaux en bon état rapido et sauver d'autres malades.

C'était à la fois sinistre et grotesque.

James a enlacé Kate et je me suis assise à côté d'Emma.

EMMA : Ça va ?

MOI : Pas vraiment.

EMMA *(hochant la tête)* : …

MOI : Et toi ?

EMMA : Pas vraiment.

MOI : …

On est restés comme ça en silence une éternité. Pat est allée avec Bill dans la chambre pendant qu'on était assis sur ces chaises inconfortables dans le couloir.

À un moment, Kate et James sont allés à la cafét chercher des sandwichs pour tout le monde, mais personne n'avait faim.

Emma en a mangé une moitié et m'a passé l'autre. Je l'ai avalée parce que je ne savais pas quoi en faire.

Kate s'est accroupie auprès d'Emma pour demander :

– Tu es sûre que ça va ? Personne ne t'en voudra si tu rentres chez toi.

Emma a fait genre :

– Ça va. Je veux être là et mes parents sont d'accord.

– OK, mais si tu changes d'avis, tu me le dis, hein ? a insisté Kate. On peut te ramener chez toi, soit James soit moi.

– Merci.

Les infirmières passaient environ toutes les demi-heures voir Mélanie, enfin, plutôt vérifier l'état de ses organes.

À un moment, Emma et moi, on est allées se dégourdir les jambes parce que je n'en pouvais plus de rester assise. On a marché jusqu'à l'entrée de Richmond Park sans dire un mot, puis on a fait demi-tour.

EMMA : Tu penses à Mélanie ?

MOI : Non.

EMMA : Tu penses à quoi ?

MOI : À Bradley.

EMMA : Moi aussi.

MOI : Il est mort à l'hôpital ?

EMMA *(elle acquiesce)* : ...

MOI : ...

EMMA : J'étais là.

MOI : ...

EMMA : …

MOI : Et comment tu as su ce qu'il fallait faire… ? Je veux dire pendant qu'il était en train de mourir ?

EMMA *(haussant les épaules)* : Je ne savais pas. Je lui caressais le bras. Je lui disais que je l'aimais.

MOI : …

EMMA : Mais je sortais des trucs complètement idiots genre : « je t'aime plus qu'une pizza quatre fromages », « je t'aime plus que Noël », « je t'aime plus que… la vie ».

MOI : C'est affreux que tu aies dû vivre ça.

EMMA : C'est affreux qu'il soit mort.

MOI : …

EMMA : Quand on a su qu'il allait mourir, ma mère a complètement craqué. Elle voulait qu'on essaie de nouveaux traitements, de nouveaux médecins, un nouvel hôpital. Elle refusait d'accepter la vérité. Je crois que j'ai gardé mon calme parce que, pendant tout ce temps, je me demandais ce que j'aurais voulu si j'avais été à sa place. Genre j'aurais voulu que quelqu'un soit là, auprès de mes parents.

MOI : Ouais, j'imagine.

EMMA : Je sais que Mélanie voudrait que quelqu'un soit auprès de Bill en ce moment, pour qu'il ne soit pas tout seul, confronté à des décisions impossibles.

MOI : Oui.

EMMA : Le pire, c'est le vide, après. Comme si on t'avait arraché le cœur. Tu n'arrives plus à respirer, tu n'arrives plus à réfléchir, tout ce que tu peux faire, c'est rester allongé par terre à baver…

MOI : …

EMMA : Je rêve toujours de lui, tu sais. Il est en vie, mais comme je sais qu'il va mourir, je ne veux pas le voir, je suis là : « Non, je t'ai déjà vu mourir une fois, pas question que ça recommence. » Et parfois quand je me réveille, je suis contente que ce soit déjà fini.

Je ne savais pas quoi répondre, alors je lui ai pris la main et je l'ai embrassée au dos, comme Kate fait parfois avec moi.

Emma a lâché :

– T'es trop bizarre.

– Arrête, je suis pas bizarre. Ça fait longtemps que je voulais t'embrasser la main.

Elle a ri, mais c'était même pas un mensonge.

MOI : Tu crois que je dois entrer dans la chambre pour voir Mélanie ?

EMMA : Non, bien sûr que non. Kate a raison, tu es surtout ici pour toi.

MOI : Je n'ai pas vraiment envie de la voir comme ça.

EMMA : Et c'est ton droit.

MOI : Tu es sûre ? Parce que je ne veux pas que les gens pensent que je suis sans cœur…

EMMA : Je ne vois pas qui pourrait penser ça.

MOI : Pat, par exemple.

EMMA : Ah oui, mais elle le pense déjà.

MOI : …

EMMA *(pouffant)* : Je t'aime.

MOI : Tais-toi.

Quand on est revenues à l'hôpital, c'était toujours pareil.

À un moment, Bill est brièvement sorti de la chambre, je l'ai serré dans mes bras, puis on a recommencé à attendre.

À huit heures, ils ont redéplacé Mélanie parce qu'elle n'était pas morte assez vite pour que ses organes puissent servir à qui que ce soit.

Apparemment, tout son corps a manqué d'oxygène pendant trop longtemps. Du coup, ils l'ont montée dans une chambre plus cosy et sans trop de machines.

Lorsque son lit est passé près de moi, je n'ai pas regardé.

À neuf heures, James nous a raccompagnées à la maison, Emma et moi, alors qu'on n'a même pas cours demain.

J'attends des nouvelles.

Je n'arrive pas à dormir.

Je ne veux pas dormir.

Penser que quelqu'un est en train de quitter cette vie... c'est si compliqué.

Je crois que je suis amoureuse d'Emma.

DIMANCHE 10 JUIN

#lamort

4 h 24

Mélanie est morte.

Kate vient de m'appeler. Elle reste à l'hôpital aider Bill pour les formalités, puis elles le ramèneront chez lui, avec Pat.

Je n'arrive toujours pas à y croire.

Vendredi, elle allait bien.

Sa photo sera dans la *Gazette de Wimbledon* demain.

21 h 15

Kate est enfin rentrée, à neuf heures ce matin, et elle est allée direct se coucher.

James est passé un moment, mais il a dû partir bosser à seize heures, alors j'ai préparé le dîner et j'ai réveillé Kate à dix-huit heures.

Elle dit que c'est toujours très dur quand des personnes âgées sont ensemble depuis si longtemps et que l'une des deux meurt, parce qu'elles sont complètement dépendantes l'une de l'autre. Elle espère que Bill ne va pas dépérir de chagrin.

Mélanie serait tellement fâchée si ça arrivait. Ou peut-être qu'elle serait flattée ?

LUNDI 11 JUIN

#lesmorts

J'ai dû me taper la seconde épreuve de SVT ce matin et encore une de géo cet aprèm. Après la journée d'hier, je ne sais franchement pas comment je m'en suis tirée.

J'ai prévenu Polly pour Mélanie au déjeuner, et elle était là genre :

– Je suis désolée pour toi. J'espère que tu tiens le choc.

Et pour aller à l'épreuve de géo, elle m'a tenu la main, au lieu de la donner à Tristan.

Elle est trop cool, Polly.

Les obsèques de Mélanie auront lieu vendredi.

C'est bizarre de penser que son corps gît quelque part, mort et froid, en attendant.

Je me demande combien de morts attendent d'être enterrés ou incinérés en ce moment même.

Je n'ai jamais assisté à des funérailles. Et je me demande si j'ai vraiment envie d'y aller. Ça sera triste et affreux. En plus, le cercueil avec Mélanie à l'intérieur sera sûrement dans l'église/la pièce.

P.S. : On est trop drôles sur la photo de la *Gazette*.

La semaine prochaine, il y aura l'avis de décès de Mélanie.

P.P.S. : J'ai tapé « combien de morts attendent d'être enterrés en ce moment sur terre ? » mais Google n'a pas su me répondre. C'est bizarre parce que, normalement, Google a réponse à tout.

Je pourrais essayer de faire une estimation en divisant le total des morts de l'an dernier par le nombre de jours de l'année, mais je suis trop fatiguée.

23 h 43

Il y a approximativement 151 506,83 morts pas encore enterrés ni incinérés en ce moment sur cette planète. Et Mélanie en fait partie.

Bonne nuit.

MARDI 12 JUIN

#encoredesmaths

J'ai cauchemardé toute la nuit que je me pointais à l'épreuve de maths sans ma calculatrice, pourtant, j'ai collé des Post-it dans toute la maison pour ne pas l'oublier.

L'exam s'est bien passé.

Comme Polly (des antisèches plein sa culotte) souriait béatement, j'ai fait genre :

– Ça a été, alors ?

Mais elle a répliqué :

– C'est fini, et c'est tout ce qui compte. Le nuage noir est passé, le fardeau ne pèse plus... Quelle poétesse, je fais !

Je n'aurais jamais dû lui refiler l'astuce du bassin parce que, franchement, elle a l'air encore plus amoureuse (c'est-à-dire cinglée), maintenant.

Elle m'a quand même demandé comment j'allais, après Mélanie. J'ai haussé les épaules, parce que voilà, c'est comme ça, on n'y peut rien et ça craint. Polly m'a donné la moitié de son KitKat en me disant qu'elle tenait à moi.

Je suis triste que Mélanie soit morte, mais surtout que Bill soit triste, en fait.

MERCREDI 13 JUIN

#chimie

J'étais étonnamment motivée ce matin, parce que je me suis dit genre : « De bonnes connaissances en chimie, ça peut être utile dans l'espace. »

Hier soir, j'ai essayé de prendre une photographie mentale du tableau périodique des éléments, sauf que ça n'a pas marché, mais c'est pas grave parce qu'on n'en a pas eu besoin, finalement.

L'exam s'est bien passé.

Ce soir, Bill est venu dîner. Je ne l'avais pas revu depuis l'hôpital.

Visiblement, Pat a pris sa vie en main, et tant mieux parce qu'il a des tas de formalités idiotes à accomplir – certificat de décès, annulation des cartes de crédit, assurances.

C'est affreux de devoir s'occuper de tout ça quand on n'a qu'une envie : se rouler en boule et pleurer.

L'un des chatons ordinaires aime bien Bill. Il lui a léché les chaussures pendant une éternité, puis il a escaladé son pantalon en velours à coups de griffes pour venir dormir sur ses genoux.

P.S. : J'en suis arrivée à la conclusion que l'attachement émotionnel n'est pas une bonne chose.

Je comprends qu'au cours de l'évolution, les humains se soient regroupés pour mieux s'en sortir et qu'ils aient du coup tissé des liens affectifs, mais nous ne sommes plus des chasseurs-cueilleurs, quand même.

Je ne veux pas finir comme Bill ou Emma, tout triste et le cœur brisé.

P.P.S : Je n'ai pas d'exams demain, je vais pouvoir dormir tout mon saoul. Emma a une épreuve d'espagnol.

JEUDI 14 JUIN

#poussiere

Évidemment, le seul jour où je pouvais faire la grasse matinée, je me suis réveillée à sept heures.

Quelle vie.

J'ai révisé pour ma seconde épreuve de physique le matin et je suis allée à la friperie l'après-midi.

Ça fait tout bizarre d'avoir une personne en moins.

Emma est venue en sortant de son exam d'espagnol. Je ne m'attendais pas à la voir, alors c'était sympa. Elle me serre dans ses bras chaque fois qu'elle me voit, je me demande si ça continuera quand on ne sera plus tristes pour Mélanie.

Comme toujours, Alex connaît toutes les réponses aux grandes questions existentielles. Il a dit qu'on venait de la poussière, qu'on retournerait à la poussière et que même la Terre redeviendrait poussière un jour.

Je n'ai pas eu le cœur de lui dire qu'elle partirait d'abord en flammes quand notre soleil se transformera en supernova – d'autant plus que Mélanie va être incinérée.

Mais je suppose qu'il n'a pas complètement tort.

Kate passera me prendre après mon exam demain, puis on ira chercher Emma. La cérémonie est à quatorze heures trente.

Je n'ai pas envie d'y aller.

P.S.: J'ai à nouveau mal au ventre.

À croire que c'est psychosomatique.

VENDREDI 15 JUIN

#funerailles

Emma et moi, on s'est tenu la main aujourd'hui.

Aux funérailles.

Du coup, je ne sais pas trop ce que ça signifie.

Avant d'entrer dans la petite chapelle du crématorium, j'ai paniqué genre :

– J'ai vraiment pas envie d'y aller.

Mais Emma a été ferme.

– Phoebe, contrairement à l'hôpital, tu n'es pas là pour toi, tu es là pour Bill. Il faut que tu prennes sur toi, même si c'est dur, désolée.

Alors je me suis assise sur un banc, et je me répétais en boucle « vomis pas, vomis pas, vomis pas » parce que j'avais carrément la nausée.

J'étais contre le mur, au troisième rang en partant du fond, avec Emma à ma gauche puis Kate, James, le père d'Alex, Alex, la mère d'Alex et Pat.

Mon estomac jouait les Yo-Yo, je tremblais comme une feuille. Et quand j'ai jeté un coup d'œil à Emma, j'ai vu qu'elle pleurait alors que le service n'avait pas encore commencé. Ça m'a fendu le cœur et je me suis mise à pleurer aussi.

Bill était très chic dans son costume trois pièces, il nous a fait un petit signe de tête au passage. Il y avait des tonnes de personnes âgées, c'était bondé. Il y avait même des gens debout dans le fond et dans l'allée parce qu'il n'y avait plus de place où s'asseoir.

MOI *(chuchotant à l'oreille d'Emma)* : Je crois que je vais être malade. Et si je n'ai pas le temps de sortir et que je vomis sur tout le monde ?

EMMA *(ouvrant grand son sac à main pour me le tendre)* : …

MOI : Arrête !

EMMA : Tu ne vas pas être malade, mais tiens quand même. Au cas où.

MOI : Merci.

C'est là qu'elle m'a pris la main, entrecroisant ses doigts avec les miens, et elle y a déposé un baiser comme j'avais fait à l'hôpital.

J'ai vu que Kate avait vu, mais elle n'a rien dit.

La cérémonie a duré à peine une demi-heure.

Comme c'était ma première, je n'ai pas de point de comparaison, mais j'ai trouvé ça bien.

Le seul moment horrible, c'est à la toute fin, quand le cercueil a été emporté sur un tapis roulant et qu'ils ont passé *Fly Me to the Moon* et que ceux qui ne pleuraient pas encore ont fondu en larmes en voyant Mélanie quitter la pièce. Puis le rideau s'est refermé et l'employé du crématorium a fait genre : « Bon, ben, voilà, c'est fini. » On n'a pas pu rester sur place pour digérer un peu ce qui venait de se passer, parce qu'il y avait une autre cérémonie juste derrière.

Je n'en reviens pas qu'on ait emballé et pesé toute la vie de Mélanie en moins d'une demi-heure.

Non mais sérieux, ce type a résumé quatre-vingt-six ans en dix minutes avant de nous pousser gentiment mais fermement dehors parce qu'il devait recommencer pour un autre inconnu dont il n'avait jamais entendu parler auparavant.

Ce n'est pas pour faire ma maligne, mais le détachement affectif est sûrement le superpouvoir le plus puissant de notre époque.

Après, on est allés au club de voile de Bill manger petits fours et canapés en buvant un verre. Il s'est contenté de déclarer :

– Merci à tous d'être venus.

Dire que la semaine dernière à la même heure, il faisait un discours mémorable sur l'affiche de *Star Wars*.

SAMEDI 16 JUIN

#pat

Pat a beau être la personne la plus odieuse que cette terre ait jamais portée, je dois admettre qu'elle sait se rendre utile en cas de coup dur.

Elle habite pratiquement chez Bill, parce qu'il est tellement sous le choc qu'il n'arrive même pas à se lever le matin.

Selon Kate, Pat l'a menacé plusieurs fois de l'envoyer en maison de retraite – elle est un peu dure, vu que Mélanie est morte il y a à peine une semaine, mais c'est quand même assez comique, j'avoue.

P.S. : Je viens de me rendre compte qu'on avait presque fini les exams ! Il ne me reste plus que deux épreuves de maths, et j'ai terminé ! Comment est-ce possible ?

P.P.S. : Polly passe la danse mardi. Je ne comprends pas comment on peut noter une performance de danse, mais bonne chance quand même, hein. LOL.

DIMANCHE 17 JUIN

#violentesdelices

Sans le vouloir, Emma et moi, on a fait la sieste ensemble cet aprèm et c'était trop cool.

Comme elle a fini ses exams, elle a décidé de son propre chef de venir déjeuner. On a mangé des sandwichs toastés au fromage, avec du thé. Emma a joué avec Richard, puis j'ai lancé :

– Qu'est-ce que t'aimerais faire ?

Elle a répondu qu'elle avait juste envie de traîner parce qu'elle était crevée, donc j'ai décidé :

– Super, on n'a qu'à regarder des conneries à la télé.

On a mis un vieil épisode de *L'Île de la tentation*, et au bout de cinq minutes, Emma était là genre :

– Non, mais la vacuité de ce truc…

Je me rappelle avoir pensé « waouh, la profondeur de ce mot », et puis trou noir. Quand je me suis réveillée, nos jambes nues étaient entrecroisées. Elle dormait, je me suis dit « c'est cool » et je me suis assoupie à nouveau.

On a émergé quand les deux tourtereaux sont rentrés de leur brunch en tête à tête (beurk !), en entendant Kate crier :

– Phoebe ! Emma !

J'ai eu l'impression d'être prise la main dans le sac parce qu'elle me regardait avec un petit sourire entendu. J'ai pensé : « Si tu oses la moindre remarque embarrassante, je fais ma valise. »

Emma devait rentrer dîner avec ses parents, elle ne pouvait pas rester. Je l'ai raccompagnée vers dix-sept heures.

Juste avant d'arriver chez elle, elle m'a repris la main, et je la lui ai laissée, même si au bout de cinq minutes, j'avais la paume sérieusement moite, l'estomac qui faisait des loopings et que je me répétais : « Pense à ton plan. » Le problème, c'est que j'avais oublié comment respirer normalement et, du coup, la tête me tournait tellement que j'ai failli m'évanouir.

Pour se dire au revoir, on s'est prises dans les bras, et même si, désormais, ça arrive assez souvent, je ne sais toujours pas quoi faire de mes mains, et c'est ridicule parce que je n'ai pas ce problème quand je prends Polly dans mes bras – franchement, je ne me pose même pas la question.

J'étais en train de me demander ce que pensait Emma quand elle s'est écartée, son nez m'a effleuré le visage, et ça m'a fait tressaillir.

Elle m'a souri, mais ses yeux étaient plissés comme si elle était en train de faire un sudoku niveau avancé.

Je devais avoir l'air d'un poisson hors de l'eau, toute raide, les yeux écarquillés et la bouche béante.

C'est dingue tout ce qui peut se passer en une seconde.

22 h 21

Si Emma m'avait embrassée, je pense que je lui aurais rendu son baiser, même si je ne sais pas comment il faut s'y prendre pour embrasser quelqu'un comme Emma.

22 h 50

Non, mais sérieux… en fait, je ne sais pas comment m'y prendre pour embrasser qui que ce soit, mais jusqu'ici ça n'avait aucune importance parce que ça n'avait aucune importance.

Je me demande si Emma se pose ce genre de questions… Quand même, ce n'est pas possible que je sois la seule à me faire des nœuds au cerveau comme ça, si ?

Ça n'a rien à voir avec *Roméo et Juliette* parce que, eux, ils s'embrassent avant même de se connaître, ce qui rend leur histoire d'amour bien moins compliquée que les gens ne veulent bien l'admettre, mais plus déchirante sur la fin, évidemment.

P.S. : Il faut que je m'en tienne à mon plan si je ne veux pas devenir complètement FOLLE !

P.P.S. : « Violentes fins ont ces violentes délices ! » – frère Laurence, *Roméo et Juliette*, Acte II, scène 6*.

P.P.P.S. : J'ai aussi eu maman aujourd'hui, et je me suis rendu compte que j'oubliais parfois son existence.

LUNDI 18 JUIN

#pannedecerveau

Je suis allée au Starbucks avec Polly cet aprèm, parce que :

a) on n'avait pas cours,

b) Tristan avait rendez-vous chez le dentiste.

POLLY : Je n'en reviens pas que les exams soient presque finis.

* NdT : Trad. d'Yves Bonnefoy, Mercure de France, 1968 et 1985, Paris.

MOI : Pareil. C'était affreux, je ne veux plus jamais revivre ça, mais finalement, ça ne s'est pas si mal passé en y repensant.

POLLY : Je parie que t'avais même pas révisé.

MOI : Bien sûr que si. Et si je n'ai pas révisé autant que prévu c'est parce que je ne suis pas dans mon assiette en ce moment. Heureusement, je suis attentive en cours, pas comme toi qui penses en permanence à Tristan.

POLLY *(le regard perdu au loin)* : Je sais. Je suis raide amoureuse.

MOI : Pitié, je suis en train de manger !

POLLY : Un jour, tu tomberas amoureuse, et tu seras aussi heureuse que moi.

MOI : ...

Du coup, tout le reste de l'après-midi, je me suis dit que je n'étais peut-être pas amoureuse, parce que je ne suis pas heureuse, ça, c'est sûr. Je suis malheureuse. Je suis en vrac. Peut-être que pour être heureux, il faut aimer quelqu'un qui t'aime. Ce qui voudrait dire que, dans le cas présent, je suis comme ces fans dingos qui harcèlent les stars. Sauf que l'objet de mon amour sait que j'existe.

Il faudrait que j'aille voir un psy. Mais c'est la honte d'aller consulter pour un truc aussi idiot.

J'espère toujours que ça va passer parce que Polly a été amoureuse d'Adam et maintenant elle est là genre :

– *Grmrmle*... Non, en fait, il était pas terrible.

MARDI 19 JUIN

#jehaisleshumains

La première épreuve de maths avancées s'est bien passée.

Mais franchement, je ne supporte pas les gens qui révisent à la dernière minute, dans le couloir ou dans les toilettes. Comme s'ils allaient avoir une révélation inopinée.

Genre Miriam.

Voilà ce que les exams m'ont appris : je hais les humains.

Aujourd'hui, il y a quelqu'un qui a reniflé pendant toute l'épreuve au lieu de se moucher une bonne fois pour toutes.

J'avais envie de lui mettre mon poing dans la figure.

Finalement, je ne suis peut-être pas faite pour partir en mission spatiale. Ce serait bien ma veine de me retrouver dans la même navette qu'un renifleur.

Polly et moi, on est allées se prendre un Starbucks vite fait en sortant.

On s'est assises dehors, et j'ai eu l'impression de me retrouver aux grandes vacances de l'an dernier, j'ai respiré à pleins poumons… et c'était comme si je retenais mon souffle depuis des mois.

Polly m'a fait genre :

– Y a un truc qui a changé chez toi…

J'ai répondu que j'étais fatiguée, mais elle m'a dévisagée, les yeux plissés. Puis étirant ses jambes endolories par son épreuve de danse, elle a répliqué :

– On est tous fatigués…

Je ne peux pas lui en parler.

Et même, si je lui disais : « Hé, au fait, tu te souviens d'Emma… ? » À quoi ça servirait ?

Emma pourrait sortir avec n'importe qui. Pourquoi elle sortirait avec moi, hein ?

MERCREDI 20 JUIN

#reparerlirreparable

Il faut faire quelque chose pour Bill.

Kate dit que selon Pat, il va mourir parce qu'il a le cœur brisé.

J'ai fait des recherches sur Internet et, même si ça tient grandement du mythe, il est arrivé que des couples meurent à quelques heures ou jours de distance. C'est bizarre de penser que le corps laisse faire alors qu'il lutte dès qu'on essaie de retenir sa respiration.

J'ai envoyé un message à Emma pour voir si elle avait une idée.

MOI : Comment tu as fait pour te remettre de la mort de Bradley ?

EMMA : Je ne m'en suis pas remise.

MOI : Désolée.

EMMA : OK.

MOI : Mais comment tu fais pour continuer à vivre ?

EMMA : Je suis obligée, pour mes parents. Je ne veux pas qu'ils me voient craquer. Je pense qu'ils ne supporteraient pas.

MOI : Tu as toujours le cœur brisé, alors ?

EMMA : Oui.

MOI : J'aimerais que tu sois heureuse.

EMMA : Je suis heureuse. Mais brisée à l'intérieur. Et c'est épuisant de faire le grand écart entre les deux.

MOI : Et Bill ?

EMMA : Je ne sais pas. Il lui faut une raison de vivre.

MOI : Pat ?

EMMA : LOL.

MOI : Non, sérieux.

EMMA : On devrait peut-être lui rappeler qu'il a des responsabilités à la friperie. Qu'on a besoin de lui.

MOI : C'est vrai. En plus, Pat passe tout son temps chez Bill et ils ne font plus rien au magasin.

EMMA : Et nous, on n'y était pas souvent non plus, ces derniers temps.

MOI : Je sais.

EMMA : Il faut que j'y aille. On en reparle demain ?

MOI : Je viens à la friperie. On pourra discuter.

EMMA : x

MOI : x

JEUDI 21 JUIN

#anousdejouer

La seconde épreuve de maths avancées a sonné la fin des exams pour moi.

Des tas d'élèves se sont retrouvés au parc après, mais j'étais plutôt genre : « Je préfère ne pas vous voir pendant un moment. »

Et donc je suis allée à la friperie comme promis.

Kate m'a offert un bouquet de fleurs pour me féliciter d'avoir survécu à ces six dernières semaines. Elle m'a couverte de baisers pendant au moins cinq minutes en me serrant à m'étouffer.

Ça a fait rire Emma.

Comme on n'a pas trop assuré ces derniers temps, Emma et moi, on a décidé de mettre la barre plus haut et de se lancer dans une compète du meilleur article de la semaine. Voilà les règles :

Au lieu d'avoir un seul article de la semaine, on va en choisir un chacune, le mettre en avant et essayer de le vendre pour dix livres au moins ; celle qui l'aura vendu la première l'emporte. On va jouer toutes les semaines jusqu'à la fin de l'année scolaire, et celle qui aura rapporté le plus à la friperie invite l'autre au Sprinkles.

Trop cool : plus de fun pour nous, plus d'argent pour la friperie et une glace à la fin.

Attention : Alex n'a pas le droit de prendre parti, il doit faire la pub des deux articles. Comme il n'avait pas l'air d'accord, on lui a dit qu'il pourrait venir avec nous au Sprinkles à la fin, du coup, il est déjà moins grincheux.

Mon premier article est une paire de chaussures de bowling que j'ai trouvées dans la pile des « chaussures immondes impossibles à vendre ».

Elles sont rouge vif, déjà bien usées et, en plus, elles n'ont aucune adhérence.

Je les ai lustrées pour qu'elles brillent et j'ai collé une étiquette « Vintage – 15 £ » avant de les mettre en vitrine.

Emma a trouvé un tableau en fleurs séchées qu'elle a mis sur le présentoir avec une pancarte « Une image vaut mieux que mille mots ». Je trouve ça complètement nul, mais on verra bien.

Je suis sûre que mes chaussures vont gagner.

P.S. : Je suis libre désormais. Plus d'exams. Mais commence l'insoutenable attente des résultats. Sérieux, la scolarité n'est qu'une suite d'épreuves angoissantes à vous rendre malade.

VENDREDI 22 JUIN

#fallaitpasdireoui

Aujourd'hui, Polly m'a demandé genre :
– T'es déjà allée à la piscine de Tooting ?

MOI : Jamais. C'est où ?
POLLY : À Tooting.
MOI : T'es trop drôle.
POLLY : Je sais. C'est pour ça que tu m'aimes.
MOI *(pensant « Le pire c'est qu'elle a raison »)* : Pourquoi ?
POLLY : Parce qu'on veut y aller dimanche, Tristan et moi.
MOI : Amusez-vous bien.
POLLY : Et on se demandait si tu voudrais venir.
MOI : Pour vous regarder vous peloter dans l'eau ? Laisse-moi réfléchir… euh… NON !
POLLY : Mais non.
MOI : Tu dis ça maintenant, mais quand tu vas le voir en maillot de bain avec ses petites jambes maigrelettes qui dépassent, tu vas être là genre « oh, il est à croquer… » et tu vas te jeter sur lui.
POLLY : …
MOI : Quoi ?
POLLY : Alors voilà ce que tu penses de moi ? Que je suis une obsédée ?
MOI : …
POLLY : J'aime être avec Tristan et j'aime être avec toi, alors pourquoi est-ce si dur à comprendre pour ton génial cerveau que je veuille me retrouver avec les deux personnes que je préfère au monde de temps en temps ?
MOI : …

POLLY : Alors ?

MOI : OK, je viens.

POLLY : Super ! Punaise, c'était pas une mince affaire de te convaincre.

P.S. : Je viens d'envoyer un texto à Emma pour lui proposer de venir à la piscine et elle a répondu : « Ouais, j'adore nager. »

OMG. Moi, j'ai horreur de ça.

Tuez-moi.

SAMEDI 23 JUIN

#aprescoup

Ça fait toujours bizarre de se retrouver à la friperie le samedi sans Bill et Mélanie.

Pat était là aujourd'hui. C'était la première fois que je la revoyais depuis la cérémonie.

KATE : Pat, tu devrais rentrer chez toi te reposer.

PAT : Merci, Kate, mais je préfère m'occuper.

KATE : D'accord, mais n'oublie pas de prendre soin de toi. C'est très gentil de ta part de veiller sur Bill, seulement tu ne seras plus d'aucune aide à personne si tu finis en burn out.

Et ensuite, Emma a fait genre :

– Tu crois que je devrais proposer à Bill de venir à mes réunions ? Je sais que Mélanie n'est pas morte d'un cancer, mais un deuil, c'est un deuil.

KATE *(se mordant la lèvre, le regard dans le vide)* : Pour être honnête, ma puce, je crois que Bill n'est pas encore prêt pour ce genre de chose.

EMMA : Peut-être bien.

MOI *(enfin !)* : C'est quoi, ces réunions ?

EMMA : C'est pour les gens qui ont perdu un proche à cause du cancer.

MOI : Ah, d'accord.

EMMA : J'aime bien y aller.

MOI : OK.

EMMA : Ça m'aide à ne pas devenir folle.

Kate a serré Emma contre elle et lui a déposé un baiser sur le sommet du crâne en disant :

– Je suis bien contente qu'au moins une d'entre nous ait toute sa tête.

20 h 05

J'aimerais savoir ce qui s'est passé une fois que Roméo et Juliette sont morts.

J'aimerais savoir ce que sont devenus la nourrice, les parents et tous les fouteurs de merde qui les ont poussés à bout.

Mais personne ne parle jamais de ce qui se passe après la grande tragédie.

21 h 10

J'aurais dû poser la question à Emma plus tôt, pour ses réunions. Je m'imaginais que c'était un truc super secret, alors qu'en fait, elle va simplement discuter avec des gens qui ont subi le même traumatisme.

DIMANCHE 24 JUIN

#plouf

Ce matin, on a pris le bus pour aller à Tooting. Polly et Tristan étaient déjà à bord, je suis montée à Wimbledon et Emma à l'arrêt suivant.

J'avais dû passer au Primark avant pour m'acheter un maillot de bain parce que je n'avais qu'un une-pièce Minnie qui datait du CM1.

Note pour l'avenir : toujours avoir un maillot correct en réserve et ne pas aller l'acheter en vitesse deux minutes avant de prendre le bus.

Je me suis retrouvée avec un truc bleu électrique immonde, qui ne m'allait pas du tout.

Pourquoi suis-je aussi inapte à la vie ?

Deux raisons de plus pour partir en mission sur Mars :

- posséder ma propre combinaison spatiale,
- porter des sous-vêtements brevetés par la NASA.

Emma était superbe dans son bikini rouge vif mais, pour être honnête, elle est toujours magnifique, quoi qu'elle porte.

Emma et Tristan se sont super bien entendus, évidemment.

Qu'est-ce qui le rend aussi irrésistible ?

Sa maladresse ?

Le fait qu'il ait l'air d'avoir douze ans ?

Sérieux, au bout de dix minutes de bus, il riait et plaisantait avec Emma comme s'ils se connaissaient depuis toujours. Et ensuite, ils sont allés ensemble nous chercher de l'eau, des glaces… et ils sont même allés aux toilettes en même temps.

Polly était là :

– C'est cool, cette sortie à quatre. On croirait presque un *double date*.

Dès qu'elle a eu prononcé ces mots, elle a eu l'air de réfléchir et m'a regardée, les yeux mi-clos.

– Phoebe ?

Mais j'ai fait genre :

– Lâche-moi.

On s'est baignés plusieurs fois, seulement je n'ai pas vraiment aimé, d'abord parce que l'eau était glacée et aussi parce que je ne nage pas très bien. Ils enchaînaient tous des longueurs, alors que j'arrivais à peine à flotter.

Mais comme il faisait chaud et qu'on s'amusait bien, on est restés jusqu'à ce qu'on soit tous super méga en retard pour rentrer.

Emma était la première à descendre du bus, elle l'a suivi un peu en nous faisant de grands signes. Polly a trouvé ça tellement drôle qu'elle en pleurait de rire.

Je suis descendue à l'arrêt suivant et, quand je suis arrivée à la maison, Kate m'est tombée dessus genre :

– Alors, du nouveau ?

– Comment ça, du nouveau ? j'ai fait.

– Bah, du nouveau nouveau… tu sais bien.

MOI : Qu'est-ce que tu racontes ?

KATE : Du nouveau.

MOI : Tu peux arrêter de dire « du nouveau » ?

KATE : Du nouveau.

MOI : Je crois que tu déraillles, sérieux.

Bon, OK, Kate a toujours été un peu folle, mais depuis qu'elle est amoureuse, ça a pris des proportions…

21 h 04

J'ai passé une super journée et, pour je ne sais quelle raison (sans doute une insolation), j'ai même trouvé Tristan supportable.

Et peut-être que je peux me contenter d'être l'amie d'Emma.

Peut-être que ça serait mieux.

Parce que l'amitié, ça dure.

Je crois qu'entre Polly et moi, c'est enfin redevenu comme avant.

LUNDI 25 JUIN

#nouvellefamille

Ce matin, j'étais là genre : « Non, mais quelle vie ! »

C'est l'enfer, je suis super fatiguée le matin et pourtant, le soir, je n'arrive pas à m'endormir parce que… je ne suis plus fatiguée.

Demain soir, des gens vont venir voir les chatons.

Kate a décrété :

– Il est temps pour eux d'aller dans leur nouvelle famille.

Je ne suis clairement pas fan des chats, mais ça va nous faire un vide – sérieux, même s'ils sont super pénibles, ils étaient rigolos.

Maman m'a envoyé un long mail car on ne s'est pas parlé hier « puisque j'étais trop occupée à m'amuser avec mes amis pour penser à ma vieille mère ».

Pourquoi elle ramène toujours tout à elle ?

Et désolée, oui, je ne pense pas beaucoup à elle parce que je ne l'ai pas vue depuis cinq mois et que j'avais autre chose en tête entre les exams, la vérité sur mon père et les gens qui meurent.

Emma n'arrête pas de dire : « J'aimerais tellement être comme ta mère plus tard. »

Non, franchement, non.

MARDI 26 JUIN

#mensonges

J'ai menti sur la disponibilité des chatons de luxe (surtout Richard).

Kate n'était pas encore rentrée du boulot quand les premiers visiteurs ont débarqué. Du coup, je leur ai montré les chatons en faisant style :

– Ils sont certifiés pure race, mais le petit roux est déjà vendu.

Du coup, lorsque Kate est arrivée, le gars a annoncé :

– On va prendre une des femelles. On aurait préféré le mâle mais si j'ai bien compris, il est déjà réservé.

Kate m'a fait les gros yeux genre : « QUOI ? »

MOI : Les chats roux sont très recherchés.

GARS : Ah oui, c'est sûr.

KATE : ?

Heureusement qu'elle n'a pas fait genre : « Mais qu'est-ce que tu racontes ? Bien sûr que si, vous pouvez prendre le rouquin ! »

Une fois les gens partis, elle m'a regardée, les bras croisés, en disant :

– Tu m'expliques ?

MOI : Ne vends pas Richard, s'il te plaît.

KATE *(profond soupir)* : Phoebe !

MOI : Je t'en prie. Garde-le pour Emma.

KATE : Tu lui as demandé, au moins, si elle voulait ce fichu chaton ?

MOI : Non.

KATE : Eh bien, il faudrait peut-être, tu ne crois pas ? Et tant que tu y es, tu pourrais aussi lui parler du reste.

Je suis sortie de la pièce en furie et je suis montée dans ma chambre.

Qu'est-ce qui me prend ?

Je deviens complètement folle.

20 h 43

J'ai cherché sur Internet : « comment cesser d'aimer quelqu'un ».

Grosse déception. Visiblement la question se pose seulement quand on est déjà en couple avec la personne.

D'où la suggestion : écrire une liste des choses qui ne vont pas entre vous.

Bah, en fait, pour l'instant, y a rien qui va et rien qui ne va pas parce que la personne en question ne m'a jamais envisagée/ne m'envisagera jamais en tant qu'amoureuse.

Bon, c'est bien de pouvoir regarder des vidéos du genre « tout ce que vous avez toujours voulu savoir sur les trous noirs en vingt-cinq secondes », mais… et les questions qui ont un impact immédiat dans la vraie vie, alors ? Comme, par exemple, « comment cesser d'aimer quelqu'un » ????

Il doit bien y avoir un moyen. Je ne peux pas être la première personne au monde à me poser la question.

P.S. : Emma, Polly et Tristan se suivent sur Instagram.

Ma vie part en live.

MERCREDI 27 JUIN

#etpaf

Aujourd'hui, j'ai repensé à l'expression « tomber amoureux ». Et ça y est, je comprends, maintenant. On tombe. On trébuche. Et *vlan* ! Ce n'est absolument pas volontaire, contrairement à un saut en parachute (qui est d'ailleurs qualifié de saut et non de chute, pour une bonne raison).

Apparemment, ce n'est pas une question d'intelligence. Car j'ai beau être très intelligente, je suis excessivement maladroite. Je me prends souvent les pieds dans des trucs... et *paf* ! Ça explique peut-être que je sois tombée amoureuse d'Emma.

J'imagine qu'il n'y a rien à faire à part attendre de toucher terre et s'éloigner en boitant avec autant de dignité que possible.

Comme la fois où j'ai attrapé la voleuse.

JEUDI 28 JUIN

#quelameilleuregagne

Voilà en tout cas ce qu'il ne faut *pas* faire :

• essayer de toucher la personne à la moindre occasion ;

• faire en sorte de passer du temps avec elle ;

• passer une heure à décider de sa tenue parce que l'effet produit est soudain beaucoup plus important que le fait de se sentir à l'aise ;

• relire *Roméo et Juliette* ;
• placer son prénom à tout bout de champ.

Une bonne nouvelle, en revanche, les chaussures de bowling ont été vendues, ce qui nous mène à un score de zéro à un pour moi.

J'étais là genre :

– Mais qui a bien pu acheter ça ?

Kate m'a dit que c'était la vieille dame qui vient avec ses grosses lunettes de soleil sur le nez et qui se plaint toujours qu'il fait trop sombre et qu'elle n'y voit rien.

Peut-être qu'elle n'a pas vu qu'il s'agissait de chaussures de bowling.

J'espère qu'elle ne va pas tomber et se briser les os par ma faute.

J'ai l'impression que Kate me surveille du coin de l'œil quand je suis avec Emma.

Non, mais sérieux, c'est trop gênant.

Après les chaussures de bowling et le tableau de fleurs séchées, cette semaine, j'ai mis en vente un survêtement brillant vert, rose et blanc des années 1980 tandis qu'Emma mettait une vieille bible moisie sur le présentoir.

Elle a tort, ce n'est pas la saison des bibles.

Et c'est reparti pour un tour ! Que la meilleure gagne !

VENDREDI 29 JUIN

#lesboules

Ce soir, Kate a fait genre :

– Phoebe…

MOI : Oui.

KATE : J'emmène les chatons faire leurs vaccins et tout et tout, lundi.

MOI : Et ?

KATE : Il faut que tu me dises ce qu'on fait de Richard.

MOI : Comment ça ? Qu'est-ce que tu veux faire de lui ?

KATE : C'est un chat de race. On pourrait en tirer un bon prix.

MOI : Tu veux toujours le vendre.

KATE : Évidemment. Mais... je sais ce que c'est... Il a fait fondre ton petit cœur, tu n'imagines pas une seconde t'en séparer et, en plus, la personne que tu aaaaaiiimmes l'adore.

MOI : Mon cœur n'a aucun problème, merci. Je pense juste qu'il revient à Emma.

KATE : Je comprends, mais tu en as parlé avec elle ?

MOI : Non.

KATE : OK, donc c'est ta mission demain. Parce que j'aimerais savoir si son futur propriétaire compte le faire reproduire. Sinon, je lui fais couper ses petites boules lundi.

MOI : C'est horrible.

KATE : En fait, ils ne les coupent pas vraiment, ils les tordent.

MOI : Arrête !

KATE *(haussant les épaules)* : ...

J'ai direct envoyé un texto à Emma.

PHOEBE : Si tu étais la tutrice de Richard, voudrais-tu qu'il travaille dur pour te rapporter plein d'argent ou qu'il se fasse tordre les couilles ?

Elle m'a répondu.

EMMA : ?

Du coup, j'ai fait genre « laisse tomber » parce que, franchement, je n'ai aucune envie de discuter de testicules de chat avec elle par texto.

SAMEDI 30 JUIN

#sansboules

Kate nous a annoncé qu'elle allait devoir recruter des bénévoles vu qu'on a une personne de moins dans l'équipe désormais.

Comme si on était en guerre.

C'est un peu le cas, j'imagine.

Il faut qu'on se donne encore plus à fond, pour gagner plus d'argent, pour qu'il y ait davantage de recherches et que plus personne ne meure du cancer.

C'est une guerre contre la mort, ce qui est un peu idiot parce que, de toute façon, on va tous mourir un jour.

Mais bon, vu que je ne suis pas très douée pour les relations avec les gens et que, du coup, je ne pourrai jamais être comme mes parents, je pense que c'est la seule manière dont je peux aider les autres et satisfaire l'univers/le karma.

De nombreux clients entrent dans la friperie en s'exclamant genre :

– Oh, c'est terrible pour la pauvre Mélanie ! Mais elle a eu une belle vie.

Encore un truc qu'on dit pour se consoler.

J'ai demandé en personne à Emma ce qu'elle voudrait faire des testicules de Richard – c'était un peu moins bizarre que par texto. Et elle m'a sorti :

– Oh non, je ne voudrais pas qu'on lui torde les couilles, c'est cruel.

MOI : Mais il y a un autre aspect à considérer : et s'il va se balader et se taper toutes les minettes du quartier ?

EMMA : Je suppose qu'il y a assez de chatons non désirés sur cette terre.

MOI : S'il garde ses testicules, ce sera son boulot d'engrosser des chattes de luxe pour faire des chatons de luxe.

EMMA : Mon pauvre bébé.

MOI : Un peu comme un étalon.

EMMA : Tu as déjà vu des chevaux se reproduire ? La taille du pénis, c'est quelque chose…

MOI : …

EMMA : Je veux dire, je ne suis pas allée regarder exprès, hein…

MOI : …

EMMA : Bon, alors d'accord, faut le castrer. Mais pourquoi tu me demandes ça, au fait ?

MOI : Pour rien.

Oh, my god.

Tous les autres chatons, de luxe ou pas, sont des femelles. Les petites chattes ordinaires vont être stérilisées mais pas celles de luxe parce que leurs nouveaux propriétaires veulent faire de l'élevage.

C'est horrible.

Pourquoi tant d'histoires autour des chats de race ?

Et en plus, d'après Kate, malgré tous les efforts pour éviter la consanguinité, c'est sûr qu'un jour ou l'autre, une chatte va avoir des chatons de son père.

Dans la Bible, c'est arrivé aux humains quand les filles de Loth ont décidé d'avoir des enfants avec leur père.

Je veux dire, ce n'est sans doute pas réellement arrivé, mais n'empêche, ça pourrait expliquer pourquoi les gens sont aussi stupides de nos jours.

DIMANCHE 1ER JUILLET

#guestlist

C'est dingue qu'on soit déjà en juillet, non ?

J'ai eu maman, elle m'a annoncé :

– Plus que deux semaines et je rentre à la maison, ma puce.

Ce qui signifie en gros que, dans deux semaines :

a) je rentre chez moi,

b) la vie telle que je l'ai connue depuis janvier sera terminée,

c) j'aurai seize ans comme tout le monde.

Je sais que j'ai plus ou moins accepté qu'on fasse une fête, mais je n'ai plus très envie maintenant, parce que ça veut dire que je vais devoir parler à des gens toute la journée et que je ne pourrai pas partir quand j'en aurai assez, vraisemblablement au bout de cinq minutes.

Bon, d'accord, ma mère sera là, donc elle fera sa star, comme d'habitude, si bien que si je quitte le navire, la plupart des invités ne le remarqueront sans doute pas.

En fait, ce serait trop drôle. Imagine, les gens sont sur le point de partir quand soudain quelqu'un demande :

– Mais où est passée Phoebe, je ne l'ai pas vue de la journée ?

Enfin bref, il va falloir que je réfléchisse à qui je veux inviter.

Pour ses seize ans, Miriam a proposé à tout le monde pour « ne pas faire de discriminations ».

Sa fête était sur le thème des Oscars et ses parents avaient carrément loué un pub au bord de la Tamise. Il y avait genre trois cents personnes et je ne crois pas lui avoir adressé la parole de la soirée.

Mais le truc, c'est que si je fais une fête, je suis obligée de l'inviter par politesse.

Si j'invite Polly, il faut que j'invite Tristan, surtout maintenant que nous sommes redevenues BFF après l'après-midi piscine.

Je dois inviter Kate, évidemment, et peut-être James.

J'aimerais aussi inviter Alex.

Et Emma.

P.S. : Il y a des fois où je préférerais ne l'avoir jamais rencontrée.

LUNDI 2 JUILLET

#pauvrerichard

Comme Kate devait emmener les chatons chez le véto cet après-midi, Emma et moi, on a accepté d'aider Pat à la friperie et de fermer la boutique.

Du coup, ça veut dire que je fais encore une entorse à mon plan pour désaimer Emma.

Aujourd'hui, on s'est battues. (Pour de faux.)

Emma m'a donné un coup de torchon, je lui ai flanqué un coup de coude… et là, elle s'est effondrée comme les petits animaux en bois qui s'écroulent quand on appuie sous le socle.

J'ai tellement ri que je n'arrivais plus à respirer, et Emma pareil. Alors j'ai tiré un affreux plaid tout troué par des brûlures de cigarette de la pile des dons et je lui ai jeté sur la tête. Elle a poussé un cri si strident que Pat a ronchonné :

– Mais qu'est-ce que vous fabriquez ?
Et moi, je me demandais : « *OMG*, qu'est-ce que je suis en train de faire ? »
J'ai l'impression d'avoir le cerveau qui fond.

P.S. : Richard s'est fait pincer les testicules aujourd'hui, il a l'air complètement déprimé. Je me sens coupable.

MARDI 3 JUILLET

#pathetique

Je ferais peut-être bien de déposer ma candidature à la NASA dès maintenant.
J'imagine.

NASA : En quoi pensez-vous être la candidate idéale pour cette mission habitée sur Mars ?
MOI : Je suis amoureuse et ça me saoule, donc mieux vaut que je quitte la Terre.

MERCREDI 4 JUILLET

#jesusmariejoseph

Apparemment, on a vendu la Bible.
Nous sommes donc à égalité, un partout.
J'étais là :
– Non, mais qui achète une bible en plein été ?
Kate m'a expliqué que la personne avait l'intention de l'utiliser

pour un atelier d'écriture en découpant des mots à l'intérieur afin d'en faire des poèmes.

Complètement tordu.

Sacrilège qui plus est !

JEUDI 5 JUILLET

#quelameilleuregagne2

Comme article de la semaine, Emma a choisi une combi vache avec un pis en caoutchouc et moi, un puzzle de deux mille pièces d'Ed Sheeran, qui ne ressemble pas du tout à Ed Sheeran mais plutôt à Ron Weasley en jean.

On s'est battues pour les exposer à la meilleure place dans la vitrine, et Emma a fini par tomber en arrière sur le mannequin auquel elle essayait d'enfiler cette ignoble combinaison vache.

On était mortes de rire. Alex s'est tourné vers Kate, l'air de dire : « Ça y est, elles ont perdu la boule pour de bon. »

D'ailleurs, il s'avère qu'Alex sait tout sur tout, mais ne raconte jamais rien. Tout le contraire de Miriam, qui ne connaît rien à rien, mais la ramène tout le temps.

Il était au courant pour Bradley, mais il ne l'a pas dit, il n'a jamais laissé échapper un mot, rien. Et ce n'est pas parce qu'il est trisomique que ça m'étonne. Je veux dire, d'ordinaire, les gens adorent répéter les secrets juste pour faire leurs intéressants.

Je l'ai invité à mon anniv, et il a répondu qu'il devait demander à ses parents. Du coup, j'ai fait :

– Ils peuvent venir aussi.

Je crois qu'il va falloir que je commence à organiser tout ça parce que c'est dans dix jours.

VENDREDI 6 JUILLET

#vinaigrette

Aujourd'hui, je n'ai rien fait à part regarder *L'Île de la tentation* et découper une page du *Manuel de la maîtresse de maison – Cuisine et tenue du foyer* afin de composer un poème pour Emma.

POÈME DE LA VINAIGRETTE

Une mesure de vinaigre pour trois mesures d'huile
Simple, beau, bon
Comme toi.

À assaisonner selon les goûts
Un peu plus
Un peu moins.

Pour moi, un classique à suivre
à jamais
ou peut-être depuis toujours.

Je trouve ça plutôt profond. LOL.

P.S. : Évidemment, pas question de le montrer à Emma. Ni à qui que ce soit, d'ailleurs.

P.P.S. : Je crois que le plus dur quand on fait de la poésie, c'est d'oser montrer son œuvre à de vrais gens sans se couvrir de ridicule ni mourir de honte.

SAMEDI 7 JUILLET

#chaos

Aujourd'hui, à la friperie, on a eu une réunion de crise au sujet de Bill.

EMMA : Je suis passée chez lui hier, mais il n'a fait aucun effort.

KATE : C'est mauvais signe. Il t'adore.

EMMA : Il s'est complètement ratatiné sur lui-même. Physiquement.

PAT : Il passe ses journées devant la télé… sauf qu'elle n'est même pas allumée. Mélanie disait toujours qu'il la rendait folle à lire une dizaine de bouquins à la fois et à les semer partout dans la maison. Je ne l'ai pas vu ouvrir un livre depuis…

EMMA : On pourrait lui offrir un Chèque Lire. Pour l'obliger à sortir de chez lui et à fureter en librairie.

PAT : Il ne veut rien faire. Oh, je n'ai jamais vu ça *(elle s'essuie les yeux).*

EMMA : Mon père était comme ça quand Bradley est mort.

(Tout le monde se tait et la regarde.)

EMMA : C'est bizarre parce que, au début, il y a des tas de choses à faire : la paperasse à remplir, les faire-part de décès à envoyer, l'enterrement à organiser. Puis les cartes de remerciements à écrire… et puis brusquement, plus rien. On se noie dans le silence.

PAT *(en pleurs)* : …

KATE *(prenant la main d'Emma)* : Sauf que toi, tu n'as pas coulé.

EMMA : Parce que je devais veiller sur mes parents.

TOUT LE MONDE : …

EMMA : Je sais que Bradley culpabilisait de mourir et de les rendre tristes, alors je me suis dit : « Le moins que je puisse faire, c'est de tenir bon. »

PAT *(pleurant à gros sanglots baveux morveux)* : …

KATE : Oh, Pat… Tu t'es donné tellement de mal pour Bill. Alors que tu n'avais pas encore surmonté ton propre deuil.

PAT : Je ne vois pas ce que je peux faire de plus, Kate. J'ai envie de le secouer.

EMMA : C'est peut-être ce qu'il faudrait.

TOUT LE MONDE : ?

EMMA : Pas littéralement, évidemment. Mais on pourrait lui confier une mission qu'il ne pourrait pas refuser.

TOUT LE MONDE : …

EMMA : Dire que les clients le réclament. Ou que Mélanie serait déçue d'apprendre qu'il néglige son engagement en tant que bénévole.

TOUT LE MONDE : …

MOI : Ou alors, on pourrait lui donner un chaton.

TOUT LE MONDE *(sauf Kate)* : Ooooooooh !

KATE : Phoebe, faut que t'arrêtes de distribuer ces maudits chatons gratuitement.

EMMA : Pourquoi ? Qui en garde un ?

MOI : Personne. Elle plaisante.

KATE : …

PAT : Il ne voudra pas d'un chaton.

EMMA : Qui n'aime pas les chatons ?

MOI : Ça serait comme un chat thérapeutique.

PAT : Il a bien aimé partir en safari. Ça vaut peut-être le coup d'essayer.

Là, tout le monde s'est tourné vers Kate.

KATE : OK, bande de malades. On lui amènera un chaton après

la fermeture, ce soir. Mais on y va tous et si ça tourne mal, c'est Pat qui gardera le chaton.

PAT : Euh… Non, Kate, franchement, je ne suis pas trop ch…

KATE : C'est comme ça, et pas autrement.

Dans l'après-midi, Kate m'a envoyée à l'animalerie acheter un kit chaton. Pas besoin de grand-chose, en fait : de la nourriture, un bac et un sac de litière qui pèse une tonne et que j'ai mis un quart d'heure à traîner pour parcourir les cinquante mètres me séparant de la friperie.

On s'est tous entassés dans la voiture de Kate et j'ai eu un fou rire, parce que si on m'avait dit que je me retrouverais dans une Mazda défoncée, avec Pat, Emma et Kate un samedi soir afin d'amener un chaton à un vieux bonhomme pour qu'il ait une raison de vivre, je ne l'aurais pas cru.

Emma tenait la bestiole (une chatonne ordinaire, évidemment, potentiellement celle qui s'était attachée à Bill l'autre soir), et moi, les accessoires.

Avant de sortir de la voiture, Pat s'est regardée dans le miroir pour se remettre du rouge à lèvres abricot. J'ignorais sur le moment que c'était sa peinture de guerre, et il se peut que j'aie levé les yeux au ciel.

Arrivée devant la porte, Kate a sonné.

Encore.

Et encore.

Et encore.

KATE *(roulant les R et tambourinant comme une malade contre le battant)* : Nom de nom, ouvre donc cette fichue porte, vieille tête de mule !

EMMA *(me regardant sans comprendre)* :…

MOI *(chuchotant)* : V'là l'accent écossais qui revient.

KATE : Excusez-moi, vous êtes en train de vous moquer de moi ? Parce que je ne suis pas d'humeur ! Bill ! Je vais défoncer ta porte.

TOUT LE MONDE : …

KATE : Non, mais je ne vais pas le faire, soyez pas bêtes.

PAT *(frappant à son tour)* : Bill, on est toutes là. C'est malpoli de ne pas répondre alors qu'on vient prendre de tes nouvelles.

EMMA : Il est peut-être sorti ?

PAT : Mais non, il est là. Il nous ignore, c'est tout. Mélanie serait tellement déçue ! Bon, on n'a pas le choix.

Là, elle s'est mise à fouiller dans son sac, a sorti son porte-monnaie et en a tiré un minitournevis qu'elle a enfoncé dans la serrure.

EMMA : Où tu as appris à… ?

PAT : Tu t'imagines que, parce que je suis vieille, je ne suis bonne à rien, peut-être ?

EMMA : Non… c'est juste que… Peu importe.

Pat secouait la porte comme une malade en triturant la serrure quand, soudain, il y a eu un cliquetis et la porte s'est ouverte. Et pile à ce moment-là, Bill a surgi derrière.

BILL : Tu essaies d'entrer par effraction ?

PAT : Je *suis* entrée par effraction.

BILL : Je vais appeler la police.

PAT : Certainement pas.

LA CHATTE DE DEMI-LUXE : *Miaaaaaaaou !*

EMMA *(la brandissant sous le nez de Bill)* : …

KATE : Avant de refuser, laisse-moi te dire que je n'ai ni le temps, ni la patience, ni l'argent de m'occuper de ces chatons et que je n'arrive pas à me débarrasser de celle-là parce qu'elle n'est pas pure race et que c'est une petite bestiole capricieuse, mais comme tu as décidé de ne plus sortir de chez toi, je te la donne.

BILL : Je ne peux pas avoir d'animaux.

KATE : Ne sois pas ridicule, tu es chez toi, tu fais ce que tu veux.

LA CHATTE DE DEMI-LUXE : *Miaaaaaaaou !*

EMMA : Allez, Bill. Regarde, elle est trop mignonne.

MOI : Et si elle ne te plaît pas, tu peux toujours la noyer. Sans le dire à Emma, bien sûr.

PAT : Tu nous fais entrer, Bill ? Ou tu veux qu'on laisse le chaton sur ton paillasson ?

MOI : Comme le petit Jésus.

EMMA : Je crois que c'était plutôt Moïse.

PAT : Ni l'un ni l'autre.

BILL : Tu veux parler de Mowgli. Dans *Le Livre de la jungle*. Un orphelin humain élevé par des animaux d'autres espèces.

KATE : Super. Va pour Mowgli, même si c'est une fille. Mowgli, je te présente Bill. On a apporté de la litière et de la nourriture. Phoebe, dépose tout ça là. Si tu as des questions, tu m'appelles. On y va, les filles.

Emma a mis la petite chatte dans la gigantesque main de Bill. J'ai posé la litière et les croquettes, puis on a tourné les talons et on est revenues à la voiture.

Avant de monter à bord, j'ai jeté un regard par-dessus mon épaule à la chatonne qui miaulait dans la main de Bill. C'était comme le début du *Roi lion* : épique.

Kate a d'abord déposé Pat, puis ensuite, elle a fait genre :

– Emma, tu veux venir boire une tasse de thé ? Voir Richard ?

Et Emma a répondu :

– Oui, bien sûr, si ça ne dérange pas.

Mais je me répétais en boucle : « N'oublie pas ton plan ! N'oublie pas ton plan ! » Si Emma venait à la maison, j'enfreignais quatre règles sur cinq.

Hélas, ce n'était pas en mon pouvoir. Je me suis donc dit : « Tout ce que je peux faire, c'est rester sur mes gardes. »

En voyant/entendant Emma, Richard a rappliqué au galop. Elle l'a pris dans ses bras pour embrasser son petit museau aplati.

Je suis allée dans la cuisine faire du thé.

KATE *(à mi-voix)* : Tu sais que tu vas devoir travailler pour moi l'an prochain également pour me rembourser Richard si tu le donnes à Emma.

MOI : Je n'aurai pas le temps. J'aurai cours.

KATE : Tu avais cours cette année aussi.

MOI : Tu crois que je peux demander à maman de m'offrir des cours de russe pour mon anniversaire ?

KATE : T'essaies de changer de sujet ?

MOI : Non, je pensais à quand je vais rentrer chez moi…

KATE : Ne retourne pas là-bas, Phoebe. Tu vas trop me manquer. Pourquoi tu ne vivrais pas avec moi ?

MOI : Maman ne s'en rendrait sûrement même pas compte.

KATE : Phoebe.

MOI : C'est vrai.

KATE *(me prenant dans ses bras pour me serrer et me couvrir de bisous)* : Non. Mais sache que j'aime quand tu es là et que ça me fait tout drôle quand tu rentres chez toi, parce que je t'adoooooore, merveilleuse humaine. *(Puis baissant à nouveau le ton :)* Quand vas-tu dire à Emma qu'elle te plaît ?

MOI *(me dégageant de son étreinte)* : Tais-toi. Jamais.

KATE : Phoebe. Je sais que tu es un peu timide, mais tu n'es pas lâche.

MOI *(chuchotant)* : *OMG.* Merci du compliment. C'est pas réciproque de toute façon.

KATE *(haussant les sourcils)* : …

MOI *(chuchotant)* : Quoi ?

KATE *(chuchotant)* : Tu lui plais aussi, c'est évident.

MOI *(le cœur battant à tout rompre)* : Arrête !

KATE *(chuchotant)* : Je la connais depuis plus longtemps que toi.

MOI *(chuchotant)* : Et du coup, tu lis dans ses pensées ?

KATE *(chuchotant en roulant les R)* : Bon sang, Phoebe ! Arrête de faire ta godiche !

MOI *(chuchotant)* : De toute façon, même si je lui plaisais – ce qui n'est clairement pas le cas –, je ne veux pas m'engager dans ce genre de truc. C'est pas pour moi.

Sur ces mots, je suis retournée dans le salon, les tempes battantes, nos tasses de thé à la main, et quand j'ai regardé Emma et qu'elle m'a regardée avec ses beaux yeux, toute souriante, tout heureuse, toute parfaite, je me suis dit : « De toute façon, je ne peux pas être avec toi, parce que je ne pourrai plus jamais être sans toi après. »

EMMA : Ça va ?

MOI : Oui, oui, très bien.

Kate m'a demandé de raccompagner Emma à neuf heures, comme d'habitude et, devant chez elle, Emma m'a serrée dans ses bras. Soudain, je ne savais plus quoi faire de moi. Genre tout mon corps criait : « Argh ! »

EMMA : J'ai fait quelque chose qui t'a contrariée ?
MOI : Non, pourquoi ?
EMMA : Parce que tu ne parles pas beaucoup.
MOI : Je ne parle jamais beaucoup.
EMMA : OK.
MOI : OK, à la semaine prochaine.
EMMA : Oui, à plus !

Et au moment où je tournais les talons, elle a fait :
– Phoebe, attends !
Et elle m'a embrassée.
Sur la bouche.
Pendant une, deux, trois secondes.
Comme ça.

J'ai couru tout le trajet jusqu'à la maison.

P.S. : Et maintenant ?

P.P.S. : Je viens de faire une recherche Internet sur le baiser, ce qui n'était pas évident car le simple fait que les lèvres d'Emma soient entrées en contact avec les miennes durant quelques secondes m'a laissée presque aveugle.

Bref, nous n'avons aucune preuve que les humains d'autrefois (les chasseurs-cueilleurs ou les Égyptiens) s'embrassaient.

Apparemment, les tribus de chasseurs-cueilleurs actuelles trouvent même ça dégoûtant.

La mention la plus ancienne du baiser se trouve dans un vieux texte hindou le décrivant comme le fait d'inhaler l'âme de l'autre.

Sérieux, c'est vraiment ça quand Tristan embrasse Polly. Sauf qu'il ne le fait pas avec une intention spirituelle profonde mais plutôt à la manière monstrueuse des Détraqueurs dans *Harry Potter*.

D'après Internet, les humains s'embrassent parce qu'ils n'ont pas un sens de l'odorat très développé alors que les animaux peuvent sentir les phéromones des autres individus sans avoir besoin de leur fourrer la langue dans le gosier.

Un point intéressant : les femmes préfèrent l'odeur des hommes qui ont un patrimoine génétique différent du leur – ce qui explique l'attirance de Polly pour Tristan.

Polly :
• Géniale
• Superbe
• Drôle

Tristan :
• Stupide
• Immonde
• Rasoir

Cependant, il y a un truc qui me tracasse : pourquoi Emma et moi, on a envie de s'embrasser ? Entre nous, pas d'histoire de patrimoine génétique à enrichir.

Alors pourquoi ?

Je veux dire, au niveau biologique ?

P.P.P.S. : En un seul baiser, on échange quatre-vingts millions de bactéries.

DIMANCHE 8 JUILLET

#poesiepathetique

Je ne savais pas quoi faire de moi aujourd'hui.

Si on fait le compte, j'ai dû passer environ une demi-heure la tête en bas. Je sais que ce n'est pas bon, mais la gêne que cela entraîne m'oblige à me concentrer sur les choses essentielles, genre respirer, sans laisser la possibilité à mon esprit de vagabonder vers des trucs plus perturbants, genre Emma.

Comme mes bras commençaient à fatiguer, je me suis suspendue la tête en bas au dossier du canapé.

Kate m'a fait :

– Phoebe, si tu t'ennuies, j'ai une pelouse qui ne demande qu'à être tondue.

Du coup, je suis montée dans ma chambre et j'ai découpé le chapitre ridicule sur les soufflés du *Manuel de la maîtresse de maison – Cuisine et tenue du foyer* pour en faire un poème.

Sucré, léger, aérien.
Peau de lait.
Douce, délicate, brillante.
Lèvres chaudes.

Peut-être suis-je trop insipide ?
Peut-être est-elle trop vanille ?
Pour faire ça bien, suivez
la recette du maître.

Aucun doute, perfection incarnée.
De tout le monde, tu es déjà la préférée.
Que ce soit pour le lunch ou le souper,
en langage chic et gastronomique.
Je suis prête. À fondre.
À déguster.
À mélanger.

Voilà ce que j'attends de toi :
bien sûr, c'est différent,
court et brûlant,
mais essentiel et nécessaire.
Très vite je me dégonfle.
Laisse-moi un peu de place, couvre-moi.
Achève-moi.
Regarde-moi
tomber
en miettes.

Si ça se trouve, les poètes se sont mis à écrire parce qu'ils étaient tombés amoureux contre leur gré, non ?

Je me demande si ça a marché.

S'ils nous voyaient analyser péniblement leurs textes pour les exams, ils lèveraient les yeux au ciel. D'ailleurs, il vaut sûrement mieux pour eux qu'ils soient morts pour ne pas assister à ça.

19 h 35

Maman a appelé pour me dire qu'elle aurait son itinéraire de retour demain. Je ne suis pas sûre d'être prête à la revoir. En plus, je ne sais franchement pas quoi faire pour mon anniversaire.

20 h 45

Je viens de me rendre compte que la troisième strophe de mon poème sur le soufflé avait une forme triangulaire qui à bien y regarder pourrait évoquer un sexe féminin.

Si jamais, par le plus grand des hasards, je deviens une poétesse célèbre, les élèves devront interminablement disserter sur la question : était-ce ou non un choix conscient de l'autrice qui, au moment de l'écriture, était un peu lesbienne ?

Alors qu'en réalité, je n'ai rien d'une poétesse et que je me suis contentée de découper des mots dans une recette de soufflé idiote pour les recoller dans un ordre différent.

21 h 10

Pas de nouvelles d'Emma.

Et je ne sais pas quoi lui dire.

Ça tombe peut-être bien que maman rentre, après tout, parce que je vais retourner à Kingston et que je ne reverrai plus jamais Emma. On sera comme Roméo et Juliette, éternellement séparées, mais dans la vie, pas dans la mort.

LUNDI 9 JUILLET

#echangedebacteries

Je ne suis pas allée à la friperie aujourd'hui, même si je n'avais rien à faire de ma journée.

Quand j'ai annoncé à Kate que j'avais nettoyé la salle de bains et passé l'aspirateur, elle m'a dévisagée comme si j'étais dérangée – ce qui n'est pas faux, j'imagine.

Je pense qu'Emma et moi, on a échangé seulement vingt millions de bactéries, et maintenant je regrette que ça n'ait pas été quatre-vingts millions.

J'ai tellement envie de l'embrasser à nouveau que j'ai l'impression que mes organes vont imploser. Sauf que je ne veux pas succomber au désir.

Peut-être que si j'en ai autant envie, c'est parce qu'Emma et moi, on est tellement différentes génétiquement qu'on ne va même pas ensemble.

19 h 45

J'ai enfin invité tout le monde à mon anniversaire *via* Instagram parce que Kate m'a forcée genre :

– Allez, ce sera fait !

J'ai vraiment le cerveau en vrac parce que j'ai envoyé une invitation à Miriam « + 1 ».

Elle a immédiatement accepté, évidemment.

Si elle ne cachait pas une intelligence hors du commun, je lui conseillerais de laisser tomber les études pour devenir influenceuse à plein temps.

J'ai avoué à Kate que je n'arrivais pas à prendre ma vie en main ni à organiser quoi que ce soit et elle m'a rassurée, style :

– T'inquiète, ma puce, je gère.

Vraiment ?

Parce que, vu de l'extérieur, elle passe tout son temps à inhaler l'âme de James.

Emma ne m'a toujours pas envoyé de texto.

Je ne sais pas ce que ça signifie. Peut-être qu'elle regrette de m'avoir embrassée. C'est arrivé à Polly quand elle est sortie avec Peter Abbot, parce qu'il a direct cru qu'ils étaient mariés, alors Polly était là :

– *OMG*, j'aurais jamais dû l'embrasser alors qu'il ne me plaît même pas vraiment !

Aucun rapport : Kate m'a dit que, selon Pat, Bill était complètement dingue de Mowgli. Il est enfin sorti de chez lui pour aller à l'animalerie lui acheter un collier et une médaille à son nom avec son numéro de téléphone.

Et voilà, le tour est joué.

MARDI 10 JUILLET

#desolee

J'ai reçu un texto d'Emma aujourd'hui :

EMMA : Désolée si j'ai fait un truc qui t'a déplu.

Je ne sais même pas comment interpréter ça.

À part que, visiblement, elle, ça lui a plu.

OMG, évidemment que ça m'a plu aussi.

Ce qui ne me plaît pas, c'est l'effet que ça a sur moi.

Ça ne me plaît pas d'être cette pitoyable humaine qui cherche la confirmation de sa valeur ou une possibilité de salut dans le regard de l'autre.

Ça ne me plaît pas d'être malheureuse quand je ne suis pas avec elle et ça ne me plaît pas d'avoir l'impression d'avoir avalé un kilo de bonbons pétillants quand je suis avec elle.

Je ne veux pas que mon bonheur dépende de quelqu'un parce que qu'est-ce qui arrivera quand cette personne ne sera plus là pour l'assurer ?

Y a qu'à voir ma mère. Je ne l'ai pas connue à l'époque où mon père était encore en vie, évidemment, mais d'après ce que Kate m'a raconté, quand il est mort, elle a complètement changé. Et maintenant, elle fuit tout et tout le monde en permanence, et dès qu'elle reste tranquille cinq minutes, elle doit être au centre de l'attention. Franchement, c'est pas normal d'être comme ça !

Et que deviendrait Polly si Tristan la quittait ? Ou pire s'il la quittait pour une autre ?

Je ne veux pas être aussi vulnérable.

Je ne veux pas laisser quelqu'un avoir un tel pouvoir sur ma vie.

Je me demande ce qu'il vaut mieux, finalement : être amoureux de son partenaire dans la vie ou pas ?

Peut-être que le mariage arrangé a ses avantages.

MERCREDI 11 JUILLET

#lesaveuglesguidantlesaveugles

Polly et moi, on est allées au Starbucks de Kingston, aujourd'hui.

Je ne sais pas comment, elle s'est laissé emporter et elle a fini par me raconter sa vie sexuelle dans les moindres détails. Je sais maintenant à quoi ressemble Tristan tout nu.

Je connais également la courbure de son pénis. Et je suis au courant que le petit trou au bout n'est pas bien centré.

OMG.

Elle était là genre :

– Sérieux, Phoebe, j'ai hâte que tu tombes amoureuse. Ça serait trop drôle.

C'est là que j'ai « lâché le morceau » comme on dit. Comme je ne répondais rien, Polly a bondi comme un ressort en braillant :

– NAN ?! C'est pas vrai !

MOI : Quoi ?
POLLY : T'as rencontré quelqu'un.
MOI : Non.
POLLY : T'as pas intérêt à me mentir.
MOI : Mais non.
POLLY : Menteuse. Qui ? Quand ? Où ? Allez !
MOI : Arrête. J'suis pas d'humeur.
POLLY : Qui ?
MOI *(secouant la tête)* : ...
POLLY *(me prenant la main)* : Phoebe ?
MOI : ...
POLLY : Pardon d'avoir dit que ce serait drôle. Tu sais que je ne me moquerais jamais de toi.
MOI : Tu devrais peut-être.
POLLY : Raconte.
MOI : On s'est plus ou moins embrassées, mais pas vraiment. Samedi.
POLLY : Raconte ! Vite !
MOI : Emma.
POLLY : Sans déc ?
MOI : ...
POLLY : Je suis vraiment trop bête !
MOI : ...
POLLY : C'était évident, pourtant je ne m'en suis pas aperçue. Quelle idiote ! Évidemment, t'as passé tout ton temps avec elle, cette année.
MOI : Parce que tu étais trop occupée avec Tristan et que tu m'avais complètement oubliée.

POLLY : Tu ne m'as pas appelée non plus, Phoebe. Je croyais que tu en avais assez de moi. *OMG !* Si ça se trouve, tu crushais sur moi et tu étais jalouse ! C'est ça ?

MOI *(riant parce que, sérieux, qu'est-ce qu'ils ont tous ?)* : …

POLLY *(me flanquant un coup dans l'épaule)* : C'est méchant. Bon, allez, raconte. Tu l'as embrassée. *OMG,* Phoebe, espèce de lesbienne !

MOI : Arrête. C'est elle qui m'a embrassée, d'abord.

POLLY : Et après ?

MOI : Après rien. C'était devant chez elle. Elle est rentrée à l'intérieur et j'ai filé à la maison.

POLLY : Et après ?

MOI : Rien.

POLLY : Mais on est mercredi.

MOI : Et ?

POLLY : Tu vas l'embrasser aussi ?

MOI : Non.

POLLY : …

MOI : Je ne peux pas, c'est pas pour moi, tous ces trucs, Polly.

POLLY : Pas pour toi quoi ? S'embrasser ? Coucher ? Tu n'es pas obligée de le faire tout de suite, sois pas bête.

MOI : Non… Tout… les histoires d'amour, quoi. Je ne peux pas. C'est trop… Je ne sais pas…

POLLY : …

MOI : C'est trop pour moi.

POLLY *(portant la main à son cœur)* : Tu es tellement romantique, Phoebe. Tu vas me faire pleurer.

MOI : Comme ça, on sera deux.

POLLY *(toujours la main sur le cœur, regard apitoyé)* : …

MOI : Je ne me reconnais plus. Et j'ai horreur de ça.

POLLY : Mais tu crushes sur elle, non ?

MOI : Oui, mais j'veux pas.

POLLY : Oui, mais tu crushes quand même.

MOI : Oui, évidemment.

POLLY : Et tu penses tout le temps à elle.

MOI : Je pense surtout à comment décrusher.

POLLY : Tu es consciente que tu ne peux pas décider de qui tu tombes amoureuse ou pas ?

MOI : Apparemment, non. Mais au moins j'essaie.

POLLY : Tu sais, Phoebe, pour une fille aussi intelligente, tu es incroyablement stupide.

22 h 10

J'ai envoyé un texto à Emma pour savoir si elle venait à mon anniv parce qu'elle n'a toujours pas confirmé sur le groupe Insta.

22 h 30

Elle vient de me répondre.

EMMA : Je ne suis pas sûre de pouvoir venir.

Bon, OK.

JEUDI 12 JUILLET

#lesnouvellesaventuresdemowgli

J'avais horriblement envie de voir Emma, mais en fin de compte, je ne suis pas allée à la friperie cet aprèm pour la même raison.

Tout comme mon cerveau, Polly ne me lâche pas. Je regrette de lui avoir parlé parce que je n'avais pas besoin qu'on me mette une pression supplémentaire, mon équilibre mental est déjà assez précaire.

Elle m'a appelée à l'heure du déjeuner :

– Alors ? Du nouveau ?

MOI : Non.

POLLY : Tu sais, Phoebe, être amoureuse, ce n'est pas une maladie.

MOI : Alors pourquoi je me sens aussi mal ?

POLLY : Ça va passer.

MOI : Comme une migraine ?

POLLY *(soupir)* : Mais oui, une minute dans les bras d'Emma, ça te fera le même effet que du paracétamol.

MOI : Je refuse d'être droguée !

Je ne veux pas être une fille de seize ans, amoureuse et stupide !

Ma raison me dicte que la meilleure solution serait qu'Emma ne vienne pas à mon anniv dimanche.

Parce que, comme ça, on évite les moments gênants, on ne se revoit plus jamais et voilà.

Quand maman sera rentrée, je dirai à Kate que je dois me concentrer sur mes études et mes cours de russe et que je n'ai plus le temps de travailler à la friperie. Franchement, Alex me manquera, mais on pourra toujours aller manger une glace au Sprinkles de temps en temps.

Et je rembourserai ce que je dois encore à Kate pour les chatons plus tard. Genre quand je partirai en mission sur Mars.

Mmm. Je n'y avais pas encore réfléchi, mais je me demande

combien gagnent les astronautes. Ça doit être pas mal parce que c'est un boulot dangereux et hautement qualifié. En plus, on n'a aucune dépense dans la navette spatiale. Je me demande si on paie des impôts. Je pense que non, ce ne serait pas juste.

Enfin bref, Kate récupérera ses sous à ce moment-là. Avec les intérêts.

P.S. : Demain, après le boulot, on va à Kingston préparer l'appart.

Poussière, aspiro, courses… comme d'hab. Mais en plus, il faut qu'on décore et qu'on prépare le buffet pour dimanche.

Je n'en reviens pas que maman soit déjà partie depuis six mois.

P.P.S. : Nouvelles trop cheloues de Bill.

Il s'est inscrit sur Instagram et poste tous les jours #lesnouvellesaventuresdemowgli. Apparemment, il a déjà trois cent quatre-vingt-cinq abonnés.

Non, mais sérieux…

Et comme tout le monde adore Mowgli, les gens lui ont demandé où il l'avait eue, et Kate a eu une dizaine de demandes pour les chatons. Ils viennent tous lundi.

VENDREDI 13 JUILLET

#surprise

Maman ne sera pas là pour mon anniv, en fin de compte.

J'ai dit à Kate que j'annulais la fête.

On n'est pas allées à Kingston.

23 h 07

Je viens de piquer une méga crise.

J'ai trop honte, en fait.

Kate ne m'a pas adressé la parole depuis, ce qui veut dire que c'était grave. Genre grave grave.

J'ai donné un coup de pied dans le mur.

Mais vraiment. J'ai mal au pied, maintenant.

Et j'ai jeté mes chaussures tellement violemment contre la porte qu'elles ont laissé une marque.

Et j'ai hurlé comme une possédée en traitant ma mère de tous les noms.

Puis j'ai filé dans ma chambre et j'ai claqué la porte si fort que la maison a tremblé.

Et j'ai pleuré pendant, genre, trois heures.

Je pense qu'on peut dire que j'ai pété un câble.

Je ne sortirai plus jamais de mon lit.

J'aime tellement Emma.

SAMEDI 14 JUILLET

#fuck

Je ne suis pas allée à la friperie aujourd'hui parce que je suis :

a) trop en colère contre ma mère,

b) trop gênée pour regarder Kate en face,

c) incapable d'affronter Emma.

Je n'en veux même pas à ma mère de ne pas revenir à temps pour mon anniversaire alors qu'elle avait promis. Je suis juste en colère d'être en colère.

J'aurais dû m'en douter, parce que c'est toujours pareil.

J'ai annulé la fête *via* Instagram et cinq minutes plus tard :

POLLY : Ça va ?

MOI : Oui, oui.

POLLY : Pourquoi tu annules la fête ?

MOI : Maman est restée sur place auprès d'une patiente, elle ne rentre pas avant la semaine prochaine.

POLLY : Ça CRAINT.

MOI : Elle craint.

POLLY : Mais pourquoi elle reste ?

MOI : Sa patiente va avoir un bébé… ce n'est pas comme si les femmes accouchaient sans elle depuis la nuit des temps, non, il faut qu'elle soit là. Évidemment.

POLLY : Mais j'ai un cadeau pour toi. Je peux passer demain ?

MOI : Je ne suis pas d'humeur à voir qui que ce soit. Désolée.

POLLY : Je comprends. Je t'appellerai.

MOI : OK.

POLLY : Ne sois pas triste. Bisous.

MOI : …

Et ensuite j'ai regardé *L'Île de la tentation*. C'est tellement débile que mon cerveau s'est carrément mis en veille pour éviter de fondre et je me suis endormie.

Je me suis réveillée quand Kate est rentrée du boulot. J'étais en mille morceaux.

KATE *(me regardant affalée sur le canapé)* : Tu veux parler de ce qui s'est passé hier soir ?

MOI *(nouveau flot de larmes inondant mes joues)* : Pardon, Kate.

KATE : C'est bon.

MOI : Ça ne se reproduira plus.

KATE *(hoche la tête)* : …

MOI : …

KATE *(posant la main sur mon front pour voir si j'ai de la fièvre)* : Tu as mangé un morceau aujourd'hui ? Bu de l'eau ?

MOI : Non. Et oui.

KATE *(s'assied à côté de moi et pose mes pieds sur ses genoux)* : Je sais que tu as du mal à gérer tes émotions, Phoebe.

MOI : …

KATE : Mais c'est ce qui fait de nous des humains.

MOI : Ça craint.

KATE : Peut-être. En tout cas, ce qui s'est passé hier est inacceptable.

MOI : Je sais.

KATE : Je sais que tu sais et c'est pour ça qu'on n'aura pas besoin d'en reparler.

MOI : Merci.

KATE : Emma m'a dit que tu avais annulé ta fête ?

MOI : Et alors ?

KATE : Et alors quand comptais-tu prévenir Alex ? Il n'est pas sur Instagram.

MOI : Oups.

KATE : Oui, oups. Mais ne t'inquiète pas, j'ai prévenu son père.

MOI : Désolée.

KATE : Tu peux encore changer d'avis, tu sais ? On peut aller au supermarché tout de suite.

MOI *(secouant la tête)* : …

KATE : OK. Mais on ira quand même déjeuner quelque part.

MOI : Franchement, je ne suis pas d'humeur.

KATE : Ce n'est pas une question, c'est un ordre, ma puce. J'ai bien envie de te raconter comment ta petite tête de génie a déchiré la vulve de ta mère avant que tu atterrisses entre mes mains, il y a seize ans.

MOI : Je l'ai bien mérité.

KATE : Exact.

22 h 43

Je me demande où je serai dans un an.

23 h 15

Je n'ai jamais pleuré autant que ces dernières vingt-quatre heures. Je pensais avoir vidé mon stock, mais Kate m'a fait un sandwich au fromage, et c'est reparti !

DIMANCHE 15 JUILLET

#happybirthdaymoimeme

00 h 01

J'ai seize ans.

11 h 35

Déjà trente-cinq personnes m'ont envoyé un message pour me souhaiter un bon anniversaire, dont Miriam.

Mais pas Emma.

Kate m'a donné une carte que mes grands-parents ont envoyée de Hong Kong. Ils aimeraient que j'aille les voir. Je devrais peut-être y aller cet été. De toute façon, je n'ai rien de prévu. Je vais en parler à maman.

Pas de message de sa part non plus.

Je vais au resto avec James et Kate, ce midi, mais on doit d'abord passer à la friperie parce que Kate a oublié son portefeuille là-bas et qu'elle ne laissera jamais James payer.

LUNDI 16 JUILLET

#terraincognita

Hier, j'ai passé une journée de dingue.

On est donc allés à la friperie, qui était fermée vu que c'était dimanche.

Kate a ouvert la porte et s'est glissée à l'intérieur, avec James qui se frottait contre elle.

Kate m'a lancé :

– Phoebe, tu peux aller voir si mon portefeuille est sur la table de la réserve ?

J'ai répliqué genre :

– Vas-y toi-même !

Mais elle a fait :

– J'peux pas, je suis en train d'embrasser James.

Et elle a joint le geste à la parole, juste sous mes yeux. Moi, j'étais là :

– Beurk !

Alors je suis entrée dans la boutique, j'ai filé dans la réserve et, soudain, j'ai entendu un tas de gens hurler – vraiment hurler :

SURPRISE !!!!

Sérieux, j'ai poussé un de ces cris... j'en suis tombée à la renverse.

Hilare, Kate a applaudi. Quelqu'un a allumé la lumière et ouvert la porte de derrière et ils se sont mis à chanter *Joyeux Anniversaire*.

Tout le monde était là.

Dans la réserve.

En train de chanter.

Polly, Tristan, Emma, Miriam, Alex, ses parents, Bill et même Pat.

Je pense que j'ai dû répéter « putain » un millier de fois, mais ça n'a choqué personne ; ça les a fait rire.

Mon regard revenait toujours sur Emma et mon cœur battait à tout rompre – mais c'était peut-être à cause du choc. Elle m'a souri, mais j'ai vu tout de suite qu'un truc clochait. C'était plus pareil. Cassé.

Mon cerveau s'est emballé : « Qu'est-ce que tu as fait, Phoebe ? » Sauf que c'était tellement la panique que je n'arrivais pas à réfléchir, je restais plantée là, à dévisager Emma, encore et encore.

Kate avait dû tout organiser le samedi pendant que je me remettais de ma crise de nerfs, affalée dans le canapé.

La table était décorée style Halloween avec des gobelets squelettes, des assiettes fantômes, des bougies rats et une guirlande lumineuse de crânes au milieu.

Les gens avaient apporté des chaises, à boire, à manger, des cadeaux, tout, quoi.

Je n'en revenais pas qu'ils aient fait autant d'efforts pour moi.

J'étais aussi étonnée que Kate m'aime encore alors que j'ai failli détruire la moitié de sa maison, aveuglée par la colère.

Je l'ai serrée dans mes bras pendant cinq bonnes minutes, jusqu'à ce qu'elle proteste :

– Hé, c'est bon, lâche-moi, va saluer tes invités.

J'ai fait le tour comme une star, serrant des mains et embrassant les gens.

En fait, Miriam était venue sans +1 parce que maintenant qu'elle est à fond dans le trip féministe, elle ne croit plus au couple. Elle s'est assise à côté d'Alex et ils ont discuté tout l'après-midi. Il l'a même laissée prendre un petit four dans son assiette alors que d'habitude, il déteste qu'on touche à sa nourriture. En fait, je trouve que la *vibe* Emmeline Pankhurst va plutôt bien à Miriam. Comme ça, elle peut continuer à parler en permanence, mais sans dire d'âneries et passer pour l'idiote qu'elle n'est pas.

Les parents d'Alex sont super sympas aussi. Je ne leur avais pas parlé à l'enterrement de Mélanie vu qu'ils n'étaient pas venus au buffet au club de voile. Ils m'ont offert des fleurs et Alex avait fait mon gâteau d'anniversaire : recouvert de glaçage noir, avec un crâne blanc entouré d'un ruban rose. Mais la surprise, c'est que quand on l'a coupé, il était rayé comme un arc-en-ciel à l'intérieur. Je me suis exclamée genre :

– Ça a dû te prendre un temps fou !

– Oui, trois jours, il a confirmé.

Trois jours.

Il a passé trois jours à me faire un gâteau.

Du coup, j'hésitais à le manger, mais il était vraiment délicieux.

– Alex, tu es un magicien ! s'est écriée Pat.

Et c'est vrai.

Kate avait acheté des barbecues jetables qu'on a posés devant la porte de derrière. Bill surveillait les grillades tout en se chamaillant avec Pat. Sinon, pendant tout le restant de la journée, quand il ne parlait pas de saucisses, il parlait de Mowgli. A-t-on vraiment bien fait de lui donner ce chaton ? Bill est devenu une star des réseaux sociaux avec huit cent soixante-trois abonnés à ce jour. Il a même un sponsor : une marque lui fournit les croquettes de Mowgli !

Quand on a eu fini de manger, Kate a annoncé :

– C'est le moment d'ouvrir tes cadeaux, Phoebe. Le mien d'abord !

Lorsqu'elle m'a tendu une petite boîte, j'ai deviné qu'il s'agissait d'un bijou. Je l'ai ouverte : c'était une chaîne en argent avec une petite étoile de David en pendentif. J'ai bien dû la fixer pendant dix minutes parce que Kate a fini par me demander :

– Tu sais ce que c'est, hein ?

– Évidemment.

– Ça te plaît ?

Je ne savais pas quoi dire tellement ça me plaisait, justement.

Kate m'a aidée à la mettre et m'a embrassée sur le front en disant :

– Je t'aime.

Bill s'est écrié :

– *Mazel Tov !*

Et tout le monde a renchéri :

– Bon anniversaire, Phoebe.

Polly et Tristan m'ont offert des places de ciné avec une carte où elle avait écrit :

Bonne année ! LOL.

Miriam m'a offert un livre sur les femmes qui ont marqué l'histoire. Franchement, il y a six mois, elle aurait sûrement choisi des faux cils ou un autre truc aussi nul, mais ça, c'était vraiment un beau cadeau.

Bill, Pat et James s'étaient cotisés pour un bon d'achat Starbucks et un livre de poésie (une idée de James, j'en suis sûre).

Quand Emma m'a donné son cadeau, je ne lui avais pas encore adressé la parole, alors on était un peu mal à l'aise.

J'ai fait genre :

– Merci.

Puis j'ai pris la carte, mais elle m'a arrêtée.

– Tu liras la carte plus tard, ouvre d'abord le paquet.

J'ai pris soin de ne pas abîmer le papier, mais tout le monde me pressait :

– Allez !

C'était un T-shirt Topshop avec une navette spatiale dans le dos et le logo de la NASA devant.

Sentant son regard sur moi, j'avais la gorge serrée et je me disais : « Pourquoi tu me fais un cadeau aussi attentionné alors que je t'ignore parce que j'essaie d'oublier ce qui s'est passé entre nous ? »

Mais j'ai juste dit :

– Merci.

Sauf que ma voix était toute chevrotante et pitoyable.

Je mourais d'envie de lire sa carte, mais j'ai attendu une demi-heure, puis je l'ai fourrée dans la poche arrière de mon jean et je suis allée aux toilettes.

Je me suis assise avant de déchirer l'enveloppe.

Ça ressemblait davantage à une carte de Saint-Valentin qu'à une carte d'anniversaire parce qu'il y avait juste un gros cœur rouge dessus.

Du coup, le mien a failli s'arrêter.

Chère Phoebe,

Joyeux anniversaire. J'espère que tes seize ans t'apporteront tout ce que tu espères, et même plus.

Je suis désolée de t'avoir embrassée sans t'avoir demandé ton avis d'abord, et d'avoir présumé que tu étais d'accord. J'ai dû mal interpréter les signaux.

J'espère que nous pourrons être amies.

Bisous,

Emma

x

J'ai remis la carte dans la poche de mon jean, j'ai lavé mes mains tremblantes (alors que je n'étais même pas allée aux toilettes…), puis je me suis regardée dans le miroir. Et là, je me suis dit : « Mais qu'est-ce que tu fabriques ? » Parce que Kate a raison, je ne suis pas une lâche. Alors, sans me laisser le temps de changer d'avis, je suis sortie des toilettes, je suis allée direct voir Emma et j'ai fait genre :

– Tu peux venir une seconde ?

J'ai traversé la boutique pour aller dans la cabine d'essayage.

Emma m'a suivie.

J'ai tiré le rideau et nous nous sommes retrouvées toutes les deux – genre on était en mission spatiale dans le futur, entourées par le vide infini de l'espace, avec juste un peu d'air entre nous pour respirer.

Je l'ai longuement dévisagée, comme si je la voyais pour la première fois.

Elle sentait la framboise.

Elle avait les joues rouges et se mordait la lèvre. Ça m'a perturbée parce que, soudain, ses yeux n'étaient plus bleus mais noirs et j'avais oublié ce que ça signifiait, mais je me suis secouée : « Allez, Phoebe ! Lance-toi ! »

MOI : C'est pas que j'en avais pas envie.

EMMA : …

MOI : Que tu m'embrasses.

EMMA : …

MOI : Mais j'essayais de ne pas en avoir envie.

EMMA *(perplexe)* : …

MOI : Parce que ça me rendait malade.

EMMA : *Oh, my god.*

MOI : Non, non, pas dans ce sens-là. Pas du tout. Pas… Non, bien évidemment. Je veux dire que… je… toi… moi… tout ça…

Là, je me suis dit : « Bon sang, Phoebe ! » Parce que je ne trouvais plus mes mots. Vraiment. Emma me regardait comme on regarde son portable quand soudain on n'a plus de réseau.

Elle a ouvert la bouche, sûrement pour tenter d'interpréter mes bribes de phrases (parce que c'est la gentillesse incarnée), mais avant qu'elle ait pu dire quoi que ce soit, je me suis penchée, et je l'ai embrassée.

Et brusquement, on n'était plus soumises à la gravité.

Il n'y avait plus que lèvres douces et langues, gloss aux fruits rouges et panique totale, et quatre-vingts millions de bactéries et la plus délicieuse expérience de toute ma vie.

Quand on a arrêté, j'avais l'impression d'avoir traversé toute la piscine de Tooting sous l'eau – j'avais la tête qui tournait, le souffle coupé et les jambes molles.

Puis on a explosé de rire, et j'ai lâché :

– Désolée, je suis vraiment ridicule.

Emma a répliqué :

– Je n'ai jamais rencontré quelqu'un comme toi, Phoebe, et je ne te changerais pour rien au monde.

J'étais là genre : « Waouh. »

Et puis finalement, je me suis dit : « Alors en fait, c'est ça ? »

Je crois qu'ensuite je ne lui ai pas lâché la main de tout l'après-midi.

Kate s'est instantanément doutée de ce qui s'était passé, et je crois bien qu'une heure plus tard, tout le monde était au courant.

Je suis à quatre-vingt-dix-huit pour cent sûre que Pat réprouve l'homosexualité parce qu'elle n'arrêtait pas de me regarder genre : « Tu as corrompu la jolie Emma. » Alors qu'en réalité, c'est Emma qui m'a corrompue avec ses beaux yeux et ses lèvres douces, sa classe, son humour. Mais peu importe, Pat.

À un moment, dans l'après-midi, j'ai regardé mon portable et j'avais un message WhatsApp de ma mère.

Elle m'avait envoyé une photo d'elle à côté d'une fille avec un minuscule bébé dans les bras.

MAMAN : Joyeux anniversaire. J'espère que la fête se passe bien. ;) Ce petit bonhomme est né le même jour que toi, puisque j'ai eu le plaisir de le mettre au monde ce matin. Il s'appelle Salomao ce qui signifie « homme de paix ». Je serai à la maison jeudi. J'ai hâte de te voir. Je t'aime et je suis très fière de toi. Maman xx

Emma a commenté :

– Mais la mère est une enfant.

Kate a renchéri :

– D'après Amélia, elle a seulement quinze ans.

Emma a soupiré :

– Tu imagines avoir un enfant à quinze ans. Dans un camp de réfugiés !

Je me sentais vraiment minable d'avoir piqué ma crise parce que maman préférait aider une fille enceinte plutôt que de rentrer à la maison. Mais je ne connaissais pas toute l'histoire, alors comment je pouvais savoir, moi ?

Donc, ça, c'était hier.

Aujourd'hui, tout est revenu à la normale, mais je dois dire que je me sens changée… Comme si j'avais le champ libre, un grand espace devant moi, et ça ne me déplaît pas.

Quand Kate est rentrée à la maison, elle m'a ordonné :
– Assieds-toi.

MOI : Quoi ?
KATE : Tu te rappelles les abeilles et les fleurs ?
MOI *(levant les yeux au ciel, au point de me tordre le nerf optique)* : *Oh, my god.*
KATE : Bon, visiblement, ça ne te concerne pas vraiment.
MOI : Visiblement, non. Pas du tout.
KATE : Je voulais juste te dire que je suis là si tu as besoin de quoi que ce soit. Aide, soutien émotionnel, conseils… Même si je sais que tu sais où tout se trouve…
MOI : Arrête, Kate. Je suis avec Emma depuis à peine vingt-quatre heures. Je ne vais pas coucher avec elle tout de suite.
KATE : Ça, ça vous regarde, ma puce. Je voulais juste que tu saches que je suis là si tu as besoin de moi.

ARGH !

Il n'est pas question que je lui raconte ma vie sexuelle quand j'en aurai une.

À ce propos, Emma va arriver dans une minute, mais on ne va pas coucher ensemble.

Tous les chatons ont trouvé une famille, on va leur dire au revoir. (Sauf Richard, il reste chez Kate pour le moment, parce que je veux le donner à Emma, mais je crois qu'il faut d'abord que je sois dans les petits papiers de sa mère. #pression #bellefamille)

Je pense qu'il est temps pour moi de présenter mon bilan

comptable à Kate, c'est-à-dire la balance dette/service rendu. Je n'inclus pas la perte financière due à Richard parce que Kate est d'accord pour le garder (pour le moment).

J'étais censée lui devoir deux mille livres parce que les chatons ordinaires ne devaient pas rapporter un sou.

Et finalement, on a vendu les trois pour deux cent cinquante livres chacun. Ce qui fait sept cent cinquante livres.

2 000 – 750 = 1 250.

J'ôte également les cinq cent trente livres de l'affiche *Star Wars* (ce n'est que justice), donc ça donne sept cent vingt. Et aussi quinze livres pour les chaussures de bowling, ce qui nous amène à un total de sept cent cinq.

Mon travail de ces quatre derniers mois vaut bien sept cent cinq livres, donc je pense que Kate et moi, on est quittes.

P.S. : Je n'arrive pas à croire que j'aie déjà seize ans.

Avoir seize ans, c'était pour les autres.

Mais je pensais aussi ça de l'amour.

REMERCIEMENTS

L'écriture de ce roman a coïncidé avec une période de grand bouleversement et d'incertitude dans ma vie. Je tiens à remercier avant tout les trois femmes à qui j'ai dédié ce livre de m'avoir traînée/portée à bout de bras durant toute sa rédaction : mes meilleures amies – Brittain, Luci et Sophie. Merci pour votre soutien et votre amour infaillibles. Merci de m'avoir hébergée, nourrie, régalée de vos gâteaux, et surtout de m'avoir fait rire. Je vous adore.

Merci à Tony qui a conduit le véhicule d'évasion, à Ruth qui m'a fourni un toit, à Dawn qui m'a donné du boulot, avec une poignée de nouveaux amis géniaux en bonus.

Un grand merci du fond du cœur à Melvin Burgess pour ses encouragements, sa sagesse, son humour et le coup de main qu'il m'a donné.

J'aimerais remercier l'équipe du master d'écriture pour la jeunesse de l'université de Bath Spa, surtout mes collègues d'atelier Hana Tooke et Lucy Cuthew. Dès le premier jour, vous vous êtes montrées à la fois solidaires et critiques. J'ai eu beaucoup de chance d'avoir atterri parmi vous.

Toute ma gratitude va à Audrey et Jack Ladevèze qui m'ont accordé le prix du master d'écriture de l'université de Bath Spa – ce qui m'a grandement facilité la vie du point de vue financier.

Merci à Julia Green et à tous mes merveilleux tuteurs du master, surtout à ma directrice d'écriture – la vraie marraine bonne fée de Phoebe, c'est elle : Joanna Nadin. Tu as été un modèle pour moi, par ta ténacité et ton ardeur au travail. Je te serai éternellement reconnaissante de m'avoir sans relâche (et sans pitié) poussée à persévérer et à m'améliorer.

Merci à Jo Unwin d'avoir transmis ma lettre d'amour à l'agence JULA, à l'attention de la femme fantastique, redoutable et courageuse qui est devenue mon agente : Rachel Mann. Rachel, Rachel, Rachel ! Merci d'aimer autant Phoebe et de le faire savoir. Merci de m'avoir relancée quand je ne donnais pas de nouvelles, de m'avoir appris les ficelles du métier et d'avoir toujours su ce que je voulais. Tu es un don du ciel.

Un grand merci à l'équipe dévouée de Macmillan qui nous a accueillies et a organisé une petite fête pour Phoebe alors même que c'était l'anniversaire du Gruffalo ce jour-là ! Merci à mes merveilleuses éditrices Rachel Petty et Joy Peskin, qui posent toujours les bonnes questions. Votre intuition, votre savoir-faire et votre empathie m'ont permis de faire les bons choix, encore et toujours.

L'AUTRICE

Wibke Brueggemann a grandi en Allemagne et aux États-Unis mais c'est à Londres qu'elle se sent véritablement chez elle. Après des études d'art dramatique, elle obtient un master d'écriture pour la jeunesse à l'université de Bath Spa, où elle est distinguée comme l'élève la plus prometteuse de sa promotion. *L'amour c'est pour les loosers* est son premier roman.

Le papier de cet ouvrage est composé de fibres naturelles,
renouvelables, recyclables et fabriquées à partir de bois
provenant de forêts plantées et cultivées
expressément pour la fabrication de pâte à papier.

Mise en pages : Françoise Pham

Loi n° 49-956 du 16 juillet 1949
sur les publications destinées à la jeunesse
ISBN : 978-2-07-514256-4
N° d'édition : 364544
Dépôt légal : mai 2022

Imprimé en Italie par Grafica Veneta